Nina MacKay

Black Forest High 3

Nina MacKay

Black Forest High 3

Ghostkiller

IVI

Lesen was ich will!
www.Lesen-was-ich-will.de

Wenn Ihnen dieser Roman gefallen hat, schreiben Sie uns unter Nennung des Titels »Black Forest High 3« an *empfehlungen@piper.de*, und wir empfehlen Ihnen gerne vergleichbare Bücher.

Von Nina MacKay liegen im Piper Verlag und bei ivi vor:
Plötzlich Banshee
Teenie Voodoo Queen
Dämonentage
Dämonennächte. Dämonentage 2
Dämonenfinsternis. Dämonentage 3
Black Forest High. Ghostseer
Black Forest High 2. Ghosthunter
Black Forest High 3. Ghostkiller

Unser Versprechen für mehr Nachhaltigkeit
Klimaneutrales Produkt
FSC®-zertifiziertes Papier
Hergestellt in Europa

FSC
www.fsc.org
MIX
Papier aus verantwortungsvollen Quellen
FSC® C083411

Originalausgabe
ISBN 978-3-492-70583-7

Satz: Satz für Satz, Wangen im Allgäu
Gesetzt aus der Dante
Druck und Bindung: CPI Books GmbH, Leck
Printed in the EU

Für alle, die die Black Forest High Reihe lieben

Und eine Spezialwidmung an fünf große BFH Fans:
Sabine, Bibi, Hannah, Diana und Amelie <3

KAPITEL 1

Varla

Wie festgefroren verharrte Varla am Treppenabsatz. Ihre Finger umklammerten das Geländer, als wäre es der sprichwörtliche letzte Strohhalm für sie. Octa, der kleine niedliche Geist mit den Zöpfen, schwebte an ihr vorbei. Grimmig zusammengekniffene Lippen, ein Körper aus grauem Rauch. Octa war ein Poltergeist. Kein schüchterner, normaler Geist mehr. Sie hatte sich verwandelt. Eindeutig und in der Dunkelheit klar auszumachen.

Die Erkenntnis traf Varla hart wie die Glaskugel aus der Mediums-SU. Hatte es so etwas schon jemals gegeben?

Octa fauchte, beachtete Varla aber nicht weiter. Und dann war sie fort. Im Flur verschwunden.

Varla biss sich auf die Unterlippe. Die Mutter der Drillinge war ebenfalls außerhalb ihres Blickfelds im Erdgeschoss abgetaucht.

Varla zwang sich auszuatmen. Später würde sie mit dieser Begegnung fertigwerden, doch genau jetzt musste sie weiter. In den Kunstraum. Zu Seven. Ihre Vision … Allein beim Gedanken daran wurde Varla schlecht. Sie durfte nicht noch mehr Zeit verlieren.

Die Flachwitz-Tür gab sich erst mit dem zweiten gemurmelten Witz zufrieden. Der erste war ihr nicht flach genug. Doch nachdem Varla »Was ist grün und steht vor der Tür – ein Klopfsalat« geflüstert hatte, schwang die Tür auf, wofür Varla überaus dankbar war. So lautlos wie möglich sprintete sie den Flurtrakt entlang. Sie mussten hier sein, außer sie hatten die hintere Treppe genommen …

Kaum dass sie den Gedanken voll erfasst hatte, flog die Tür von Mr Orbys Kunstraum auf.

Vor Schreck sprang Varla zur Seite, presste sich hinter einer Statue, die schon vor ihrer Zeit von Schülern aus Pappmaschee geformt worden war, gegen die Wand. Damit das Glöckchen an ihrem Hals sie nicht verriet, schloss sie eine Faust darum. In Varlas Ohren rauschte das Blut, während sie vorsichtig um die ausladende Oberweite der Statue herumlugte. Es war Seven, die da den Kunstraum verließ. Tatsächlich. Aber wo waren die Zwillinge? Seven schritt zügig den Flur entlang, glücklicherweise in die andere Richtung, weg von Varla.

Das musste bedeuten … sie war zu spät gekommen.

Sobald Seven um die nächste Ecke verschwunden war, drückte sich Varla von der Wand ab. Sie musste wissen, was in Mr Orbys Klassenraum vorgefallen war.

Obwohl sie sich für den Anblick gewappnet hatte, fiel Varlas Mut augenblicklich in sich zusammen, kaum dass sie in den Raum geschlüpft war. Mondlicht fiel auf die grausige Szene am anderen Ende des Klassenzimmers. Der Boden schien näher zu kommen und komischerweise auch die unfertigen Bilder, die auf ihren jeweiligen Staffeleien auf die vierte Stunde am Montag warteten. Es wirkte fast, als wären die Bilder lebendiger als die Zwillinge, die am Boden lagen.

»Nein«, keuchte Varla. Ihre Finger zitterten. »Eleonor!« Sie stürzte nach vorn. Noch im Laufen zog sie sich ihren Schal vom Hals.

Parker starrte ihr entgegen. Im Gegensatz zu seinem Bruder war er bei Bewusstsein. Allerdings schien alles Leben aus seinen hellblauen Augen verflogen zu sein.

»Eleonor!« Ohne nachzudenken, kniete sie sich zwischen Parker und Crowe, aus deren Kehlen Blut floss, das sich neben den Brüdern zu einer Lache sammelte. Eilends drückte Varla die Enden ihres Schals auf die Wunden der Jungs, wofür sie in ihrer knienden Position beide Arme ausstrecken und sich weit nach vorn lehnen musste.

Parker röchelte etwas, das stark nach *Seven* klang, doch Varla sah ihn scharf an. »Du sagst nichts, sondern konzentrierst dich darauf, nicht zu sterben, verstanden?«

Schweiß rann Varla in die Augen. Das durfte doch alles nicht wahr sein! Wenn die Irving-Zwillinge starben … und Seven sich später die Schuld dafür geben würde … Dieses Szenario wollte sie sich gar nicht erst ausmalen.

Endlich, endlich tauchte Eleonor auf in ihrer flackernden Geistergestalt. Sobald sie bemerkte, weswegen Varla nach ihr geschrien hatte, quiekte sie los.

»Schweb da nicht so rum. Geisterplasma, schnell! Oder hol Mrs Lebron.«

»Ich … ich«, stotterte der Geist. Ihre sonst so intelligent dreinschauenden Augen flitzten von links nach rechts. Der Dutt an ihrem Kopf schwankte.

»Reiß dich zusammen!«

Zitternd schob Eleonor eine Hand in ihre Hosentasche. »Ich hab geübt.«

Varla sah auf. Direkt auf die glühende Masse Geisterplasma in Eleonors rechter Hand. Dem Himmel sei Dank. Immerhin ein Geist an dieser Schule, der von einem Menschen gefördert worden war.

»Fang mit Crowe an.« Mit dem Kinn deutete Varla auf den bewusstlosen Zwilling. *Geisterplasma.* Das Wort hallte wie ein Echo in Varlas Kopf nach.

Parkers Füße zuckten. Der Schal an seinem Hals hatte sich schon komplett mit Blut vollgesogen und um ihn herum sickerte immer noch Blut auf den Boden. Den beiden Jungs blieb keine Zeit mehr.

Varla biss sich auf die Zunge. Es durfte nicht zu spät sein. Wenn sie die falsche Entscheidung getroffen hatte und nun beide Jungs sterben würden? Hätte sie doch besser Parker zuerst behandeln lassen sollen, damit wenigstens einer der beiden überlebte?

»Seven«, röchelte Parker schon wieder. »Hilf ihr.«

»Sofort. Und jetzt halt die Klappe«, fuhr Varla ihn an. »Ich versuche gerade, dein Leben zu retten.«

Auf ihrer rechten Seite betupfte Eleonor Crowes Wunde. Wie hatte Seven das bloß bewerkstelligt? Zwei Jungen verletzt? Mit was? Einem Messer? Etwas blitzte im Mondlicht hinter Crowes Kopf. Eine achtlos weggeworfene Schere, voll mit Blut. Eine Schere …

Der Dämon, der Seven umsessen hatte, musste wirklich sehr mächtig sein. Warum hatten sie nicht besser auf Seven aufgepasst? Es hatten sich doch genug Jäger auf dem Herbstball herumgetrieben? Wieso hatte keiner …? Und was war mit dieser Therapie, die die Hatties Seven aufgebrummt hatten? War das alles umsonst gewesen? Würden nach Sylva und James nun auch die Zwillinge sterben? Varla legte den Kopf in den Nacken und stieß einen frustrierten Schrei aus.

Kurz schielte Eleonor zu ihr rüber, sichtlich erstaunt, unterbrach jedoch nicht Crowes Behandlung.

In Varlas Herz schien sich ein Knoten zu lösen, als sich die Wunde an Crowes Hals schloss. Und einen Augenblick später zuckten seine Fingerspitzen.

»Er wird wieder«, wisperte Eleonor.

»Gut, und jetzt Parker.« Varlas Kopf flog herum.

Hastig folgte der Schulgeist ihrer Aufforderung.

Warum war eigentlich noch niemand anderes auf sie aufmerksam geworden? »Remi! Wo steckst du?«

»Es ist nicht genug Plasma für eine zweite Person übrig, fürchte ich.« Eleonors Blick schoss zwischen Parker und Varla hin und her. Der Schnitt schloss sich nicht, hatte sich allerdings verengt.

Was? Zu wenig? Frustriert biss sich Varla auf die Unterlippe. Vermutlich hatten sie ihr Glück schon verbraucht an diesem Abend.

Ehe Varla darauf antworten konnte, löste sich ein Geist aus Parkers Körper. Offenbar hatte er sich so weit im Griff, dass er auf die Geisterebene wechseln konnte. Ganz schön clever.

»Varla, verschwende keine Zeit. Du musst Seven stoppen. Schnell, ich begleite dich.«

»Parker …«

»Eleonor besorgt mehr Plasma für meinen Körper und in der Zwischenzeit komme ich mit dir mit. Für Seven.« Seine Gestalt flackerte.

»Nein, das ist viel zu gefährlich. Dein Körper wird noch schwächer ohne seinen Geist sein als sowieso schon.« Fahrig fuhr sie sich über die Stirn.

»Das bedeutet also, ich gehe vor.« Parker straffte die Schultern und schwebte in Richtung Tür. »Seven ist besessen und im Begriff, irgendetwas Schreckliches zu tun.«

Varla hastete ihm hinterher. Nach einem Blick zurück auf Eleonor war sowieso klar, dass sie hier nichts mehr ausrichten konnte. Wie sehr sie es hasste, wenn die Irving-Zwillinge recht hatten.

Parkers Geist erhellte mit seinem blauen Schein den Flur.

»Nein, im Ernst, Parker!«

Aber das schien er schon gar nicht mehr zu hören. In seiner durchscheinenden Gestalt schoss er durch den Flur in Richtung der hinteren Treppe, die Seven vermutlich ebenfalls genommen hatte. Für Seven, er tat das alles für sie.

Wenn die Situation weniger dramatisch gewesen wäre und sich Varla nun nicht zusätzlich noch um Parker hätte sorgen müssen, wäre das ja ganz süß gewesen. Aber so? Ohne weiter darüber nachzudenken, sprintete Varla Parker hinterher.

Durch die Seitentür schlüpften sie aus dem Schulgebäude. In ihrem Herzen hämmerte es. So viel war geschehen an diesem Abend. Wenn es so weiterging … was konnten die Poltergeister mit Seven vorhaben? Ausgerechnet heute während des Herbstballs. War das von langer Hand geplant gewesen?

Parkers blauer Schein leuchtete nicht weit entfernt.

Sie hatte keine Wahl. Varla hastete ihm über den Kiesweg hinterher, dann über den Rasen direkt auf die Turnhalle zu. Dort, wo die anderen ahnungslos feierten … Erst jetzt begriff Varla, dass sie jemanden anrufen musste. Wenn sie doch nur an ihr Handy gedacht hätte! Aber das lag in ihrem Zimmer. Sie hatte lediglich ihre

Notfalltasche mit Pflastern, Siliziumspray und etwas Weihwasser bei sich. Das war's.

Glücklicherweise entdeckte sie nicht weit entfernt Trent und Bayle unter einer Weide mit tief hängenden Ästen. Ein stark würziger Geruch schlug ihr entgegen. Die zwei rauchten. Natürlich.

»Hey, ich brauche eure Hilfe!« Keuchend deutete sie im Laufen auf die Jungs. Während Trent verwirrt in die entgegengesetzte Richtung starrte und sich einen seiner Dreadlocks über die Schulter strich, erwiderte Bayle ihren Blick. Er stieß einen Kringel Rauch in die Luft.

Das Zeug kitzelte in Varlas Nase.

»Schreibt in den Klassenchat, dass Poltergeister auf dem Weg in die Turnhalle sind. Mit Seven. Die anderen müssen gewarnt werden!«

Auf die Schnelle wusste Varla nicht, wie sie es sonst hätte erklären können, ohne dass sie Seven noch mehr bloßstellte als sowieso schon. Und tatsächlich nickte Bayle, noch ehe sie ganz an ihm vorbeigesprintet war. Immerhin. Er war einer der cleversten Schüler im Internat. Bayle würde sich um das Problem kümmern. Mit seinen Hackerfähigkeiten hatte er schon alles Mögliche mehr geregelt.

Letztendlich holte Varla Parker ein, als der vor der Turnhalle einmal nach links und dann wieder nach rechts schwebte. Keuchend und kurz davor umzukippen, fasste sie sich an die Brust. Bloß war ohnmächtig werden keine Option.

»Drinnen ist sie nicht«, rief Parker ihr entgegen. »Aber die anderen wissen Bescheid und sammeln sich.«

Wahrscheinlich sah Varla deshalb keine Schüler vor der Tür oder im Vorraum zur Turnhalle.

»Gut, dann …« Varla drückte gegen die Eingangstür. Doch die gab kein Stück nach, weshalb sie verstummte. Energisch rüttelte sie an den Plattengriffen. »Abgesperrt, was soll das?«

Ganz und gar ungewöhnlich. Nicht, wie es an einem Ballabend sein sollte. Sie wirbelte zu Parker herum. »Du bist durch die Wand rein?«

Parkers Geistergestalt flackerte. »Genau. Vermutlich hat jemand – und damit meine ich mindestens einen Poltergeist – die Tür manipuliert. Es gibt keinen Geisterabwehrschutz hier. Verflucht. Daran hat niemand gedacht.«

Sofort spürte Varla ihre Fingerspitzen taub werden. Alles in ihr schien zu erkalten. Zu leichtsinnig. Wie hatte niemand daran denken können? Weil sonst nie etwas geschah und Seven als beinahe therapiert galt? Und nun? Was ging hier vor? Ihr Kopf schnellte von links nach rechts.

»Riecht ihr das?« Gerade als sich Trent und Bayle ihnen näherten, kroch ein scharfer Geruch in Varlas Nase.

Zunächst antwortete ihr niemand. Nur Trent hob einen Arm und schnüffelte an seiner Achsel. »Nö.« Dann zupfte er an seinem zerknitterten Anzug. Seine Fliege hatte er bereits gelockert.

Varla beachtete ihn nicht weiter.

»Rauch. Es brennt? Nur wo?«

Nachdem Parkers Geisterkörper noch ein wenig blasser geworden war, stieg er in die Höhe, wohl um sich einen besseren Überblick zu verschaffen.

»Parker, du solltest zurückfliegen. Du bist schon zu lange von deinem Körper getrennt, wenn man bedenkt, dass du geschwächt bist und noch den Rückweg vor dir hast«, bemerkte Varla. Natürlich ging er nicht darauf ein.

»Auf der Rückseite der Turnhalle bildet sich Rauch. Ungefähr da, wo so viel Gestrüpp über den Weg reicht. Liegt da nicht auch der Hinterausgang? Genau da?«

Rauch. Also wirklich Feuer. Was …? Innerhalb einer Millisekunde begriff Varla, was das hieß. »Die Poltergeister! Sie steuern Seven und sie muss das Feuer gelegt haben.«

Varla fing Parkers Blick auf. »Und vorher hat sie alle Ausgänge verriegelt. Bloß wie?«

»Wenn die Poltergeister das geplant hatten … müssen sie es vorbereitet haben. Irgendwie haben sie sich die Schlüssel besorgt, nehme ich an, oder die Schließzylinder im Schloss manipuliert.« Wieder rüttelte Varla an der Tür. Sie mussten handeln, schnell. »Bayle, sag allen Bescheid, dass sie da rausmüssen. Vielleicht über das Toilettenfenster. Beeil dich!«

In der Zwischenzeit flog Parker mit gesenktem Kopf am Rand der Turnhalle auf und ab, als suchte er einen weggeworfenen Schlüssel.

Varla wirbelte herum. »Ich kümmere mich um Seven. Ihr kommt nach.«

Da sich Parker schon wieder in Bewegung setzte, warf sie im Laufen den Kopf zurück. »Du nicht. Du musst zurück in deinen Körper, sonst stirbst du ganz bestimmt.«

Parker gab vor, sie nicht gehört zu haben. Aber da Varla keinen Nerv übrig hatte, um einen bockigen Parker-Geist zu seinem Körper zurückzuschicken, lief sie ohne ein Wort weiter keuchend über den Rasen, den Kopf voll wirrer Gedanken, die alle nicht so recht Sinn ergeben wollten.

Aus Richtung der Schulauffahrt näherte sich ihr ein Geist. Houston, dieser grimmige Freund von Remi, wie Varla am Rande registrierte.

»Houston, wir haben ein Problem.« Bayle machte sich noch ein wenig größer, als er ohnehin schon war. »Das wollte ich schon immer mal sagen!«

»Hast du keine anderen Sorgen?«, zischte Varla.

»Doch, aber die Geister könnten uns doch helfen?«

»Leise!«, flüsterte Parker ihnen zu. »Seven ist dahinten. Helft mir, sie zu überwältigen.«

Varla wusste, dass Parker in dieser Situation absolut nichts tun konnte und Houston auch nicht. Nur die beiden zugedröhnten Geisterjäger an ihrer Seite. Eventuell … Nicht mal ein Exorzist war hier. Wie sollten sie da Seven … helfen? Es gab nur eine winzige Chance.

»Parker, du musst Sevens Programmierung umkehren.« Sie waren fast da.

»Glaubst du, das weiß ich nicht?«, fragte Parkers schimmernder Geist zurück. »Wenn sie es uns so einfach machen …«

Das hätte Varla auch nicht vermutet.

Den Anblick, der sich ihnen auf der Rückseite der Turnhalle bot, ebenso wenig. Varla konnte es Houston nicht verdenken, dass er innehielt und direkt wieder kehrtmachte.

Seven, blutbeschmiert, mit zerfetztem Ballkleid und weggetretenem Blick, fixierte den Hintereingang. Von innen rüttelte jemand daran. Allerdings kokelte vor der Hintertür ein aufgeschichteter Haufen an Zeitungspapieren vor sich hin, weswegen Varla lieber Abstand hielt. Oben aus dem Dach drang ebenfalls Rauch nach außen. Ein Brand und verriegelte Türen. Eine tödliche Kombination, die Varla den Atem verschlug. So etwas passierte doch nur in Büchern und Filmen, niemals in ihrer Welt. Doch genauso war es. Knisternd breitete sich das Feuer vor Varlas Augen weiter aus.

Adrenalin fuhr durch ihren Körper und auf einmal bewegte sie sich wie im Automodus.

»Parker, tu was. Ich lenke Seven ab. Trent, hilf du den anderen, aus dem Toilettenfenster zu klettern. Geh als Geist rein, erklär allen, was sie tun sollen, und komm zurück, verstanden? Und stell deinen Körper in sicherer Entfernung vom Rauch ab.«

Schon schwebten die Geister von Emerson und Natalia durch das Dach. Obwohl Seven sie längst bemerkt haben musste, beachtete sie weder Varla noch die Jungs an ihrer Seite. Doch sobald ihr Blick auf Natalia fiel, knurrte sie.

»Seven? Ich bin's«, versuchte es Varla mit so viel Nachdruck in der Stimme wie möglich. »Warst du das?« Sie wies auf den vor sich hin schwelenden Papierhaufen. Rauch schlängelte sich wie dunkle Schnüre daraus empor. Nur das Knistern der Blätter war zu hören neben den geflüsterten Worten von Emerson.

Neben ihr stimmte Parker das *Itsy Bitsy Spider*-Lied an, weswegen Varla gespannt auf Sevens Reaktion wartete. Einmal, zweimal sang er es mit zittriger Stimme, während Seven wie in Trance an Parker vorbeistarrte.

Nichts geschah. Seven stand genauso steif da wie zuvor.

Fast hatte Varla es geahnt. Bloß warum funktionierte es dieses Mal nicht? Immer noch fixierte Seven Natalia, die die Lage wohl bereits sondiert hatte.

Natalias Lippen verzogen sich. Bitterkeit und Triumph sprachen aus ihren Gesichtszügen. »Gib den Lehrern Bescheid, Emerson. Ich kümmere mich um diese Irre.«

»Sie ist besetzt«, bemerkte Varla. »Umsessen«, korrigierte sie sich. »Seven kann nichts dafür.« Hoffentlich würden das die anderen auch so sehen. Und warum funktionierte das *Itsy Bitsy Spider*-Lied nicht mehr? Varlas Blick fand Parkers, der nur mit den Schultern zuckte. Doch offensichtlich hatte er ihr etwas mitzuteilen, denn er schwebte auf sie zu. Hoffentlich, um ihr zu versprechen, nun endlich zurück in seinen Körper zu fahren.

»Etwas stimmt hier nicht, und damit meine ich nicht das Offensichtliche.« Er nickte in Richtung Seven.

»Was glaubst du, haben die Poltergeister mit ihr vor?«, fragte Varla, die ähnliche Gedanken hegte. Doch bevor Parker antworten konnte, schoben sich ein paar Gedankenfetzen zu ganzen Sätzen in Varlas Kopf zusammen. »Die Poltergeister wollen dich und Crowe ausschalten, weil ihr Seven durchschaut, ihr glaubt und sie aufhalten könntet. Deshalb der Angriff eben im Kunstraum.« Die Worte in Varlas Mund verhakten sich, als so viele Bilder auf einmal an ihrem inneren Auge vorbeizogen. Es war noch nicht mal eine Vision. Bloß eine Feststellung. Zugegeben, eine wirre Feststellung. Doch Parker verstand bestimmt, was sie meinte. Sie sah ihn fest an. Was hatten die Poltergeister mit ihrer neuen besten Freundin vor? Varlas Herz schlug so schnell, als wollte es sich von ihr losreißen und ohne sie davongaloppieren.

Bilder aus der Vergangenheit schossen ihr durch den Kopf. »Die Schule zu schließen, ist ihr Ziel. Sie wollen die Ausbeutung der Geister beenden. Dafür haben sie Seven als ihr Werkzeug ausgewählt.« Das Gekreische der Poltergeister, die sich über Geisterforscher aufregten, zerrte an Varlas Erinnerungen.

Während sie sprach, wirkte Parker von Sekunde zu Sekunde alarmierter. »Als Nächstes müssen sie den Weg frei räumen. Indem sie die Jäger töten zum Beispiel. Die Talentiertesten von euch. Um freie Bahn zu haben. Niemand anderer kann ihnen etwas entgegensetzen.« Gut, abgesehen vielleicht von ein paar Tricks der Geisterforscher, aber so ein bisschen Geisterabwehrspray würde einem Angriff nicht lange standhalten.

Varlas Blick fiel auf Natalia, ehe sie ihren Satz vervollständigte. »Ich würde mit Natalia anfangen, wenn ich dieser Poltergeist-Anführer wäre. Wenn sie stirbt, gibt es auch keine Ersatz-Geistlenkerin mehr für Seven.« Sie starrte in Richtung Dach, von wo aus Natalia Seven mit Worten provozierte.

Nach einem Blick über die Schulter bemerkte Varla, wie Bayle und Trent Yoko aus dem Toilettenfenster zogen. Das ging viel zu langsam. Irgendjemand musste die Eingangstüren öffnen oder der Großteil der Ballgäste würde lebendig verbrennen.

»Die Feuerlöscher …« Yoko hustete, wischte sich mit dem Handrücken über den Mund. »Sie funktionieren nicht. Wurden manipuliert.«

Irgendjemand keuchte.

»Warum tun die Hotties denn nichts?«, hörte Varla Bayle fragen.

Mittlerweile stand der erste der überhängenden Dachbalken in Flammen und das Feuer fraß sich aggressiver vorwärts. Der Rauch kratzte in Varlas Kehle, weswegen sie einen Schritt zurücktreten musste. Hastig ging sie im Kopf die Standorte von weiteren Feuerlöschern auf dem Schulgelände durch. Ein ganz kleiner befand sich innen am Haupteingang. An den würde sie nicht rankommen und bis die anderen in der Schule ihn erreichten, würde das Feuer schon zu hoch lodern. Die großen Feuerlöscher befanden sich allesamt zu weit entfernt im Inneren der Schule. Aussichtslos, dort in weniger als fünf Minuten dranzukommen.

»Die anderen haben sich drinnen in der Mitte des Basketballfelds versammelt, weil sie einen Poltergeist-Angriff erwarten«, flüsterte Yoko. Sie vollführte eine Handbewegung, die deutlich machte, dass sie geschickt worden war, um den Ersatzschlüssel zu holen.

Ein gewagter Plan der Schulleiterinnen.

Varla biss sich auf die Zunge. Ob dieser Plan aufgehen würde? Und wenn nicht? Wenn die Poltergeister auch dagegen vorgesorgt hatten? Wenn das Schloss blockiert war? Schon im nächsten Moment raste Yoko davon.

»Komm schon.« Wie in einem Karatefilm winkte Natalia Seven zu sich. Unter ihr knisterte das Feuer. »Wechsel auf die Geisterebene und dann werden wir ja sehen, wie du dich gegen mich behaupten kannst.«

»Natalia, nicht!«, sagte Varla. »Die Poltergeister wollen dich aus dem Weg räumen.«

Für diese Warnung hatte Natalia nur ein müdes Lächeln übrig. »Welcher Poltergeist will das nicht? Schon seit ich geboren wurde.«

Da hatte die vormals mächtigste Geistbegabte wohl recht. Natalia starrte Seven an, wobei sie Varla an eine wütende Vampirprinzessin erinnerte.

Dennoch …

»Parker, geh zurück zu Seven. Sag ihr, dass sie sich gegen die Besetzung behaupten muss. Sag, dass du sie liebst!«

»Das hat bei Crowe schon nicht funktioniert in der Nacht, als James …«

Varla verstand. Bloß musste das einfach klappen. Wenn das *Itsy Bitsy Spider*-Lied keine Wirkung zeigte, was konnte ihnen dann noch helfen?

»Parker, du bist nicht Crowe.« Es kam härter über ihre Lippen als beabsichtigt und sie konnte erkennen, wie Parkers Kopf nach oben ruckte. Ob ihn dieser Fakt getroffen hatte oder er einfach nur gegen den Drang ankämpfte, zurück in seinen Körper zu fahren, war ihr nicht unbedingt klar.

Nach kurzem Zögern nickte Parker ihr zu. Gut, welche Wahl hatten sie schon?

Varla fixierte Seven mit den Augen. Gleichzeitig ertönten Rufe aus dem Inneren der Turnhalle. Sie war sich nicht vollkommen sicher, aber es hörte sich so an wie »Poltergeister!«.

Was zur Hölle …? Noch ehe Varla den Gedanken ganz zu Ende gefasst hatte, schoss Sevens Geist aus ihrem Körper. In einer fließenden Bewegung und so, als hätte sie das von langer Hand geplant, griff sie sich in den Nacken, zog das Geisternetz aus ihrem Tattoo und warf es auf Natalia.

Die versuchte zwar noch auszuweichen, doch es war zu spät. Das Netz nagelte sie auf dem Dach der Turnhalle fest und Sevens Geist verschwand wieder in ihrem Köper. Seelenruhig.

»Du kleine Kröte!« Natalias Geist hatte sich komplett im Netz verhakt. Seven hatte mit diesem Spezialequipment wirklich gute Arbeit geleistet. Nur war das nicht ganz das, was sich Varla erhofft hatte.

Immerhin setzte sich nun Parker in Bewegung. Er schwebte ganz nah an Seven heran, wobei seine Geisterbrust bebte. Der Anblick löste ein dumpfes Ziehen in Varlas Magengrube aus.

»Seven? Hörst du mich?«

Nichts.

Widerwillig blickte Varla auf ihre Hand, tippte dann übertrieben auffällig mit ihrem Finger auf ihr linkes Handgelenk, wo eine Uhr hingehörte, um Parker zur Eile anzutreiben. Warum trödelte er so herum?

»Seven, bitte schüttle sie ab. Du kannst es«, fuhr Parker fort. »Denk an heute Abend, deine starke Rede beim Ball. Eigentlich wollte ich danach in Ruhe mit dir reden …«

Mehr bekam Varla nicht mit, denn ein Grollen bewegte sich auf sie zu, als handle es sich dabei um ein lebendiges Wesen, was sie vom direkten Geschehen vor ihr ablenkte.

»Mrs Sukarno?« Auf einmal stand sie vor ihnen. Wutentbrannt. Mit zusammengezogenen Augenbrauen. Die Mutter der indonesischen Drillinge.

Was wollte eine Mutter beim Ball? Eltern waren nicht eingeladen. Doch das war nicht mal das Seltsamste. Denn einen Atemzug später verließ Mrs Sukarno ihren Körper. Nur für einen Moment und im Rahmen eines Hicksers, wie bei einem Schluckauf. In Varlas Innerem gingen sofort mehrere Warnlampen an. Mrs Sukarno war auf die Geisterebene gewechselt. Das … sollte normalerweise nicht möglich sein. Nicht nur, dass Mrs Sukarno deutlich älter als fünfundzwanzig war und damit zu alt für geistbegabte Fähigkeiten, sie musste ihren Erzählungen nach zu ihrer Schulzeit Teil der Forscher-SU gewesen sein. Wie konnte sie da Jägerfähigkeiten zeigen?

»So war das nicht abgemacht! Da drin sind meine Kinder!« Sie stürzte sich geradezu auf Seven, rüttelte an ihrer Schulter. »Lass die Kinder da raus.«

»Sie werden dafür bezahlen. Für alle Blutschuld und all die Folter …«, sagte Seven. Ihre Stimme klang viel zu tief …

Mrs Sukarno holte aus und schlug Seven mit der flachen Hand ins Gesicht. »Was habt ihr mit den Türen gemacht?«

Seven grinste. Ein diabolisches Grinsen, das Varla noch nie zuvor bei ihr gesehen hatte.

Die Türen!

Rasch sah sie sich um. Parker flackerte, bemühte sich immer noch um Sevens Aufmerksamkeit.

Natalia kämpfte mit dem Netz.

Durch eins der beiden schmalen Toilettenfenster zogen Bayle und Trent ein Mädchen mit Dutt und gelbem Ballkleid heraus. Marie aus Varlas Mediums-SU.

Das ging viel zu langsam. Das Feuer … Varla hob den Kopf. Mittlerweile fraß es sich durch die Balken. Der Geruch nach Lagerfeuer und die Hitze, die in Varlas Gesicht brannte, kitzelte an ihren Nervenenden. Adrenalin schoss durch ihre Adern. Wo blieb denn nur die Feuerwehr? Die Hatties hatten sie sicher bereits gerufen. Sie musste los. Selbst einen Feuerlöscher holen oder noch besser … – eine Idee blitzte in Varla Kopf auf.

Ohne den anderen zu sagen, was sie vorhatte, preschte Varla in Richtung Schule.

Ganz offensichtlich hatten inzwischen ein paar Geister mitbekommen, was los war, denn eine Handvoll von ihnen schwebte ihr entgegen, und zwar auf die Turnhalle zu. Ruben mit seiner halben Brille war unter ihnen. Einer der Geister, der schon am längsten in der Schule spukte. Ruben! Vielleicht war er die Lösung.

»Ruben!« Wie eine Ertrinkende ruderte sie mit den Armen, während sie die letzten Schritte auf ihn zusprang. »Du musst mir helfen!«

»Wie bitte, Darla?«, fragte er, wobei er perplex über seine Brillenränder hinweg zu ihr nach unten schielte.

Varla verzichtete darauf, ihn zu korrigieren.

»Wenn du ein gutes Herz hast, begleite mich zur Turnhalle. Du könntest alle eingesperrten Schüler retten.«

Der Geist wirkte, als müsste er über jedes Wort von Varla einzeln nachdenken.

»Alle würden dich als Helden feiern.«

Ruhig bleiben, ermahnte sich Varla. Sie konnte ihn schlecht dazu drängen. Die anderen Geister schwebten nun näher an ihn heran.

»Du, ein Held?«, fragte Leah-Belle, ein Geistermädchen mit niedlicher Stupsnase.

»Ja, ja, das bin ich.« Von einem Augenblick auf den nächsten reckte Ruben die schmale Brust. »Wie kann ich helfen, Mylady?« Da er sich in einer Verbeugung übte, rutschte ihm die Brille von der Nase. Kein Wunder, denn sie hing ja nur an einem Bügel. Gerade noch rechtzeitig gelang es ihm, sie aufzufangen. Doch mit den eigenartigen Geistergesetzen konnte sich Varla jetzt nicht befassen.

»Mitkommen. Schnell.« Sie winkte ihm zu, wandte sich um und sprintete zurück.

Auf den Anblick der Turnhalle war sie nicht vorbereitet gewesen, ebenso wenig wie auf die Schreie. Mittlerweile musste Panik unter den Ballgästen ausgebrochen sein, denn das halbe Dach stand in Flammen. Neben Trent und Bayle hatte sich erst ein Dutzend Schüler versammelt. Ein Pärchen versuchte das zweite Toilettenfenster aufzubrechen, das offensichtlich klemmte.

»Okay, hör mir zu.« Sie erklärte Ruben in einfachen Worten den Plan, damit er möglichst schnell begriff. Das musste einfach funktionieren!

»Ich werde dahinten gebraucht. Du kriegst das schon hin, Ruben. Ich glaube an dich.« Es kribbelte Varla in den Fingern, sie musste sehen, was am Hintereingang los war. Vielleicht gab es eine Möglichkeit, die Tür dort aufzubrechen? Hatte Parker Seven schon zurückholen können? Wenn ihnen das gelang, musste heute Nacht niemand qualvoll verbrennen.

KAPITEL 2

Mist, großer Mist, verflucht großer Mist.

Es durfte jetzt nichts mehr schiefgehen. Varla handelte einfach, ohne nachzudenken.

Sie funktionierte wie ein programmierter Roboter. »Parker, bemüh dich weiter!«, herrschte sie ihn an, sobald sie ihn erreichte. Mit traurigem Blick verharrte Parker immer noch neben Seven. Die wiederum fixierte die rauchende Tür vor sich wie ihre Lieblingssoap.

»Schau sie nicht einfach nur an. Zeig deine Gefühle.« Varla wedelte mit der Hand in Richtung des Geister-Parkers. »Ich will dich ja nicht unter Druck setzen, aber es geht um Leben und Tod.« Ganz gewiss blieben dem guten Parker nur noch wenige Minuten. Sehr wenige, bis sein Körper das Zeitliche segnete. Und ihre Mitschüler in der Turnhalle würden bald ein ähnliches Schicksal teilen.

Parker verharrte so regungslos in der Luft, dass sie schon dachte, es wäre zu spät. Doch dann fuhr ein Ruck durch seinen Geisterkörper und er wandte seine volle Aufmerksamkeit Seven zu.

Endlich ließ auch Mrs Sukarno von Seven ab und steuerte das zweite Fenster an, offensichtlich, um bei der Evakuierung zu helfen.

»Wenn diese Superkräfte wirklich mal zu was nützlich wären«, murmelte sie.

Durch das Feuer und die Geister schien die Welt um Varla herum auf einmal zu glühen.

Ein Setting wie direkt aus der Hölle geboren. Varla rieb sich die brennenden Augen. Ruß klebte an ihr, als hätte sie sich mitten in einen grauen Sandsturm gewagt. Irgendwer hatte ein Brecheisen und einen Hammer aufgetrieben. Vermutlich aus dem Hausmeisterarsenal. Yoko, das musste Yoko gewesen sein. Also war der Plan mit dem Schlüssel nicht aufgegangen. Bayle setzte das Brecheisen am Fensterrahmen an. Ein Ruck, es knirschte. Emerson kam ihm zu Hilfe, packe ebenfalls das Eisen, um die Hebelwirkung zu verstärken. Trent stand mehr oder weniger hilfreich daneben.

Das konnte funktionieren. Das Türschloss der Hintertür wäre zwar Erfolg versprechender gewesen, aber das stand bereits in Flammen. Wenn doch nur Shana und Ira nichts geschah!

Die Schüler im Gebäude verhielten sich ruhiger als erwartet. Nur ab und zu hörte man Erwachsene etwas brüllen. Varla erinnerte sich daran, dass nicht nur Lehrer, sondern auch Parteimitglieder der LGW und NWOG heute Abend auf dem Ball anwesend waren.

Geist um Geist näherte sich der Schulturnhalle, manche schlüpften hinein, manche warteten genauso angespannt wie Varla draußen.

»Hey, Leah-Belle.« Varla wandte sich dem Geistermädchen zu. »Kannst du nachsehen, ob Ruben erfolgreich war?«

Leah-Belles Augen glänzten. Offensichtlich froh darüber, eine Aufgabe übertragen bekommen zu haben, zischte sie los.

»Wenn meinen Mädchen etwas zustößt, mache ich euch fertig!«, brüllte Mrs Sukarno. Wen sie damit meinte, war Varla zunächst nicht ganz klar. Seven? Doch dann machte es *klick*. Während sich Puzzleteil um Puzzleteil in Varlas Kopf zusammensetzte, biss sie sich auf die Unterlippe. Mrs Sukarno hasste die Hatties und ihre Ansichten. Nicht nur einmal hatte sie versucht durchzusetzen, dass man Geisterforscher in einer der drei Begabten-SUs aufnahm und heute Abend war sie nicht nur durch die Schule geschlichen wie ein Einbrecher, nein, sie hatte vor wenigen Minuten eine Fähigkeit der Geisterjäger gezeigt. Und das, obwohl sie nie in einer Begabten-SU gewesen war. Das musste bedeuten … Entweder hatte man ihre Kräfte bisher unterdrückt oder … Irgendwie hatte sie sich Kräfte verschafft … Dafür gab es eigentlich nur einen Weg. Mit Geisterplasma, wenn Varla das richtig verstanden hatte, war es möglich, aber auch gefährlich. Man konnte schnell durchdrehen und komplett süchtig nach dem Stoff werden. Aber auf diese Weise war das Körperverlassen-Phänomen von vorhin zu erklären … Nur von wem hatte sie den Stoff? Einem Geisterplasma-Dealer?

Und was hatte sie ihm dafür versprochen? Oder war sie selbst an das Plasma gekommen, indem sie es von den Geistern im Keller entnommen hatte? Oder war Mrs Sukarno doch eine der wenigen Erwachsenen, die ihre Geistbegabung behielten? Nur warum hatte man sie zuvor als Forscher eingestuft? Varla wischte sich über die schweißnasse Stirn. Das Feuer strahlte viel zu viel Hitze ab. Mit den Gedanken zu Mrs Sukarno musste sie sich später beschäftigen, jetzt ging es um das Leben ihrer Mitschüler.

»Carla! Ist hier eine Carla?« Leah-Belle kam um die Ecke geschossen. Sobald sie Varla erblickte, lächelte sie. »Das bist du, oder? Ruben meint, es hat geklappt und ich soll Carla ausrichten, dass sie kommen soll.«

Varla verdrehte die Augen. »Jap, er meint mich.« Nach einem letzten eindringlichen Blick in Richtung Parker, der immer noch auf Seven einredete, raste Varla los.

Parker

Parker wusste, dass es an ihm lag. Nur plötzlich war all sein Mut, den er nach Sevens Ansprache verspürt hatte, wieder verflogen. Schließlich hatte Varla ihn gewarnt, dass etwas Schreckliches geschehen würde, wenn er und Seven zusammenkamen. Und in gewisser Weise hatte er sich seine Gefühle für sie vor wenigen Minuten eingestanden. War das eventuell schon der Auslöser gewesen? War der Brand seine Schuld? Würden seinetwegen viele Menschen ihr Leben lassen müssen? Vielleicht sogar Crowe? Der Gedanke machte ihn ganz schwummrig, noch dazu zerrte sein reeller Körper an ihm, wollte seine Geisterseele zurückhaben.

Doch dann traf ihn Varlas Blick. Noch ein Versuch. Aller guten Dinge waren drei.

»Seven, du kannst mich sicher hören. Bitte schieb diesen Poltergeist weg, der von dir Besitz ergriffen hat, ich weiß, du kannst das.«

Gut, das war schon mal was, aber er brauchte mehr. Und Seven brauchte einen Ansporn, um Kraft zu sammeln.

Vorsichtig griff er nach Sevens Hand. Sie ließ es zu, starrte allerdings immer noch wie hypnotisiert auf den Notausgang der Turnhalle.

»Was ich dir eigentlich vorhin hatte sagen wollen …« Er räusperte sich. »Du hast mich echt umgehauen eben auf der Bühne. Aber auch schon vorher … ich habe wirklich versucht, meine Gefühle für dich zu unterdrücken, vor allem wegen Crowe. Denn er ist verknallt in dich. Wahrscheinlich hast du es dir schon zusammengereimt, aber seine Ex-Freundin hat ihn wegen mir verlassen. Crowe nimmt Medikamente gegen seine Stimmungsschwankungen und er hat mich angefleht, dich ihm nicht wegzunehmen.«

Immer noch keine Reaktion von Seven. Doch davon ließ sich Parker nicht beirren. Es gab nur diese eine Chance. Seven musste eine starke Welle an Gefühlen entwickeln, wie Geister, die dadurch Gegenstände bewegen konnten. Seven blieb nur diese eine Möglichkeit, um sich selbst zu befreien.

Und er würde sie dabei unterstützen. Bloß wie?

»Ich …« Verzweifelt sah Parker sich um. Seine bisherige Taktik schien nicht gerade von Erfolg gekrönt zu sein. Das Feuer war inzwischen viel zu nahe. Eilig machte er einen Schritt zurück, zog Seven dabei mit sich. Zwei Schritte. Mehr ließ sie nicht zu.

Parker legte den Kopf in den Nacken. Wenn er so nicht weiterkam, sollte er seine Einstellung ändern. Wenn er mit hartem Tonfall kein Geschäft abschließen konnte, dann musste er es mit Freundlichkeit versuchen. So die oft gepredigte Theorie, mit der sein Dad seinen eigenen Angaben nach sein Vermögen aufgebaut hatte. Im Prinzip hatte er diesen Rat seines Vaters immer als großspurige Aufschneiderei abgetan. Aber jetzt konnte er seine Worte deutlich hören.

Ändere deine Strategie.

Parkers ganze Geisteroberfläche kribbelte, schien an manchen Stellen Wellen zu schlagen. Gut, ein Manöverwechsel. Jetzt.

»Seven, es ist Zeit, etwas zu unternehmen.« Er ließ seine Stimme fest klingen. Wenn Varla zurückkehrte, das schwor er sich, würde er die echte Seven in seinen Armen halten und sich um sie kümmern. Er verstärkte seinen Griff um ihre Hand, verflocht dann seine Finger mit ihren, wobei er in ihr regloses Gesicht sah. »Du und ich, wir werden diesen Abend gemeinsam überleben. Ich gestehe dir endlich, was ich wirklich für dich empfinde, und du schüttelst diesen Dämon ab.«

Täuschte er sich, oder hatte Seven eben doppelt so häufig geblinzelt wie noch kurz zuvor?

»Wahrscheinlich hätte ich dir das schon viel früher sagen sollen«, fuhr Parker fort. Zugegeben, er begriff selbst, dass er sich gerade um Kopf und Kragen redete. »Bitte, Seven, komm da raus. Befrei dich aus diesem Gefängnis, damit ich dir endlich sagen kann, was ich für dich fühle.«

In Sevens Augen flackerte es und die Härchen an ihren Armen richteten sich auf.

Funktionierte es? Kurz überlegte Parker, ob er so weit gehen und sie küssen sollte. Nicht zum ersten Mal dachte er daran, sehnte sich nach dem Gefühl, das er bei einem Kuss zwischen ihnen erwartete. In Baden-Baden vor ein paar Tagen war er kurz davor gewesen, es zu tun. Bis ihm Crowe und Natalia in die Quere gekommen waren. Und danach eben Varlas Weissagung. Parker wollte nichts mehr, als Sevens Lippen schmecken, mehr von diesem fruchtigen Duft aufsaugen, der Seven umgab wie ein tropischer Cocktail.

Aber die Situation, in der sie sich befanden, war nicht der perfekte Moment für einen Kuss. Zudem war er gerade ein Geist. Parker hielt inne. Erst jetzt ging ihm auf, dass er kurz zuvor Sevens Hand gedrückt und sie sogar von den Flammen und dem Rauch weggezogen hatte. In seiner Geisterform. Wie war das möglich? Lag es daran, dass ein Dämon von ihr Besitz ergriffen hatte, oder daran, dass seine Emotionen so stark waren in Bezug auf Seven? Eher Letzteres. Doch Parker hatte keine Zeit, sich darüber Gedanken zu machen.

»Seven, ich kann nicht aufhören, an dich zu denken. An die Art, wie du dir durch deine Haare streichst, wie du mich ansiehst, an dein sanftes Lächeln, wie du dich für die Schwächeren einsetzt und Natalia dich mal kann. Eigentlich wusste ich es vom ersten Moment an. In dir steckt so viel mehr. Wenn ich in deine Augen schaue, sehe ich die komplette Tiefe des Universums. Du bist das Gegenteil von oberflächlich. Du erkennst in jeder Situation, was richtig und was falsch ist. Deine Seele ist so uralt wie meine. Bisher habe ich meine Gefühle für dich unterdrückt. Wegen Crowe und dem, was Varla gesagt hat. Genau deswegen wollte ich vorhin mit dir sprechen. Weil ich dir nicht verheimlichen wollte, dass etwas Furchtbares geschehen wird, wenn wir beide zusammenkommen. Aber das alles ändert nichts daran, dass ich mich auf den ersten Blick in dich verliebt habe.«

Ganz langsam drehte Seven ihren Kopf in seine Richtung. Ohne zu blinzeln. Ein bisschen wie ein Roboter. Es hatte etwas Gruseliges an sich, so vor dem Hintergrund des Brandes und den Schreien aus der Turnhalle.

Schon glaubte Parker, dass jetzt alles verloren war, dass es nicht geklappt hatte. Doch dann schnappte Seven nach Luft, als wäre sie gerade aus einem stürmischen Meer aufgetaucht.

»Was?« Ihr ganzer Körper zitterte trotz der Hitze, die das Feuer abstrahlte. »Parker?«

Er lächelte. Sie war wieder da. Bei ihm. Wie gern hätte er sie jetzt in den Arm genommen! Doch dafür blieb keine Zeit. An seinem Bauchnabel zerrte etwas wie ein Haken, der einen brennenden Schmerz hinterließ. Es war eindeutig. Sein Körper war kurz davor aufzugeben. Er musste zurück.

Seven

Ich verstand zunächst nicht, was los war. Wie war ich hierhergekommen? Wieso brannte die Turnhalle? Wer hatte mein Kleid bis über die Knie abgeschnitten? Klebte da etwa Blut an mir? War das ein Traum oder war ich schon wieder schlafgewandelt? Vor mir stand Parker, der mich traurig anlächelte. Nein, das war nicht ganz korrekt. Sein Geist schwebte vor mir, wurde jedoch in dieser Sekunde von mir weggerissen wie von einer fremden Macht, entfernte sich immer weiter von mir in Richtung Schule. Das Ganze glich einer Szene aus einem Gruselfilm.

»Parker!« Ich streckte eine Hand nach ihm aus, in meinem Magen regte sich ein komisches, hüpfendes Gefühl. Während ich dem Geisterparker hinterhersah, der über den Rasen sauste, setzte die Erinnerung ein. Er hatte mich aus einer Poltergeisterbesetzung zurückgeholt. So musste es sein. Dieselbe wie an meinem ersten Abend in der fünften SU. Derselbe Geist. Und dieses Mal wusste ich, wer es war.

KAPITEL 3

Rauch kitzelte in meinem Rachen, ließ ihn ganz trocken werden. Kurz verstand ich nicht so recht, woher das kam. Bis mir die Tragweite meiner ersten Erkenntnis bewusst wurde. Die Turnhalle brannte! Mit den Gästen des Balls darin? Waren alle in Sicherheit? Das Feuer strahlte so heiß in meine Richtung ab, dass mein Gesicht zu glühen begann. Ich drehte mich um, entdeckte Emerson in einer kleinen Gruppe Schüler, die andere Schüler aus zwei Fenstern zogen, und raste auf sie zu.

Von der anderen Seite hinter Emerson sprintete auf einmal Varla ebenfalls auf die Schüleransammlung zu.

»Der Haupteingang ist wieder offen. Da raus, schnell!« Sie gestikulierte in Richtung der Fenster. »Yoko kommt euch mit dem Feuerlöscher entgegen.«

Sie blickte sich um, wandte sich an ein paar Geister in der Nähe. »Sagt allen in der Halle, sie sollen zum Haupteingang raus. Und wenn ihnen der Weg versperrt ist, durch die Toilettenfenster.«

»Gebt uns Bescheid, falls jemand in der Falle sitzt«, fügte Emerson hinzu. Ihr blondes Haar hatte sich von all dem Ruß und der Asche grau gefärbt.

»Seven?« Varla fixierte mich mit ihrem Blick. In ihren Augen lag etwas Abschätzendes, das ich nicht ganz deuten konnte.

Bevor ich mich zu einer Antwort durchringen konnte, öffnete und schloss ich zunächst mehrfach den Mund. *Was war nur geschehen?*

»Eben war hier noch alles ruhig und auf einmal seid ihr hier, ich stehe nicht mehr neben dem Busch da und die Turnhalle brennt! Was ist passiert?«

Anstatt mir eine Erklärung zu liefern, überwand Varla die Distanz zwischen uns und schloss mich in ihre Arme.

»Alles wird gut. Sie kommen da raus. Kannst du dich an gar nichts erinnern?«

Mein Kopf ruckte nach oben. »Bin ich schlafgewandelt? Hat Parker versucht mich zu wecken? Mir war so, als hätte er in einem Traum mit mir geredet.«

Varla schwieg. Vermutlich verhieß das nichts Gutes. Genauso wenig wie der Fakt, dass Flammen aus dem Dach der Turnhalle schlugen. »Sind wirklich alle in Sicherheit?«

»Ja. Zumindest auf dem Weg in die Freiheit.« Varla ließ mich los. »Ruben ist neuer Türgeist. Daher haben wir alles im Griff. Er hat die blockierte Tür geknackt.« Nach einer kurzen Pause fügte sie hinzu: »Wer weiß, was er sich demächst alles einfallen lassen wird, damit wir bis zum Sportunterricht durchgelassen werden. Ein Pfand? Einen Code? Eine Sportübung?«

Oh, die Aufgabe konnte nicht schwierig genug sein. Ich lächelte Varla schwach an, entspannte mich ein wenig und spürte, dass sie dasselbe dachte.

»Wenn es ein Salto rückwärts ist, werde ich nie mehr zum Sport gehen können. Schade.«

Ehe ich Varlas Hand drücken konnte, bemerkte ich, wie die Hatties und Mr Chase auf uns zugesprintet kamen. Irgendetwas schien im Busch zu sein.

Bayle, der ganz in der Nähe stand, konnte sich offensichtlich die Bemerkung nicht verkneifen, dass die Hatties heute im doppelten Sinne als die Hotties bezeichnet werden konnten mit ihren zerrissenen, angesengten Ballkleidern.

Zweifellos wollten sie zu uns. Zu mir …

»Wir müssen hier weg, los!« Varla hakte sich bei mir unter. Zwar fuhr mein Kopf noch herum, aber sie drängte mich bereits im Laufschritt um die Halle, weg von den Hatties. »Die anderen bekommen das ohne uns hin. Die Feuerwehr wird gleich hier sein.«

Aha. Irgendwie verstand ich nicht ganz, was sie mir damit sagen wollte.

»Wir sollten abtauchen, Parker im Krankenflügel treffen und dann sehen wir weiter.«

Auch das kapierte ich nicht vollkommen. Aber ich hatte einige Fragen. Auch an Parker, daher war mir Varlas Plan durchaus recht. Nach einem letzten Blick zurück zur brennenden Turnhalle rannte ich mit Varla über den Rasen davon.

Während wir liefen, dachte ich über das Erlebte nach. Die Uhr im Foyer der Schule zeigte fünf nach elf. Gut, ich hatte erwartet, einige Minuten verpasst zu haben. Durch einen kurzen Aussetzer. Aber eine Stunde? Mir fehlte ziemlich genau eine Stunde, vielleicht etwas mehr als das, seit ich die Turnhalle verlassen hatte. Um halb zehn hatte ich die Rede auf der Bühne gehalten, hatte mit Crowe tanzen müssen und war dann gegen zehn Uhr mit Remi ins Freie gegangen, um auf Parker zu warten. Was bedeutete das?

»Varla …«

Als könnte sie meine Gedanken lesen, wedelte Varla mit ihrer freien Hand vor meinem Gesicht in der Luft herum. »Ich erkläre dir alles, wenn wir Parker treffen.«

Irgendwie sprach sie es so aus, als bestünde die Möglichkeit, dass das nie mehr der Fall sein würde.

»Äh, ist irgendwas mit ihm? Ist Parker verletzt?«

Komischerweise begann nun Varlas Glöckchen an ihrem Satinhalsband zu zittern. Hatte ich ins Schwarze getroffen? Aber warum wollte sie nicht mit mir darüber sprechen? Parker? Noch vor Kurzem hatten wir uns in Ruhe draußen vor der Turnhalle unterhalten wollen und jetzt …? Was hatte ich bloß verpasst? Auf einmal erfasste mich eine heiße Welle der Wut. Warum passierte das immer mir? Ich wachte irgendwo auf und so viel war geschehen.

Immer noch vor mich hin grübelnd ließ ich mich von Varla hoch in den Krankenflügel bugsieren. Sobald wir die Treppe erreicht hatten, setzten draußen Feuerwehrsirenen ein.

»Der Krankenflügel wird gleich überlaufen sein«, murmelte Varla mehr zu sich selbst. »Bitte, bitte, die Zwillinge müssen ansprechbar sein.«

Crowe also auch? Parker und Crowe waren verletzt? Hatten sie sich miteinander geprügelt? Der Verdacht lag nahe. In meinem Hinterkopf pochte es. Hoffentlich nicht meinetwegen. Mit meinem Tanz mit Crowe und meiner Flucht im Anschluss … Ich knabberte an meiner Unterlippe … hatte ich da einen Streit zwischen den Brüdern provoziert?

»Vorsicht, Teppichfalte.« Varla packte mich härter um den Ellenbogen. »Träumst du, Seven? Konzentrier dich!« Panik lag in ihrer Stimme.

»Was ist los mit dir? Denkst du, ich schlafe im Laufen ein, oder wie?« Nachdem ich ihr das an den Kopf geworfen hatte, erntete ich einen schockierten Blick von Varla.

»Tut mir leid«, murmelte ich. »Ich passe besser auf, versprochen.« Warum ich mich zu dieser Beschwichtigung hinreißen ließ, wusste ich selbst nicht. Aber Varla war meine Freundin und irgendetwas schien sie aktuell durcheinanderzubringen.

Sie sah mich nicht an, während sie erzählte, und schnell gewann ich den Eindruck, dass das auch besser so war. Mit den Worten »Deine Hypnotherapie hat eine gewaltige Sicherheitslücke, wenn du mich fragst« ließ sie die Bombe platzen. Plötzlich war ich froh, dass sie meinen Arm umklammerte, denn mir wurde so schwindelig, dass ich ohne sie umgekippt wäre.

Die Worte kamen ihr schnell und abgehackt über die Lippen. Dennoch brannten sie sich wie ein unheilvoller Chor in mein Hirn ein. Alles, was sie mir erzählte. Ich hatte, besessen von einem Poltergeist, immerhin das wusste ich bereits, die Schulturnhalle verriegelt, alle darin eingesperrt und dann die Hintertür angezündet. Ich! Das war exakt der Stoff, aus dem meine Träume waren. Eingesperrte, brennende Menschen.

»Auch merkwürdig an diesem Abend war die Tatsache, dass Octa zu einem Poltergeist mutiert zu sein scheint. Sie ist grau und düster an mir vorbeigeglitten und Mrs Sukarno hat ihren Körper für eine Sekunde verlassen.«

»Wie?« Froh, das Thema wechseln zu können, hakte ich nach. Die Mutter von Arti, Asmara und Bethari? »Sie ist auf die Geisterebene gewechselt? Glaubst du, das hängt alles zusammen? Der Brand, Octa und Mrs Sukarno?«

Varla rümpfte die Nase. »Die Wahrscheinlichkeit, dass zumindest zwei dieser Vorfälle zusammengehören, ist doch recht hoch, meine ich.« So in etwa hätte es auch Parker ausgedrückt.

Zusammenhänge, Muster … ich zermarterte mir das Hirn, stieß dabei gedankenverloren eine Büste von Julius Cäsar vom Beistelltisch. Dank Varlas hervorragender Reflexe landete sie auf ihrem Fuß statt auf dem Boden. »Autsch.«

»Tut mir leid.« Hastig sammelte ich das Teil auf.

»Weiter, weiter«, drängelte Varla mich. »Keine Zeit für einen toten Römer.«

Für die Toten war immer Zeit, fand ich, doch Varla war vollkommen anders erzogen worden, klar.

Aber was bedeuteten die ganzen Vorfälle? Befanden wir uns mitten in einem Krieg? Und irgendetwas schien Varla mir zu verheimlichen, das erkannte ich an ihren flüchtigen Seitenblicken. Eins sah ich allerdings glasklar. Wie die Sache lag, war ich doch die falsche Auserwählte. Statt Geistlenkerin sollten sie mich besser Unheilbringerin nennen. Oder die Marionette der Poltergeister.

»Und du hast die anderen gerettet, indem du Ruben gebeten hast, Türgeist zu werden und die Eingangstür der Turnhalle damit zu öffnen?« Das hatte ich mir aus den sehr offensichtlichen Tatsachen zusammengereimt. Es musste Varlas Idee gewesen sein.

»Ja, er war der perfekte Kandidat. Hat etwas zu tun gebraucht, war schon ewig an der Schule, kannte jede Ecke. Und ihm ist es gelungen, das Schloss zu knacken, was die anderen letztendlich gerettet hat.«

Dem Himmel sei Dank. Andernfalls hätte ich Menschenleben auf dem Gewissen gehabt. Also zusammengefasst: Ruben war ein Türgeist, Mrs Sukarno neuerdings Geisterjägerin und Octa ein Poltergeist? Das war zu absurd, klang geradezu nach einem Witz. Und wie hing das zusammen? Ruben hatte Varla einen Gefallen getan. Bedeutete das, dass auch Mrs Sukarno jemandem einen Gefallen getan hatte und im Gegenzug mit einer Fähigkeit entlohnt worden war? Aber wie konnte das sein? Ich bemühte mich, all diese Fragen ganz hinten in meinem Kopf in eine Kiste zu packen, um mich später wieder mit ihnen zu befassen. Denn jetzt drückte Varla die Tür zum Krankenflügel auf. Wir stolperten schnellen Schrittes über die Schwelle, wobei Varla die Tür des Jungenschlafsaals an der rechten Wand fixierte.

Eleonor, der Schulgeist und Assistentin von Dr Belinda Lebron, wandte sich zu uns um. In ihren Fingern hielt sie ein Knäuel … Geisterplasma?

»Oh, ihr zwei. Seid ja leise, die Jungs müssen sich erholen. Aber die Zwillinge werden sich auf jeden Fall freuen, dich zu sehen, Seven. Und bitte steht nicht im Weg herum. Wir erwarten gleich mehrere Schüler mit Rauchvergiftungen und Sverre hat sich die Hand verbrannt.«

Sverre … nur ein Schüler mit Verbrennungen? Das war zu gut, um wahr zu sein. Mein Blick glitt zu Eleonors Fingern. Geisterplasma … Etwas in mir reagierte viel zu stark auf diesen Anblick. Varla schien mein Zögern zu bemerken.

»Ist das konfiszierte Schmuggelware?«, fragte sie Eleonor.

»Korrekt. Haben wir Houston abgenommen. Er hat es bewusst eingesetzt, um Remington zu schaden.«

»Was?«, kiekste ich. Remi? Mein Remi?

»Keine Sorge, er ist fast wieder fit. Schwebte nur eine Weile neben sich.« Eleonor strahlte. Warum, begriff ich erst auf den zweiten Blinzler. Die verbitterte kleine Eleonor glaubte an mich und meine quasi revolutionäre Einstellung den Geistern gegenüber, die einige Erwachsene als frevelhaft ansahen. Wenn sie nur wüsste …

Unheilbringerin, wisperte eine Stimme in meinem Kopf.

Egal, ich schüttelte das eiskalte Gefühl ab, das sich wie eine Schlange um meinen Brustkorb gewunden hatte. Zuerst Parker und Remi, danach blieb noch genug Zeit, um mich schuldig zu fühlen. Ich würde die drei persönlich fragen, was mit ihnen passiert war. Schon jetzt war mir bewusst, dass mir die Antwort darauf so ganz und gar nicht gefallen würde.

»Remi ist bei den Hatties. Dieses Mal war seine Überdosis nicht ganz so schlimm wie beim letzten Mal.« Eleonor strahlte mich an.

Gerade als ihre Worte noch in mir nachhallten, kam Mrs Lebron aus der Tür rechts von uns gestürmt, in der Hand eine Pappschüssel in Nierenform, die mehrere Spritzen enthielt. Alle ohne Inhalt. Ich runzelte die Stirn. Wie viel Geisterplasma hatte sie den Zwillingen verabreicht? Hatte es sie schlimmer erwischt als die anderen Schüler?

»Dürfen wir zu Parker und Crowe?«, fragte ich, ehe Mrs Lebron die Gelegenheit hatte, uns anzusprechen, und das wollte was heißen.

»Geh du schon mal vor.« Varla berührte meinen Oberarm. »Ich muss mit Mrs Lebron sprechen.«

Musste sie das? Unter meinem Blick beeilte sich Varla hinzuzufügen: »Wegen Octa.«

Sicherlich nicht nur wegen ihr. Das Schuldgefühl drückte fester zu.

»Is des so?« Mrs Lebron stellte die Schale auf dem Empfangstresen ab. Mit einer Hand kratzte sie sich an der Haube, die sie trug und unter der kupferfarbenes Kraushaar hervorlugte. »Und was könnt ihr mir über den Vorfall mit Parker und Crowe Irving berichte? Was is mit deinem Kleid geschehe?«

»Ich mach das«, ergriff Varla sofort das Wort. »Geh du rein.«

Nach einem kurzen Nicken drückte ich mit dem Ellenbogen die Tür auf. Alles in mir drängte darauf, Parker zu sehen. Um sicherzugehen, dass es ihm gut ging, natürlich. Mein Herz flatterte. Was würde er von mir denken? Doch sofort schob ich diesen irrationalen Gedanken von mir. Parker wusste, dass ich nichts dafür konnte, was eben vor der Turnhalle geschehen war.

KAPITEL 4

Im Jungenkrankenzimmer platzte ich direkt in eine geflüsterte Unterhaltung zwischen Parker und Crowe. An ihren Kehlen leuchtete es hellblau.

»… sagen es niemandem. Es war ein Poltergeistangriff, fertig, aus«, zischte Parker gerade. Er saß im Schneidersitz auf seinem Krankenbett, während Crowe auf dem Rücken lag und die Hände hinter dem Kopf verschränkt hatte.

Crowe entdeckte mich zuerst, richtete sich auf. »Seven.«

Eilig lenkte ich meinen Blick in Richtung Parker. Bei ihm hatte ich nicht direkt Sabrinas Zimmer vor Augen. Wenn ich Parker ansah, musste ich nicht daran denken, wie ich Crowe und Sabrina erwischt hatte.

Beide Jungs musterten mich. Crowes Blick glitt über meinen Körper, verharrte viel zu lang auf meinem zerfetzten Kleid, das inzwischen nur noch ganz schwach bläulich glühte. Allerdings hütete ich mich davor, irgendwelche Körperteile von mir zu verdecken wie ein schüchternes Mäuschen.

»Jungs, erzählt mir alles, was passiert ist. Alles, was ihr wisst«, hörte ich mich sagen. Komisch, eigentlich hatte ich mich gerade noch um Parker kümmern wollen. Andererseits schienen beide wieder fit zu sein und es brannte mir auf der Seele, zu erfahren, was an diesem Abend schiefgelaufen war. Wo war ich falsch abgebogen?

Crowe hörte endlich auf, mich mit seinem glühenden Blick zu verschlingen, und wandte sich seinem Bruder zu.

»Sag es ihr.«

Nachdem Parker mich einige Atemzüge schweigend angestarrt hatte, atmete er tief ein. »Nach deiner Rede, als ich dir nach draußen gefolgt bin, habe ich statt dir nur Remi getroffen.« Und dann erzählte er. Wie er mich mit Crowe im Kunstraum gefunden hatte, wie Poltergeister ihn zu Boden gedrückt hatten. Wie ich ihm wie seinem Bruder zuvor eine Schere in den Hals gerammt hatte. An dieser Stelle schwankte ich kurz. Parker war schon aus dem Bett gesprungen und auf halbem Weg bei mir, ehe ich selbst wusste, was los war, aber ich hob eine Hand.

»Nicht. Ich komm schon klar.«

Auf meine Worte hin erschlafften Parkers Gesichtszüge, als hätte ich ihm ein Messer in den Rücken gestoßen. Hm, nein. Es war viel mehr als das.

Ein Teil von mir wollte sich so gern von ihm in den Arm nehmen lassen, doch der dominantere Teil wollte sich über mich selbst aufregen. Mich treten, schreien, sich übergeben … und ich hatte so viele Fragen. »Welche Poltergeister?«

»Olive und ihr Sohn«, antwortete Parker.

Nein. Ich rieb mir über die Augen. »Dann haben die Poltergeister alle Geister aus dem Keller befreit?«

Mit der Zunge fuhr sich Parker über die Lippen. »Ja.«

Sicherlich war ihm bewusst, was ich dachte. Wenn wir doch nur Olives Sohn aus dem Labor befreit und eine Art Friedenspakt geschlossen hätten, vielleicht hätten wir die Katastrophe verhindern können. Aber so musste sich ihre Wut auf die Geisterseher wie eine Bombe entladen haben. Dennoch … ich konnte nicht fassen, dass Olive an dem Mordanschlag auf die Zwillinge beteiligt gewesen war. Eigentlich hatten wir doch eine Art Freundschaft geschlossen? Gut, aber vermutlich nur sie und ich. Und was hatte der Gärtner gesagt? Ich war ihre Auserwählte. Mit mir wollten sie … Ich schielte auf Parkers Hals, wo das blaue Glühen langsam nachgelassen hatte.

»Parker schaut so schockiert, weil du besetzt worden bist und er jetzt Angst vor dir hat.« Ein Lächeln zeichnete sich auf Crowes Gesicht ab. Eins der nachsichtigen Sorte.

»Ja, sicher.« Ich seufzte. »Aber ich weiß, welcher Poltergeist es war. Oder Dämon, wenn ihr die besonders mächtigen so nennen wollt. Ich denke, es war ihr Anführer. Genau wie an dem Abend, als ich James … umgebracht habe. Derselbe Geist. Er hat mich heute Abend wieder gesteuert.«

»Wow, wie clever du bist«, beeilte sich Crowe zu sagen. »Parker hat dich vollkommen unterschätzt.«

Parker starrte seinen Bruder böse an, als hätte der ein Abkommen gebrochen, doch Crowe redete sorglos weiter. »Genau so muss es abgelaufen sein. Und dann haben uns die Poltergeister überwältigt. Und du hast uns mit einer Schere abgestochen. Aber keine Sorge, im Gegensatz zu Parker habe ich keine Angst vor dir.« Das Grinsen in Crowes Gesicht wurde noch süßlicher.

Meine Nasenflügel bebten und irgendwie fühlte ich mich von jetzt auf gleich, als wäre ich in einen Schneesturm geraten. Vor meinen Augen lief ein Film ab. Ein Film von dem Massaker, das ich angerichtet hatte. Alles um mich herum kam mir so eiskalt vor.

Ich konnte nicht anders, als auf meine Handflächen zu starren. Was hatte ich getan?

»Es war nicht deine Schuld und niemand wirft dir das vor«, sagte Parker mit leiser Stimme. »Das warst nicht du.«

Ach wirklich? Aber ich konnte das nicht einfach so vergessen. Das hieß, der Anführer der Poltergeister hatte durch mich die Zwillinge schwer verletzt. Um ein Haar getötet sogar.

»Was noch?«, fragte ich tonlos.

Daraufhin wechselten die Zwillinge einen Blick. »Das war's. Wir glauben, die Poltergeister wollten uns gezielt ausschalten, weil wir richtiglagen mit unserer Theorie«, druckste Crowe herum.

»Und Natalia wollten sie vermutlich auch umbringen. Aber so weit kam es glücklicherweise nicht«, ergänzte Parker. »Kyle konnte sie aus diesem Geisternetz retten, das der Poltergeist nach ihr geworfen hatte. Das hat uns eben erst Leah-Belle erzählt.«

Oh, das ergab Sinn. Hätte Natalia heute das Zeitliche gesegnet, wäre die zweitmächtigste Geistbegabte für immer ausgeschaltet gewesen. Und beinahe hätte es auch funktioniert.

Parker

Parker biss sich auf die Unterlippe. Wie gern hätte er Seven in diesem Moment an sich gezogen, um sie zu trösten!

Hinter ihr schwang die Tür auf. Mehrere Jäger stützten verletzte Mitschüler. Kyle hatte sich zwei schmale Zwillinge aus dem ersten Jahr unter die Arme geklemmt.

Obwohl Parker sich jetzt am liebsten nur um Seven gekümmert hätte, hob er einen der kleinen Jungen hoch und legte ihn in sein Bett. Er brauchte es im Prinzip nicht mehr. Der Kleine mit dem von Ruß grau gefärbten Gesicht hustete.

Danach drehte sich Parker wieder zu Seven um. Er wollte etwas sagen, doch dann konnte er sie nur anstarren. Eigentlich hätte sie verloren wirken müssen, mitten in dem Strom an Schülern um sie herum. Aber im Grunde strahlte sie etwas Erhabenes aus. Wie ein Lotse, der ihnen allen den Weg zeigen konnte. Selbst in diesem zerrissenen Kleid, das inzwischen mehr grau als blau war. Parker musterte Seven von oben bis unten. Dachte an die letzten Stunden zurück, in denen sie ihre Rede gehalten und dann mit Crowe auf der Bühne getanzt hatte. Wie er beschlossen hatte, ihr endlich zu gestehen, was er für sie empfand. Wie Seven draußen in Ruhe mit ihm hatte sprechen wollen, er aber so dumm gewesen war, sie allein mit Remi vorausgehen zu lassen, um ihr etwas zu trinken und eine Decke zu holen. Der Gedanke an seinen Fehler schmerzte zwischen seinen Rippen wie ein glühendes Stück Eisen. An und für sich war Parker klar, dass er sich bewegen sollte, den anderen unter die Arme greifen musste, statt in dieser Situation sentimental zu werden. Andererseits wuselten wirklich genug Helfer um sie herum. Und auf einmal war Crowe neben ihm, der sowohl ihn als auch Seven packte, um sie in eine Ecke zu ziehen. Gleichzeitig kehrte die Eifersucht in Parkers Magen zurück. Heiße, unbändige Wut auf Crowe. Wie er es immer noch wagen konnte, sich an sie ranzuschmeißen, nach allem, was er Seven angetan hatte.

»Wir werden den Hatties sagen, dass uns Poltergeister angegriffen haben.« Crowes Augen funkelten vor Entschlossenheit. »Seven hatte nichts damit zu tun, verstanden?«

»Nein.« Seven schüttelte seine Hand ab. »Ich werde nicht lügen. Nicht mehr. Von jetzt an stelle ich mich meiner Verantwortung.«

Im Bestreben, sie zu beruhigen, hob Parker eine Hand, wollte sie schon auf ihren Oberarm legen, überlegte es sich allerdings in letzter Sekunde anders, aus Angst, sie könnte ihn fortstoßen.

»Du willst dich nur selbst bestrafen«, wisperte er daher lediglich. »Lass uns dich beschützen. Bitte.«

Sie sah ihn verwirrt an. Doch schon einen Moment später wechselte ihr Gesichtsausdruck zu wütend und letztlich zu nachsichtig. »Ihr könnt mich nicht immer beschützen. Und auch nicht für alle Zeiten.« Seven straffte die Schultern. »Wenn ich es wirklich schon wieder war, durch den die Poltergeister einen Angriff auf die Schule starten konnten, bin ich viel zu gefährlich für euch. Die Hypnotherapie hat nicht gewirkt. Ich sollte eingesperrt werden.« Die letzten Sätze unterstrich Seven mit energischen Gesten, als wollte sie für den Aufsichtsrat kandidieren.

Ganz sachte schüttelte Parker den Kopf. »Das werde ich nicht zulassen. Es war mein Fehler, dass ich dich heute Abend aus den Augen gelassen habe.«

Daraufhin schoss Crowes Kopf herum. »Du hast was?«

»Remi hat mich begleitet«, ging Seven dazwischen. »Es war nicht Parkers Schuld.« Sie rieb sich über die Stirn, so als würde die Erinnerung erst mit Verzögerung einsetzen.

Parker registrierte sehr wohl, dass sein Bruder ihn in Grund und Boden starrte, doch er ging bewusst nicht darauf ein, sondern schloss den letzten Knopf seines Hemds.

»Houston war das Problem. Er muss Remi mit Geisterplasma ausgeschaltet haben. Wahrscheinlich arbeitet er für die Poltergeister.«

Der Gedanke schien Seven auch schon gekommen zu sein, denn sie tippte sich mit dem Zeigefinger ans Kinn. »Womöglich bekommt er von ihnen Plasma dafür, dass er ihnen hilft.«

Ergeben schloss Crowe die Augen. »Warum haben wir die Verbindung nicht früher erkannt? Er muss Remi auch in der Nacht vom ersten Anschlag …«

»Seven! Kommst du mal?« Die Hatties standen im Türrahmen und winkten ihr zu.

Verflucht! Sie brauchten mehr Zeit, um in Ruhe zu reden, ehe Coral und Olivia ihre Klauen in Seven schlugen.

»Ich begleite dich«, bot Parker an. »Natürlich weiß ich, dass du auf dich selbst aufpassen kannst, aber manchmal braucht man einfach Verstärkung.« Er rieb sich über die Augen. Es würde noch sehr lange dauern, bis er sich endlich allein und in Ruhe mit ihr unterhalten konnte. Aber solange würde er sie nicht unbewacht durch die Schule streifen lassen.

Seven

Ich wusste, dass ich mit ihnen reden musste. Trotzdem hätte ich noch ewig hier verharren können. Es fühlte sich beruhigend an, so ganz nah neben Parker zu stehen. Sein Blick ruhte auf mir, als würde er mich nie wieder aus den Augen lassen wollen. Irgendwie brachte mich der Gedanke dazu, zu schlucken. Rannen mir gerade etwa Tränen über die Wange? Das war sicher eine Reaktion auf den verbrannten Geruch, der sich im Jungenkrankenzimmer breitmachte. Ich sagte es nicht gern, aber es musste raus.

»Die Poltergeister wollten heute Nacht nicht nur ein Statement setzen und die Ihren befreien, sondern durch mich auch Natalia und viele andere aus dem Weg räumen. Beinahe wäre ich zur Massenmörderin geworden.« Ich hob den Kopf. Wahrscheinlich war ich die Einzige hier, die sich nicht über einen weiteren Mord in meinem Stammbaum freute. Die Einzige, die mit dem Entsetzen zu kämpfen hatte, dass ich nach James fast weitere zahlreiche Leben beendet hätte, ohne irgendeine Kontrolle darüber zu haben.

Im Gegensatz zu Crowe schien Parker sofort zu verstehen, was ich meinte. Sein Daumen hinterließ einen schwarzen Streifen auf seiner Wange.

»Wir müssen die anderen Schüler und Lehrer vor mir schützen. Vor allem Natalia.«

Auf einmal spürte ich den Drang, Parker diese Rußspur wegzuwischen. Aber natürlich riss ich mich zusammen.

»Natalia?« Crowes Frage ließ mich blinzeln, beförderte mich zurück ins Hier und Jetzt.

»Ja. Ihr müsst auf sie aufpassen. Die Poltergeister fürchten wahrscheinlich, dass sie die nächste Geistlenkerin wird, und sie ist mächtig.«

»Du bist unsere Geistlenkerin«, sagte Parker leise. Ich starrte auf meine Hand, um die sich gerade Parkers Finger geschlungen hatten.

»Vielleicht nicht mehr lange. Vielleicht werden die Hatties mich jetzt fortschicken.« Kaum mehr als ein Flüstern kam mir über die Lippen, dann zog ich ganz langsam meine Hand aus Parkers und schritt auf die Rektorinnen zu, die mir immer energischer winkten. Ohne einen Blick zurück zu Parker und Crowe zu werfen. Es musste sein. Vielleicht würde es heute Nacht enden. Ich würde alles tun, was nötig war, um diese Schule zu schützen. Mit all ihren Lebenden und ihren Toten darin.

Kapitel 5

»Seven.« Coral Hattie, das Gesicht vollkommen rußverschmiert und mit einem blutigen Schnitt am Oberarm, umfasste meine Schulter. Ihr altrosafarbenes Samtkleid wirkte, als hätte man es aus dem Kostümfundus eines Zombieapokalypsefilms entwendet. Wie konnte man mit einer Armverletzung noch so fest zudrücken? Viel mehr redeten wir nicht auf dem Weg zu ihrem Büro. Das rote Tüllkleid von Olivia Hattie raschelte sanft, sobald wir um eine Ecke bogen, und irgendwie beruhigte mich das Geräusch jedes Mal.

Die Tür zu ihrem Büro schwang wie von Geisterhand auf, als wir uns näherten. Oh, hatten sie hier zusätzliche Sicherheitsmaßnahmen ergriffen? Noch ein neuer Türgeist?

»Setz dich.« Eigentlich unnötig, mir das zu sagen, wenn man mich gleichzeitig bereits auf eine Chaiselongue drückte, doch ich schwieg.

»Hast du eine Ahnung, was passiert ist?« Corals Augen funkelten. Ihr stahlharter Blick bohrte sich in mich, als wollte sie mich röntgen.

Ich krallte meine Finger in das Polster. Dachte sie, ich hätte diese Katastrophe mit Absicht heraufbeschworen? Immerhin schien es meinen Freunden gut zu gehen und kein Schüler war ernsthaft verletzt. An diesen Gedanken klammerte ich mich wie an die Chaiselongue.

Hinter ihr räusperte sich Olivia. Sie legte zwei ihrer Haarspangen auf dem Schreibtisch ab, gefolgt von ihren Ohrringen. Das *Klick, Klick,* mit dem der Goldschmuck auf der Tischplatte aufsetzte, irritierte mich irgendwie. »Liebes, möchtest du einen Tee?«

»Ja«, sagte Coral.

»Nein«, sagte ich.

»Schön. Kamille?«

Auf gar keinen Fall Kamille, doch ich schwieg zu diesem Thema einfach. Wir waren also wieder bei unserem Klassiker angekommen. Good Cop gegen Bad Cop. Gute Hattie gegen böse Hattie.

»Seven, du musst uns alles erzählen, jede Einzelheit, verstehst du?« Coral kam mir mit ihrem Gesicht so nahe, dass sie meine Komfortzone komplett missachtete.

»Nur so können wir dir helfen«, flötete Olivia, die die Stimme etwas heben musste, da der Wasserkocher bereits zu laut rauschte.

Helfen. Genau. Mit einem Mal fiel mir etwas ein, was Varla gesagt hatte. »So wie Sie Octa geholfen haben, ja? Ihnen ist bekannt, dass sie sich in einen Poltergeist verwandelt hat? In diesem Moment?«

Beide Hatties hielten inne. Da sie schwiegen und Olivia sich zudem nicht aufgeschreckt zu mir umdrehte, lag die Wahrheit glasklar vor mir. »Sie wussten das.« Ich atmete scharf ein. »Warum …? Wie konnte das passieren?«

Nun wirbelte Olivia Hattie doch noch zu mir herum. »Keine Sorge, das wird nicht noch einmal passieren. Wir …«

Coral hob eine Hand, worauf ihre Zwillingsschwester verstummte.

Mit einem entschuldigenden Blick stellte Olivia eine Porzellantasse mit schwimmendem Teesieb auf den Beistelltisch neben mich.

Diese beiden … Ich setzte mich aufrechter hin. Die Hatties wussten nicht nur mehr als ich über Octas Wandlung, nein, sie hatten höchstwahrscheinlich auch noch etwas damit zu tun!

»Darüber können wir später immer noch sprechen.« Ein warnender Tonfall lag in Corals Stimme.

Ich verstand. Doch ehe ich den Mund aufmachen konnte, klopfte es. Mr Chase streckte seinen Kopf samt Oberkörper zur Tür herein, um sich zu erkundigen, ob die Hatties seine Hilfe brauchen konnten.

Mein Blick blieb an dem roten Einstecktuch an seiner Blazertasche hängen. Mr Chase' Markenzeichen, abgesehen von dem Feuermal in seinem Gesicht.

»Nicht jetzt. Wir reden später«, rief Coral, ohne den Blick von mir zu nehmen.

Olivia leckte sich über die Lippen. Sicherlich hätte sie ihn gern als Unterstützung dabeigehabt. Und in letzter Zeit war ihr Mr Chase wie ein Schatten überallhin gefolgt, das war mir bewusst. Das konnte nur bedeuten, dass die Hatties irgendjemanden verdächtigten, mit den Poltergeistern zusammenzuarbeiten. Oder sie wollten keine Mitglieder der beiden Parteien mehr bevorzugen. Hm, womöglich eher Ersteres.

»Was genau ist nach deinem denkwürdigen Auftritt auf dem Ball passiert?«, fragte mich Olivia nun. Natürlich war mir bewusst, dass meine Rede nicht gerade gut bei den Rektorinnen angekommen war. Schließlich hatte ich unseren Deal mit der LGW vorweggenommen und behauptet, sie würden die Schule nicht mehr schließen wollen. Außerdem hatte ich angekündigt, als neue Geistlenkerin die Ausbeutung der Geister abzuschaffen. Also im Prinzip genau das, was die Poltergeister wollten … Jetzt wurde mir erst klar, dass es tatsächlich so aussehen musste, als hätte ich mit Absicht meine Mitschüler angegriffen und die Turnhalle in Brand gesteckt. Dachten die Hatties ernsthaft, ich stünde auf der Seite der Poltergeister?

»Ja, meine Rede wird niemand so schnell wieder vergessen, das ist mir bewusst.« Ich holte schnaubend Luft, ehe ich fortfuhr: »Wirklich, wie oft soll ich das noch wiederholen: Ich weiß nicht, was passiert ist. Von mir aus können Sie mich an einen Lügendetektor anschließen. Ich. War. Das. Nicht.«

»Also wieder eine Besetzung, hm?« Corals Nasenflügel bebten.

»Ja. Im einen Augenblick stand ich draußen mit Remi, dann kam Houston auf uns zugeflogen. Und, zack, im nächsten Moment stehe ich an einer anderen Stelle vor der Halle und sie brennt. Mir fehlt etwa eine Stunde. So lange müssen sie mich gesteuert haben. Die Poltergeister. Fragen Sie Varla und Parker. Sie haben versucht, mich zurückzuholen. Aber es war nicht so leicht wie beim letzten Mal, wenn ich das so ausdrücken darf.« Zugegeben, leicht war es auch beim letzten Mal nicht gewesen. Aber ich hatte immer noch Parkers Flehen im Ohr und die Beharrlichkeit, mit der mich der Poltergeist-Anführer in meinem Unterbewusstsein gefangen hielt. Ich hatte versucht, mich zu wehren, dabei gespürt, dass er die Besetzung nicht für ewig aufrechterhalten konnte. Parker … hatte gesungen und mir dann … irgendetwas gesagt. Erst jetzt setzte nach und nach die Erinnerung ein. Obwohl ich die Hände faltete und in meinen Kamillentee starrte, sah ich eigentlich nichts vor mir. Nur Stimmen, Empfindungen in meinem Inneren. Ich erinnerte mich! Ein bisschen wie an einen verblassenden Traum. Und da war noch eine Stimme gewesen. Oder hatte ich das geträumt? Ganz langsam drehte ich meinen Kopf in Richtung Fenster, sah mich in der Spiegelung der Scheibe an. Wirre Haare und ein genauso wirrer Blick. Dunkle Augenschatten, die auch Ruß sein konnten.

»Ich denke, der Poltergeist-Anführer wollte Natalia töten, sich aber auch an den übrigen Geistersehern rächen, die seine Poltergeisterfreunde gequält haben.« Durch die Spiegelung im Fenster konnte ich erkennen, wie Coral äußerlich gefasst blieb, Olivia jedoch einen Schritt zurückmachte. »Sie sollten Houston, den Schulgeist, befragen. Er dealt nicht nur mit Geisterplasma, ganz eindeutig war er es, der zum zweiten Mal Remi mit einer Überdosis ausgeschaltet hat, damit die Poltergeister leichter meinen Körper übernehmen konnten, ohne dass jemand zu früh Alarm schlägt.« Es war so offensichtlich, warum waren die Hatties da eigentlich nicht schon früher drauf gekommen? »Befragen Sie ihn.« Wenn er so dumm war und sich immer noch an der Schule aufhielt, vorausgesetzt.

»Ein Geisterplasmarausch?«, flüsterte Olivia.

»Nein, sei nicht albern.« Coral wandte ihren Kopf ein paarmal blitzschnell von rechts nach links. In geradezu winzigen Bewegungen wie eine Miniaturpuppe.

Bedächtig drehte Olivia ihre Teetasse auf der Untertasse. »Die Hypnotherapie sollte Seven davor schützen, dass ihr Körper einen Eindringling nicht einfach so zulässt. Wenn Houston aber Geisterplasma in Sevens Getränk getan hätte zum Beispiel … nur eine winzige Menge …, dann hätten sie leichtes Spiel mit ihr gehabt. Denk an die Geistersehergruppe in Oklahoma, die die Kontrolle komplett in ihrem Rausch verloren hatte.«

Redete sie da von dem Oklahoma-Massaker? Ergeben schloss ich die Augen. Der Abend heute hätte sehr wohl in einem Black-Forest-High-Massaker enden können, also hielt ich lieber den Mund.

»Hat ja wirklich toll geklappt mit Ihrer Hypnotherapie.« Ich feuerte einen besonders bösen Blick in Richtung Coral ab. »Wie auch immer. Ich möchte Remi sehen. Und Parker und Crowe. Wenn Sie dann noch so nett wären, mich darüber aufzuklären, wie viele Schüler verletzt wurden und wo Octa steckt, wäre ich überaus dankbar.«

In Corals Augen blitzte es, als hätte ich versucht, ihre kostbare Halskette zu stehlen. Dabei hatte ich nur um Informationen gebeten, nichts weiter.

»Über Remi haben wir ja gerade gesprochen. Es geht ihm gut. Sicherlich wird er dich nachher noch aufsuchen.« Es klang allerdings eher so, als würde Coral »verhört« und »heimsuchen« damit meinen.

Olivia schob sich eine verirrte Haarsträhne hinter das Ohr. An ihrer rechten Schläfe wirkten ihre blonden Haare schwarz und kürzer als auf der linken Seite. Irgendwie angesengt. »In Bezug auf Octa … wir werden uns um sie kümmern.«

Gut, die Hatties waren Meister darin, etwas zu sagen, aber damit nichts auszudrücken. Vermutlich sollte ich froh sein, dass sie mir für ihre Verhältnisse überhaupt so viele Informationen zukommen ließen.

Eine Weile starrte ich die beiden Aschenputtelbarbies nur an. Und sie starrten zurück.

»Ich würde vorschlagen, Sie sprechen sich mit den Parteimitgliedern ab, was jetzt zu tun ist. Parker und Crowe sind der Meinung, dass sie mich nur lückenloser bewachen müssen und schon ist das Problem gelöst. Vielleicht können wir die Hypnotherapie so abwandeln, dass sie auch unter Geisterplasmaeinfluss wirkt?«

Ich sah von einem Hattie-Zwilling zum anderen, die mich beide schweigend musterten. Was? Das war doch eine nahe liegende Schlussfolgerung. Oder lag es am Blut, das an mir klebte? Seufzend stand ich auf und richtete die Reste meines Kleides. »Ich möchte einfach verhindern, dass noch mehr Menschen durch mich zu Schaden kommen. Vor dem Brand in der Schulturnhalle hat der Poltergeist Parker und Crowe angegriffen. Offensichtlich hält er sie genau wie Natalia für eine Bedrohung. Und ich denke, der, der von mir Besitz ergriffen hat, ist ihr Anführer. Seine Macht und Stärke sind durch meine Adern geflossen, als wäre er mein Puppenspieler gewesen, verstehen Sie?« Ich hob meine Hände. Hoffentlich kapierten die beiden es endlich. »Wenn Sie mich weiter unbewacht hier rumlaufen lassen, riskieren Sie zu viel.«

»Wir …« Coral hatte schon den Mund geöffnet, als ich vertraute Schritte den Gang vor der Tür entlangpoltern hörte.

»Keine Sorge.« Ich lächelte die Rektorinnen schwach an. »Wenn man vom Teufel spricht.« Und damit spazierte ich in Richtung Tür, auf deren anderer Seite Parker und Crowe mich bereits erwarteten.

»Bringt mich zurück in mein Zimmer, okay? Ich will mit Remi reden. Allein.« Niemand hatte Einwände. Ohne einen Blick zurückzuwerfen, lief ich los, über den dicken Läufer im Flur. Crowe ließ sich etwas zurückfallen und Parker den Vortritt, so viel konnte ich aus dem Augenwinkel erkennen, als ich um die nächste Ecke bog.

Mir entgegen schwebten immer mehr Geister. Aufgeregte, bläulich schimmernde Gestalten, die offenbar nach Antworten suchten. Sobald sie mich erkannten, rissen die meisten von ihnen Augen oder Münder auf. Und bis auf einen älteren Herrn mit Schnauzbart wichen mir alle aus.

Vor meinem Zimmer hielt ich mich nicht damit auf, mich zu erden, nahm den elektrischen Schlag in Kauf, den mir die Türklinke verpasste.

Remi!

Wie erwartet schwebte er bereits in der Mitte des Raums. Ich schaltete das Licht nicht an, betrachtete ihn einfach einen Moment lang. Mein bester Freund wippte mit hängenden Schultern eine Armlänge über dem Boden vor und zurück. Seine Lippen schienen zu zittern, als er seinen Kopf hob, um mich anzusehen. Sofort waren alle meine Strafpredigtargumente wegen Houston und dem Geisterplasma verflogen. Alles, was ich ihm hatte an den Kopf werfen wollen. Stattdessen schlüpfte ich aus meinem eigenen Körper.

Sofort begriff Remi, fast als würden wir uns ein Gehirn teilen. Er breitete seine Arme aus und ich stürzte mich in meiner Geistergestalt hinein. »Ach, Remi!«

»Seven Eleven!« Er schluchzte, was ganz offensichtlich seiner Rührung geschuldet war, denn Geister konnten eigentlich nicht weinen.

Von der Tür her hörte ich Parker und Crowe miteinander flüstern. »Komm jetzt, lass sie.« Parker schien Crowe von der Tür wegzuziehen.

»Wenn du was brauchst, Seven, ich bewache deine Tür«, rief Crowe etwas lauter als nötig, dann klickte das Schloss und wir waren allein.

»Houston?«, war alles, was ich hervorbrachte.

»Die NWOG-Parteimitglieder verhören ihn gerade.«

Hoffentlich hatten die Zwillinge das mitbekommen. Wir mussten mit Houston sprechen. Dringend. Die NWOG-Politiker würden wohl kaum die richtigen Fragen stellen und, falls doch, die Informationen für sich behalten. Ich schielte in Richtung Tür. Durch den Schlitz am Boden konnte ich zwei Schatten erkennen. Zwei Schuhe. Mein Gefühl sagte mir, dass Parker dort Wache schob und Crowe weggeschickt hatte. Bei dem Gedanken, dass Parker vor meiner Tür stand und sich wahrscheinlich um mich sorgte, schnürte es mir den Hals zu.

Um ihn von oben bis unten betrachten zu können, trat ich einen Schritt weg von Remi.

»Bitte sieh mich nicht so an.« Als hätte ich ihn verbal in die Enge getrieben, verzog Remi gequält das Gesicht. »Ich ertrage das nicht. Diese Enttäuschung in deinem Blick.«

»Ja.« Mit der Zungenspitze fuhr ich mir über die Kerbe in meiner Oberlippe. »Du hattest versprochen, dich von Geisterplasma fernzuhalten. Ein Versprechen, das du gebrochen hast.« Ich unterbrach mich für einen Moment, ehe ich fortfuhr: »Und wirst du es wieder tun?«

»Nein.« Tatsächlich begann Remi zu schluchzen und das, obwohl es anatomisch gar nicht möglich sein sollte. »Bitte verzeih mir. Ich weiß, du bist enttäuscht von mir, aber ich verspreche, bei allem, was mir heilig ist, dass ich mich nie wieder auf das Zeug einlassen werde.«

Natürlich musste ich ihm verzeihen. Meinem besten Freund eine zweite Chance geben. Erst recht, wenn er über meinen stechenden Blick schon derart verzweifelte. Also schloss ich Remi erneut in meine Geisterarme. »Weißt du, ich hab mir solche Sorgen um dich gemacht«, wisperte ich in sein Ohr.

Eine Weile hielten wir uns einfach, schnieften ab und zu synchron in der Stille.

»Remi, ich bin gefährlich. Man sollte mich wegschließen.« Sofort schämte ich mich für meinen kindischen Ausbruch. Und natürlich wollte ich unter keinen Umständen zurück in diesen verflixt engen Glaskasten.

»Ach, Süße, das bekommen wir wieder hin.« Remi drückte meinen Geisterkörper.

Wenn er bei mir war, würden wir das sicher. Nachdem ich eine Weile meinen Kopf an seine Schulter gepresst hatte, war es Zeit, zurück in meinen Körper zu schlüpfen. Sobald das Ziehen einsetzte, gab ich mir immer noch ein paar Zusatzsekunden. Mit dem tröstenden Gedanken, dass das nicht das letzte Mal gewesen war und ich schon bald wieder genug Energie für eine Geisterumarmung aufbringen konnte, öffnete und schloss ich meine Fäuste. Wie sich der Poltergeist wohl fühlte, wenn er meinen Körper übernahm? Schnell wischte ich den Gedanken beiseite. Daran wollte ich jetzt nicht denken.

Stattdessen ließ ich mich in meinen Sessel fallen, legte mir die Kuscheldecke auf die Beine und brachte Remi auf den neuesten Stand. Das meiste wusste er natürlich bereits.

»Kopf hoch.« Er tippte sich an sein eigenes Kinn. »Heute Nacht ist niemand gestorben und die Turnhalle können sie neu aufbauen. Das wird die Versicherung übernehmen. Notfalls schicken die Hatties einen Geist in den Boss des Versicherungsunternehmens und bringen ihn so dazu, den Antrag zu unterschreiben.«

Remi strahlte, doch ich runzelte die Stirn. »Diese Praxis, Menschen zu besetzen, um sich selbst zu bereichern, passt mir immer noch nicht.«

»Du kennst doch das Motto der Schule.« Remi warf einen Blick zu meinem Fenster und starrte in den Nachthimmel voller Sterne. Er leuchtete so intensiv in meinem dunklen Zimmer. Ein bisschen erinnerte mich unser Moment an eine Filmszene. Irgendwie magisch.

»Wer über die Toten herrscht, beherrscht auch die Lebenden«, brummten wir beide gleichzeitig. Täuschte ich mich oder klang das aus seinem Mund genauso verächtlich wie aus meinem?

»Verstehst du das alles?« Ich hob den Kopf. »Wir hatten doch so etwas wie einen Waffenstillstand mit dem Gärtner …«

»Pff, im Ernstfall wohl nicht mehr.« Remi blies die Backen auf. »Aber die gute Nachricht ist doch: Die Poltergeister brauchen dich, wollen dich benutzen und daher werden sie dich nicht töten. Zumindest vorerst nicht.«

Na, vielen Dank auch.

»Gibst du mir fünf Minuten?« Langsam schälte ich mich aus dem völlig zerstörten Kleid, das zudem nach Rauch roch, weswegen ich es in eine Plastiktüte packte, diese fest verknotete und danach alles zusammen in meinen Mülleimer stopfte. Remi drehte sich pfeifend von mir weg, was mir die Gelegenheit gab, kurz unter die Dusche zu springen und danach in meinen Mulan-Schlafanzug zu schlüpfen.

Mit zitternden Fingern wählte ich Tante Karens Kontakt in meinem Handy und freute mich einfach, ihre Stimme zu hören. Natürlich konnte ich ihr nicht sagen, was passiert war, und deshalb sprach ich über Heimweh und dass ich sie vermisste. Was ja auch stimmte. Neben mir tat Remi, als müsste er sich die Nase putzen.

»Sie fehlt mir auch«, wisperte er. »Mehr, als du denkst.«

In dieser Nacht wälzten wir zahlreiche Theorien und Remi versprach mir, an meinem Bett Wache zu halten. Im Ernstfall würde er schreien, um die Zwillinge auf den Plan zu rufen. Allerdings war ich mir sicher, dass die Poltergeister so schnell keinen zweiten Angriff starten würden.

Als ich schließlich an die Decke starrte, eingekuschelt in meine Laken und Kissen, zogen Dutzende Bilder pro Sekunde an meinem inneren Auge vorbei. Der Ball, mein Blick von der Bühne auf das Publikum, wie ich mich mit Parker verabredete, Houston, der plötzlich auftauchte, die brennende Turnhalle, die Zwillinge in ihren Krankenbetten, verletzte Schüler und die Hatties, die mich in Grund und Boden starrten. Aber ein Bild erschien öfter als alle anderen vor mir. Parkers Gesicht. Parker, der mir etwas sagen wollte. Seufzend drehte ich mich auf die Seite. Auch wenn ich gern gewusst hätte, was es war, momentan konnte ich ihn nicht ansehen, ohne an Crowe zu denken. Und an das bittere Gefühl, das sein Betrug in mir ausgelöst hatte. So süß Parker in letzter Zeit auch zu mir war … Ich rubbelte mir über die Augen. Warum konnte ich nicht einfach in einen tiefen, beruhigenden Schlaf sinken?

Viel zu früh weckte mich Remi. Draußen war es immer noch dunkel, weshalb ich mich sofort aufsetzte.

»Was ist passiert?« Hektisch sah ich mich in meinem Zimmer um.

»Nichts.« Remi tat so, als würde er sich auf meine Bettkante setzen. Dann klopfte er auf mein Knie. »Es ist sechs Uhr. Die Hatties wollen dich um halb sieben sehen. Zu einer Hypnotherapiesitzung. Wenn du dich vorher frisch machen und frühstücken willst … ich sehe da immer noch etwas Ruß an deinem Haaransatz … dann jetzt.« Er nickte in Richtung Badezimmer.

Hypnotherapie um halb sieben? Seufzend schälte ich mich aus meinem Bett. Draußen deutete sich noch nicht mal das Morgengrauen an. Aber Remi hatte ja recht. Und vielleicht würde mir eine warme Dusche helfen, meine Gedanken zu sortieren.

Genau das tat ich, als ich zwei Minuten später das heiße Wasser auf mein Gesicht prasseln ließ. Gedanken hin und her schieben wie Scrabblesteine. Was waren meine Optionen? Sollte ich nach Hause zu Tante Karen fliegen? Aber was, wenn mich in Utah die Poltergeister wieder einfach so übernehmen konnten? Oder vielleicht sollte ich mich von den Hatties in eine Art Gefängnis stecken lassen? Einen Raum ohne Schlüssel für mich? Sofort dachte ich an den Glaskasten zurück. Etwas mehr Platz würde ich schon bevorzugen. Ein Leben im Gefängnis. Nur für wie lange? Würden sie mich jemals wieder gehen lassen? Aber was war die Alternative? Wenn ich weiter frei durch die Schule lief … Wie vielen Menschen konnte ich Schaden zufügen? Ich spuckte Wasser. Ob die Jäger mich lückenlos überwachen konnten? Wenn doch nur die Hypnotherapie etwas bringen würde! Immer noch Wasser spuckend fasste ich mir an die Kehle. Dieser Dämon in mir, der Anführer der Poltergeister musste verschwinden. Für immer. Keine Besuche mehr in meinem Körper.

Ein weiterer Gedanke durchzuckte mich. Wieso hatte das *Itsy Bitsy Spider*-Lied von Parker nicht mehr geholfen, mich zurückzubringen? Remi meinte, die Poltergeister müssten meine Programmierung geändert haben. Das bedeutete, sie wurden schlauer. Damit war die Chance auf eine Heilung durch die Hypnotherapie bei Mr Fernandez wahrscheinlich verschwindend gering. Diese Mistkerle entwickelten sich weiter.

Genau wie erwartet empfing mich Mr Fernandez, der Schönling im Büro der Hatties, mit einem interessierten Blick.

Coral saß auf ihrer Schreibtischplatte wie das Covergirl der neuesten *Vogue*-Ausgabe. Die Beine übereinandergeschlagen, den Kopf leicht in Richtung Schulter geneigt, wobei sie sich mit beiden Händen auf der Schreibtischplatte abstützte. Hinter mir drängten die Zwillinge in den Raum, doch Coral machte Anstalten, sie nach draußen zu scheuchen. »Heute nicht. Wir haben etwas Experimentelles mit Seven vor.« Sie wedelte mit der Hand.

»Dann bleibe ich auf jeden Fall.« Parker hob den Kopf. An seinen knirschenden Kiefermuskeln konnte ich ablesen, dass mit experimentell im Zusammenhang mit Mr Fernandez nichts Gutes einhergehen konnte.

Da ich keinesfalls mit Coral und Mr Fernandez allein in einem Raum sein wollte, hob sich mein rechter Mundwinkel wie ferngesteuert.

»Ohne Parker und Crowe gehe ich nirgends mehr hin. Abgesehen von Natalia sind sie die besten Jäger.«

Glücklicherweise erwähnte keiner der Erwachsenen, dass sie mir in dem Fall Natalia als Aufpasserin zuteilen würden. Das war das Letzte, was ich jetzt gebrauchen konnte.

Da niemand etwas sagte, versuchte ich es weiter, strich über mein neues goldenes Armband.

»Gibt es nicht etwas, das mich als Geistlenkerin schützen kann? Vielleicht ein Stein aus Geisterplasma, der Poltergeister abwehrt? Oder ihr sprüht mich jeden Tag von oben bis unten mit Siliziumspray ein, damit mich kein Geist anrühren kann?«

Daraufhin lächelte mich Mr Fernandez an, und zwar in der Art und Weise, wie man gewöhnlich auf einen Welpen am ersten Tag der Hundeschule reagiert. »Schön wäre es durchaus, wenn das funktionieren würde, doch so einfach ist es nicht.«

Ich schnaubte, unterbrach ihn jedoch nicht.

»Das Wichtigste ist, dass wir dein Unterbewusstsein starkmachen, um dich vor einer neuen Besetzung abschirmen zu können. Du musst die Geister abwehren.« Sein Blick glitt zu Parker und Crowe. »Außerdem hast du doch unsere schmucken Irving-Zwillinge an deiner Seite und man hört, ihr drei kommt bestens miteinander aus. Aber von weiteren Ausflügen aufs Dach möchte ich euch abraten.« Er zwinkerte mir zu.

Perplex wusste ich einen Moment lang nicht, was er damit andeuten wollte. Bis der Groschen fiel. Er musste von dem Gerücht gehört haben, das Natalia in die Welt gesetzt hatte. Sie wollte die ganze Schule glauben machen, dass Parker, Crowe und ich zu dritt auf dem Dach … Ich schloss die Augen.

»Was immer Sie gehört haben, es ist nicht wahr.«

Kapitel 6

Die Hypnotherapie endete mit einem Schrei von mir. Das war alles, was ich davon mitbekam. Sobald ich die Augen öffnete, bemerkte ich, dass alle anderen im Raum mich entsetzt anstarrten. Die Haare der Zwillinge waren völlig verstrubbelt. Nach einem Blick auf Mr Fernandez erkannte ich, dass Coral Hattie hinter ihm in Deckung gegangen war. Der Träger ihres senfgelben Kleides war verrutscht und die Frisur von Mr Fernandez wirkte, als wäre er kürzlich in einen Orkan geraten.

Mein Blick glitt über den Fußboden, der fast vollständig bedeckt war von losen Blättern, Porzellanscherben und Blumenerde.

»Okay, ich denke, das war's für heute.« Nachdem Parker sich mit einer Hand die Haare glatt gestrichen hatte, öffnete er die Tür. Hastig nahm ich dieses Angebot an.

»Morgen früh wieder. Selbe Uhrzeit!«, rief Coral mir nach.

»Sind wir nicht etwas früh dran fürs Frühstück?«, fragte ich, während ich Parker in Richtung Essenssaal folgte. Er legte einen erstaunlichen Stechschritt hin. War er etwa sauer auf die Hatties wegen der Therapie? Oder lag es an mir?

Crowe, der die Nachhut bildete, schwieg.

Außer uns saß nur eine Handvoll Schüler schon an ihren Tischen. Aber diese Handvoll starrte vor sich hin. Hatten sie keine Smartphonedisplays, mit denen sie sich beschäftigen konnten? Hinter meiner Stirn begann ein dumpfer Schmerz zu pochen. Wahrscheinlich würden mich nach dem Brand alle wie eine Aussätzige behandeln. Alle, außer meine Freunde.

»Hol Seven Eier und Kaffee«, wies Parker seinen Bruder an.

»Was für Eier?«, hakte Crowe nach, der seinen Bruder verwirrt anblinzelte.

»Spiegelei von beiden Seiten gebraten«, sagte Parker. »Und dazu Tomaten mit Speck.« Er sah mich an. »Sicherlich brauchst du jetzt etwas Nervennahrung?«

Eigentlich war es genau das, was ich jetzt wollte und brauchte.

Nach einem knappen Nicken zog ich Parker zu einem Tisch abseits der anderen Schüler. Zu meinem Leidwesen hatten auch diejenigen, die gerade erst den Speisesaal betraten, uns bemerkt und glotzten mich unverhohlen an.

»Erzählst du mir jetzt, was eben passiert ist? Wieso seht ihr aus, als wäre ein Sturm durch das Hattie-Büro gefegt?«, zischte ich, wobei ich Parker auf einen Stuhl drückte.

»Weil genau das passiert ist«, flüsterte Parker zurück. Mit ineinander verschränkten Fingern lehnte er sich über die Tischplatte nach vorn. Ein bisschen kam ich mir vor wie in einem Agentenfilm.

»Du hast mitten in deiner Trance den Mund geöffnet wie zu einem stummen Schrei. Dein ganzer Körper hat sich aufgebäumt auf der Chaiselongue. Und genau in dem Moment ist so was wie eine Windhose durch das Büro gezogen. Ein Sturm.« Er sah mir so tief in die Augen, als könnte er die Bilder in seinem Kopf dadurch in meinen beamen.

Ja, das Bild des verwüsteten Büros passte zu seiner Aussage. Mit dem Draumennagel fuhr ich mir über den Haaransatz über meiner Augenbraue, bis ich bemerkte, dass ich mich viel zu weit nach vorn gelehnt hatte. Himmel, wie nah wollte ich Parker denn noch kommen?

»Immerhin hat der Poltergeist dieses Mal keine ekligen Schmeißfliegen geschickt«, murmelte ich, ehe ich den Blick senkte, um die Rillen auf der Tischplatte zu fokussieren. Heute schien es keine Tischdecken zu geben. Vermutlich hatte das Personal aktuell andere Sorgen.

»Ach, sieh an, Tick, Trick und Track.« Crowe stellte mir einen Teller Rührei sowie eine Tasse dampfend heißen Kaffee vor die

Nase, starrte jedoch an mir vorbei, direkt in Richtung der indonesischen Drillinge, die unseren Tisch passierten. Nein, sie steuerten eher genau auf mich zu. Ihre Augen glühten. Und alle drei fixierten mich. Was …?

»Das wirst du noch bereuen«, blaffte mich Asmara an. »Wie kannst du es wagen, zu behaupten …« Sie sah sich um. Sofort rückten ihre Drillingsschwestern näher an sie heran.

Hastig brachte ich meine Tasse in Sicherheit, denn Asmara stützte ihre Hände nun auf die Tischplatte. »Hast du ernsthaft das Gerücht verbreitet, unsere Mutter hätte was mit den Poltergeistern zu tun?«

Das hatte ich nicht … Ich wechselte einen Blick mit Parker, der die Augen aufgerissen hatte.

»Das war nicht sie, beruhig dich mal wieder«, sagte er an Asmara gewandt.

»Also warst du es?« Alle drei Köpfe schossen wie bei einer Hydra gleichzeitig in Parkers Richtung.

»Nein, und ich werde euch nicht sagen, woher diese Information kam.«

Aber er wusste es. Eindeutig. Moment, die Mutter der Drillinge? In meinem Kopf ratterte es. Mrs Sukirah Surkarno? Die die Hatties hasste und beim Schulrat ständig mit neuen Anträgen auffällig wurde? Sie war vergangene Nacht aus ihrem Körper geschlüpft, obwohl Erwachsene dazu normalerweise nicht fähig waren. Ich öffnete und schloss den Mund. »Davon hatte ich wirklich keine Ahnung«, sagte ich dann.

Asmara schürzte die Lippen. »Wir werden schon noch rausfinden, wer dahintersteckt, und solange behalten wir euch im Auge. Wenn nicht für immer, ihr rückgratlosen … schleimigen …« Offenbar fiel ihr nichts mehr ein. Sie deutete lediglich mit ihrem Finger auf uns, als wollte sie ein altes Touch-Computerspiel spielen, bis ihre Schwestern Asmara von uns wegzogen.

»Pff, *die* braucht eine Hypnotherapie, wenn ihr mich fragt«, erklärte Crowe. »Und nicht Seven.«

Parker lehnte sich in seinem Stuhl zurück. »Zum Glück fragt dich keiner.«

Ich wechselte einen Blick mit Parker. Blöderweise fiel es mir jetzt, da Crowe bei uns saß, schwer zu sprechen.

»Holst du mir und dir bitte ein paar Brötchen?«, fragte Parker, ohne seinen Bruder anzusehen. Stattdessen drehte er meinen Teller Rührei hin und her. Aber mir war egal, ob Crowe mein Frühstück verbockt hatte. Wahrscheinlich würde ich eh keinen Bissen runterkriegen. So oder so.

Crowe erhob sich seufzend. Eigentlich musste ihm klar sein, dass Parker unter vier Augen mit mir reden wollte, und ich war wirklich froh darüber, dass er klaglos ein zweites Mal in Richtung Buffet schlenderte.

»Varla. Sie war es«, begann Parker. Sowohl er als auch ich öffneten den Mund, doch dann unterbrach uns das Vibrieren unserer Smartphones. Während ich meins in meiner Blazerjackentasche trug, hatte Parker seines auf der Tischplatte abgelegt. Das konnte nur eins heißen: eine Nachricht an alle Schüler.

»Rundmail von Bayle«, flüsterte Parker, sobald er die Lederabdeckung seiner Handyhülle angehoben hatte.

Bayle … konnte eine Nachricht im Zusammenhang mit dem Hacker der Schule jemals etwas Gutes bedeuten?

Zögerlich tippte ich auf mein Smartphonedisplay. Tatsächlich eine Mail an alle Schüler. Angehängt war der Link zu einem Video. Den Geräuschen nach um mich herum zu urteilen, spielten gerade mehrere Schüler das Video ab. Mein zitternder Zeigefinger folgte diesem Beispiel. Das konnte nur …

Doch entgegen meiner Befürchtung, mich selbst als Zombie zu sehen, erkannte ich die Szene, die mir das Video zeigte, und Erleichterung machte sich in meinem Magen breit. Im Video stand ich im Gemeinschaftsraum und bereitete die Kekse für Dear Hanna vor. Es war kaum zwölf Stunden her, dennoch fühlte sich dieser Augenblick unendlich weit weg an.

Während ich noch die Lippen zusammenpresste und schluckte, erschien wie aus dem Nichts ein Geistermädchen im Video neben dem Tisch. Dear Hanna. Mit ihrem fast durchtrennten Hals. Raunen wurde laut um denjenigen herum, der dieses Video aufgenommen hatte. Wahrscheinlich Bayle.

Obwohl ich wusste, was darauf folgte, bahnte sich eine Träne aus meinem Augenwinkel ihren Weg bis zu meinem Kinn. Dear Hanna fragte, ob die Kekse für sie seien, nahm ganz glücklich einen und verschwand letztendlich.

»Sie ist ins Licht gegangen«, flüsterte ein Mädchen.

»Verdamm mich. Seventina hat den Poltergeist ins Licht geschickt«, antwortete eine Stimme, die verdächtig nach Trent klang.

»Echt krass. Ich brauche einen Drink. Bloody Mary. Sofort«, sagte der Bayle aus dem Video.

Auf einmal war ich unheimlich dankbar, dass Bayle dieses Video geschickt hatte. Es war eine Erinnerung an gestern, an die ich im Gegensatz zum Brand der Turnhalle und meinem Angriff auf Parker und Crowe gerne zurückdachte. An die kleine, glückliche Dear Hanna.

»Siehst du, was du getan hast?« Parkers Stimme holte mich aus meinen Gedanken zurück. »Was du fähig bist zu tun?« Er starrte mich an, als hätte ich einen Pulitzerpreis gewonnen.

»Du bringst die Geisterseher wieder auf den richtigen Kurs. Deine Ansichten …« Er biss sich auf die Lippe. »Wir haben genau dich gebraucht. Als neue Geistlenkerin.«

Das sah ich zwar anders, aber wenn Parker meinte? *Unheilbringerin* fand ich immer noch treffender. Nun … die ganze Schule schaute sich vermutlich gerade das Video an … Ich blinzelte und besah mir das Standbild noch ein bisschen länger. Es zeigte mich, wie ich Dear Hanna hinterherstarrte. Dorthin, wo sie Sekunden zuvor verschwunden war. Das hatte tatsächlich ich getan … Konnte ich die anderen Poltergeister vielleicht in einer ähnlichen Art und Weise besänftigen? Ihnen helfen, zu gehen? Sofort schossen Bilder der verbitterten Olive durch meinen Kopf und das Bild des Gärtners.

»Olives Sohn, Octa!« Mit einem Satz war ich aufgesprungen. Ein Knopf meines Blazers verhakte sich am Rand des Tellers, weswegen er angehoben wurde und dann klappernd auf dem Tisch aufschlug. Rührei rutschte vom Porzellan.

»Was?« Parker starrte mich an, als hätte ich mich gerade als Poltergeist entpuppt.

Ich hob beide Augenbrauen. Er musste doch verstehen …!

Ganz offenbar fiel der Groschen keine Sekunde später, denn jetzt sprang auch Parker auf.

Froh, mich bewegen zu können, sprintete ich los. Oh, wie gut das tat, zwischen den Tischen entlangzurennen. Auch wenn dadurch natürlich wieder sämtliche Blicke meiner Mitschüler auf mich gerichtet waren.

»Hey!«, rief Crowe uns hinterher. »Wo wollt ihr hin?«

Ohne auf ihn zu achten, stürzte ich in den Flur, wo meine Schritte durch den dicken Läufer abgefedert wurden. Alles verschwamm am Rande meines Blickfelds. Die dunklen Wände, die Kronleuchter … Wenn ich Olives Sohn und Octa helfen konnte …

Vom ersten Stock her polterten mehrere Erwachsenenfüße die Stufen hinab, das konnte ich deutlich wahrnehmen.

»Seven!« Parker rief meinen Namen, als ginge es um sein Leben. »Die Geister sind fort. Befreit. Erinnerst du dich?«

Oh. Unschlüssig blieb ich stehen. »Aber wir könnten sie rufen? Mit der Hilfe der Medien?«

»Sie werden nicht kommen. Wir müssen es geschickter anstellen. Lass mich dir helfen. Das Kellerlabor ist leer. Sie verhören Houston an einem geheimen Ort.«

Was? In meinem Nacken verspannte sich etwas, dann wandte ich mich um. Im Keller wurden keine Geister mehr gefangen gehalten? Gut, das war einerseits erfreulich, aber andererseits hatte ich mich gerade um sie kümmern wollen … Mist! Die Erinnerung setzte wieder ein und mir wurde bewusst, dass Olive und ihr Sohn letzte Nacht … blinzelnd wischte ich die Gedanken fort.

»Die Poltergeister haben ihre Kumpanen aus den Glaskästen geholt, selbst die Jäger, die gerufen wurden, haben sie irgendwie überwältigt. Dian Ortez ist verletzt.«

Oh, das hatte ich so genau überhaupt nicht mitbekommen.

»Seventina, wie schön! Dir scheint es den Umständen entsprechend besser zu gehen.« Eine Frau stöckelte die große Treppe herab und direkt auf mich zu. Im ersten Moment dachte ich, es wäre die Mutter aus den Adams-Family-Filmen. Lange schwarze Haare, ein schmales, kantiges Gesicht mit Wangenknochen aus Stahl und Augen, die alles zu sehen schienen. An ihrer Hüfte baumelte eine knallrote Handtasche.

»Mom?« Parker stoppte dicht hinter mir.

»Parker, Schätzchen.« Das Lächeln der Frau wurde breiter. An ihren Handgelenken klirrten goldene Armreifen mit allerhand Anhängern. Sie schwebte so majestätisch auf uns zu, wie es sonst nur Coral Hattie vermochte.

»Was machst du noch hier? Solltest du nicht längst abgereist sein?« Parker war mir so nah, dass mein Rücken kribbelte. Bemerkte er nicht, dass wir uns beinahe berührten?

»Wo ist dein Bruder?« Mrs Irving verharrte drei Treppenstufen über uns, legte eine Hand aufs Geländer und beugte sich darüber, um einen Blick hinter uns zu werfen.

So konnte man auch einer Frage ausweichen.

»Sage ich dir, wenn du mir den Grund deines Besuchs nennst.« Parkers Stimme klang argwöhnisch.

Was war hier los? Und wollte er seine Mom gar nicht umarmen? Ich musterte Mrs Irving. Sie trug ein langärmeliges Kleid von der Farbe des Nachthimmels, an dessen Seiten ein Fendi-Muster eingewebt war.

Wahrscheinlich nur schlappe tausend Dollar wert, vermutete ich.

Mit einem süßlichen Lächeln glitt Mrs Irvings Blick von mir zu ihrem Sohn, der sich auf einmal versteifte. »Dein Vater und ich werden der heutigen Sitzung beiwohnen.«

»Was? Welche Sitzung? Die der fünften SU?« Warum genau sich Parker so aufregte, konnte ich nicht so ganz nachvollziehen. Eine Sitzung. Zu der ich bisher nicht eingeladen war. Er vermutlich auch nicht, wenn er es so formulierte? Na und? Ein freier Abend ohne die NWOG und ihre herzlosen Ansichten. Es gab Schlimmeres. Ein Gedanke keimte in mir auf wie ein Beutel Mungobohnen. War ich vielleicht nur zu naiv, um die Bedeutung hinter dieser Information zu verstehen?

Während Mrs Irving ihre zweite Hand über die erste auf das Treppengeländer legte, wodurch es wirkte, als würde sie zu zwei Hündchen sprechen, streifte mein Blick Parker.

»Nein, eine Sondersitzung.« Parkers Mom starrte mich an.

»Aha.« Parker schien offensichtlich zu verstehen, was ich nicht von mir behaupten konnte. »Und ich hatte schon angenommen, du und Dad tut endlich das, worum ich euch gebeten habe.« Er warf einen Blick über seine Schulter, als fürchtete er, Crowe könnte uns gefolgt sein.

Der Brustkorb seiner Mutter hob und senkte sich unter einem tiefen Seufzer. »Dein Vater hat erst neulich mit deinem Bruder gesprochen.«

»Das ist nicht ausreichend«, presste Parker hervor.

Um was ging es hier? Am liebsten hätte ich mich aus diesem Streit, der offensichtlich nur die Familie etwas anging, herausgezogen, doch als ich einen Schritt zur Seite machte, umfasste Parker plötzlich mein Handgelenk.

»Bitte, nur noch eine Minute. Du kannst nicht allein durch die Schule laufen«, raunte er mir zu.

In Ordnung. Obwohl ich beschloss wegzuhören, bekam ich natürlich dennoch alles mit. Haarklein.

»Parker, dein Bruder kommt sehr gut alleine klar und in den Weihnachtsferien wird dein Vater … mit ihm einen Termin ausmachen.«

»Dafür wird Zeit sein, wenn Dad ihn mit in die Firma nehmen will? Als Praktikant?«, fragte Parker mit seltsam hoher Stimme zurück. »Weißt, du was, Mom? Ich kümmere mich darum. Wie immer.«

Vermutlich war das ein Insider, denn daraufhin starrte Parker seiner Mutter nur ins Gesicht, als wollte er sie in die Knie zwingen.

Doch die sah einfach nur ausdruckslos auf ihn hinab.

»Gehen wir?«, flüsterte er mir nach ein paar Sekunden zu. »Hier gibt es nichts mehr zu bereden, nicht wahr, Mom?«

Ganz langsam schielte ich nach oben direkt in seine Augen, in denen ein Sturm zu toben schien. Ein dunkles Meerblau umschloss seine Pupillen. So viel Wut sprach aus ihnen. Nein, keine Wut, eher wirkte Parker aufgebracht und wollte ganz sicher fort von hier.

Die rot lackierten Fingernägel seiner Mutter tippten rhythmisch auf das Treppengeländer. »Gut, wenn ihr Crowe seht, ich möchte ihn und Natalia zum Tee treffen, sagt ihnen das. Und ihr beide könnt gern dazukommen. Wann habt ihr Schulschluss?«

Parker schwieg, rannte mit mir auf die Eingangstür zu.

»Nicht, dass ich mich nicht freue, gerade dich mit unserer neuen Geistlenkerin zu sehen, Schatz. Aber …« Die Tür krachte hinter uns ins Schloss, weswegen ich nicht mehr mitbekam, warum sich Mrs Irving genau Sorgen machte. Allerdings schien sie wie ihr Mann erpicht darauf zu sein, Natalia mit Crowe zu verkuppeln. Bloß dass Natalia inzwischen nicht mehr die mächtigste Geistbegabte zu sein schien, sondern ich. Ob sie mich jetzt an ihrer Stelle für Crowe, ihren Goldjungen, in Betracht zogen? Glücklicherweise hatten sie das nicht zu entscheiden. Bei diesem Gedanken verdrehte sich mein Magen, als hätte ich einen Schlüssel hineingesteckt und versucht ihn zu öffnen.

KAPITEL 7

Parker wirkte völlig außer sich, als er in die nächstbeste Hollywoodschaukel kletterte. An diesem eisigkalten, grauen Morgen. Aber ich beschwerte mich nicht, sondern stieg ihm hinterher.

Allerdings setzte ich mich nur auf den Rand der stählernen Sitzfläche, Parker gegenüber, um keine Blasenentzündung zu riskieren. Seine Füße und Knie zitterten, nein, zuckten unkontrolliert auf und ab.

Ich musterte ihn von oben bis unten, während er durch die Gitterstäbe in den Park starrte. »Parker, verzeih mir, dass ich frage, aber warum regst du dich so sehr auf?«

Eine Weile schwieg er und ich überlegte schon, eine Hand nach ihm auszustrecken. Vielleicht seine Wange zu streicheln. Allein bei diesem Gedanken fuhr ein warmer Strom durch meinen Magen. Als hätte mich ein Sonnenstrahl getroffen. Die Erkenntnis ließ mich innehalten. Wieso dachte ich so etwas? Unwillkürlich begannen meine Finger zu zucken.

»Entschuldige.« Auf einmal schien Parker zurück aus seiner Gedankenwelt zu sein. »Du zitterst ja.«

Tat ich das? Erst jetzt, da er es erwähnte, fiel es mir auf.

»Tut mir leid, es war nicht fair von mir, dich ohne Jacke mit hierher zu nehmen.«

»Ist schon gut.« Ich drückte eine Hand auf seine, die wiederum seine Faust umschlungen hatte. Nachdem wir beide mehrere Sekunden lang recht ungläubig auf unsere aufeinanderliegenden Hände gestarrt hatten, atmete ich tief ein. »Erzähl mir, was los ist.« Ich schenkte ihm ein Lächeln, das er hoffentlich als aufmunternd interpretieren würde. In Wahrheit bemühte ich mich einfach darum, meine Lippen am Zittern zu hindern.

»Meine Eltern …«, begann Parker, »waren noch nie besonders elterlich zu uns.«

»Elterlich?« Ich neigte den Kopf.

»Na ja, so mütterlich oder väterlich, weißt du?« Sein hilfesuchender Blick in meine Richtung berührte etwas in mir. Das hier war ein ganz neuer Parker. Öffnete er sich mir gerade wirklich? Der verschlossene Parker. Ein bisschen erinnerte er mich in diesem Augenblick an Peter Pan aus meinem Kinderbuch. Ein gerecktes Kinn voller Hoffnung in meine Richtung. Und doch so verloren … Ein Peter Pan, der Wendy bat, mit ihm nach Neverland zu fliegen.

»Crowe braucht die beiden … aber sie schenken mal wieder allem anderen Aufmerksamkeit, nur nicht ihren Kindern. So ist es immer. Wer weiß, welche politischen Ränkespiele sie heute Abend geplant haben, dabei flehe ich sie seit Wochen an, tiefere Gespräche mit Crowe zu führen und am besten einen Psychologen mit ihm aufzusuchen.«

»Wie? Du meinst wegen Crowes Komplexen? Seinem … Zustand?« Die Gedanken rotierten in meinem Gehirn, während ich an Crowes Stimmungstiefs zurückdachte. Ein sensibles Thema. »Denkst du, seine Medikation muss geändert werden?«

»Ich … ich weiß es nicht, aber er ist am Ende. Wirklich. Seitdem du nicht mehr mit ihm sprichst, isst er fast nichts mehr.

Und …« Parker hielt inne, als hätte er bereits zu viel gesagt.

Moment, hieß das, Crowe brauchte wegen mir professionelle Hilfe? Wegen mir? Ich schloss die Augen. Was konnte ich tun?

»Wie gehst du damit um?«

»Geduld?« Er formulierte es wie eine Frage. »Nachsicht, könnte man es vielleicht auch nennen. Crowe ist wie ein Dreizehnjähriger, der nichts für seine Hormonschübe kann. In neun Monaten werden wir volljährig, dann kann Mom ihn zu nichts mehr zwingen. Das heißt, uns läuft die Zeit davon. Er muss jetzt eine Therapie machen, sonst wird er es nie tun.«

Ich verstand.

Etwas raschelte. Ich wandte den Kopf und erkannte Isolde,

Varlas rothaarige Freundin, die durch den Park joggte. Auf einem Weg nicht weit entfernt. Neben ihr her schwebte ein rundliches Geistermädchen. Beide bewegten sich in vollkommenem Einklang, während sie sich miteinander unterhielten. Als wären sie Freundinnen.

»Siehst du das?« Mein Herz pochte gegen meinen Brustkorb. »Parker, da!« Obwohl wir gerade ein ernstes Thema besprochen hatten, konnte ich nicht anders. Ich lächelte bei dem Anblick, der sich uns bot. Eine Geisterseherin und ein Geist drehten gemeinsam eine Runde durch den Park. Seite an Seite. Vielleicht war das der Anfang.

»Ich glaube, Crowe schafft das«, murmelte ich, nachdem Isolde und das Geistermädchen aus unserem Blickfeld gejoggt waren. »So wie Remi. Er wird kein Geisterplasma mehr anrühren.«

»Du setzt ganz schön viel Vertrauen in die Menschen und Geister um dich herum.«

Ich lächelte ihn an. »So ist es.«

Gerade wollte ich ihn darauf hinweisen, was sich in letzter Zeit noch alles an der Schule geändert hatte, da hörte ich meinen Namen. Ausgesprochen von jemandem, der mir nur allzu bekannt war.

Während ich den Atem anhielt, drehte ich mich um. Die Hollywoodschaukel quietschte. Nova! Novas Stimmchen, das meinen Namen rief.

Automatisch erhob ich mich, ohne genau darauf zu achten, wo ich mich befand. Ein Fehler.

»Vorsicht!« Zwei Arme schlossen sich um mich, in die ich gerade gefallen war. Mist, war ich soeben echt nach vorn gekippt, ohne es wirklich zu merken? In Parkers Arme? Meine Wange rieb über seine, was meinen Körper in Gummi verwandelte. Vielleicht deswegen verhedderte ich mich und kam nicht direkt aus meiner ungeschickten Position heraus. Die Hollywoodschaukel schwankte unter uns.

»Hörst du das auch?« Parker verharrte.

Wortlos machte ich mich von ihm los. Natürlich. Deshalb war ich doch erst über meine eigenen Füße gestolpert.

»Meine Schwester«, hauchte ich schließlich, sobald ich Nova entdeckte. Sie schwebte auf mich zu. Aus Richtung der abgebrannten Turnhalle … Was in aller Welt …? Ich hangelte mich an den Gitterstäben entlang und sprang dann aus der Hollywoodschaukel, die plötzlich noch riesiger wirkte als zuvor. Meine kleine tote Schwester! Und dabei hatte ich geglaubt, sie erst morgen durch das geplante Ritual mit Ayana sehen zu können. Sobald meine Füße den Boden berührten, befreite ich mich bereits aus meinem Körper. Mein Geister-Ich schoss auf Nova zu. Meine Schwester war hier! Alle Gedanken in meinem Kopf schienen zu einem einzigen zu verschmelzen. Nova!

Womöglich hatte ich als Geist noch nie so ein hohes Tempo erreicht. Als ob ich eine Art Flugzeugnavi in mir tragen würde, zählte etwas die Sekunden bis zum Aufprall herunter.

Noch nie hatte mich eine Umarmung so in Aufregung versetzt. Da ich nicht mehr bremsen konnte, riss ich meine kleine Schwester ein Stück mit mir. Oh, wie gut es sich anfühlte, Nova in meinen Armen zu halten! Nach all den Jahren. Tränen rannen mir über die Wangen, obwohl das eigentlich nicht möglich sein sollte. Geistertränen.

»Seven!« Sie seufzte meinen Namen. Wahrscheinlich fühlte sie haargenau dasselbe wie ich in diesem Augenblick.

»Was tust du hier? Wie hast du es geschafft, mich zu besuchen?«

Sie drückte sich ein Stück von mir weg. Eigentlich wollte ich es nicht zulassen, doch Nova schien ihr Umfeld im Auge behalten zu wollen. Da ich auch nicht gerade scharf auf unliebsamen Besuch war, ließ ich ihr den Raum und schaute mich ebenfalls um. Keine Poltergeister waren zu sehen.

»Es ist alles aus dem Gleichgewicht geraten in der Zwischenwelt«, flüsterte Nova.

»Was?«

»Irgendetwas stimmt nicht. Die Seelen sind verzweifelt. Dear Hanna kam noch durch bis ins Licht, aber danach: niemand mehr. Die Toten sammeln sich in der Zwischenwelt, verstehst du?«

»Aber wieso? Kennst du den Grund?« Allein die Vorstellung davon war äußerst seltsam.

»Nein, ich dachte, du hast vielleicht eine Ahnung. Ist in letzter Zeit etwas Merkwürdiges vorgefallen?«

»Seit Dear Hanna gegangen ist?« Ich erstarrte, als mir bewusst wurde, was der Auslöser dafür gewesen sein mochte. »Ich … ähm.« Nein, das konnte es nicht sein, oder? »Die Poltergeister haben meinen Körper übernommen. Schon wieder. Durch mich haben sie Menschen verletzt.«

Nova schürzte die Lippen. »Das ist furchtbar, aber der Zusammenhang scheint mir hier nicht gegeben.« Wie erwachsen sie sich ausdrückte …

»Was kann dann dahinterstecken? Wie bringt man das Gleichgewicht zwischen den Welten durcheinander? Durch Dear Hannas Übertritt?«

Jetzt war auch Parker bei uns, hielt allerdings gebührenden Abstand. Ich winkte ihm zu.

»Parker, komm her. Weißt du, was dahinterstecken könnte?« Er war ungefähr der schlauste Geisterseher, den ich kannte.

Ohne lange zu überlegen, öffnete er den Mund.

»Eine Verschiebung. Ausgelöst eventuell durch den Missbrauch von Geisterplasma in großen Mengen?«

Geisterplasma. O großer Gott, Remi! Mein Kopf schoss herum, zunächst zu Parker, dann in Richtung Schulgebäude. Konnte das sein?

Parker zuckte ganz leicht mit den Schultern. Also keine eindeutige Meinung?

Gut, dann eben etwas anderes. Mit dem Daumen tippte ich auf die Spitze meines Zeigefingers. »Nova, was kann ich tun? Kann ich dir helfen? Und den Toten, die feststecken?« Irgendwie stellte ich mir die Geisterwelt wie eine Hölle vor, die man durchqueren musste, um zum Licht zu gelangen. Bloß dass dieses Portal nun verschlossen war und sich die Seelen davor sammelten.

»Nein, du kannst nicht …« Nova verstummte mitten im Satz. Ihre Hand fuhr zu ihrer kleinen Teddybärgeldbörse, die über ihrem Geisterkleid baumelte. Ihr Einschulungsoutfit. Ein Geräusch neben mir ließ mich erstarren. Ein gehässiges, geisterhaftes Lachen wie aus einem Gruselfilm.

Es war ein Mann, genauer gesagt ein dunkelgrauer Poltergeist. Mit rundem Kugelbauch und kurz geschnittenem Vollbart. Hinter sich her zog er einen Schlitten. Ein bisschen hatte er etwas von einem bösen Santa Claus.

Meine Schwester betrachtete ihn, wobei sie wie eingefroren wirkte.

»Nova …?« Ich griff nach ihrer Hand, während wir den Kerl nicht aus den Augen ließen.

Er musste etwa so alt sein wie Tante Karen, vielleicht aber auch zehn Jahre jünger oder älter, so genau konnte ich es nicht eingrenzen. Das Lächeln in seinem Gesicht ließ mich frösteln, und das, obwohl ich mich in meiner Geisterform befand. Er hatte etwas Durchtriebenes an sich. Sowohl in seiner Stirn als auch in seiner Brust konnte ich blutige Einschusslöcher erkennen. Und der Schlitten …

Aus dem Augenwinkel registrierte ich, wie sich Parker aus seinem Körper löste und in seiner Geistergestalt zu uns aufschloss.

»Nova, ist er das?« Nur mit Mühe brachte ich die Worte hervor und es kostete mich einiges an Überwindung, nicht mit Nova an meiner Hand zurückzuweichen.

KAPITEL 8

Er musste es sein. Allein Novas Reaktion sprach Bände. Es war eindeutig. Gerade stiefelte da zwei Handbreit über dem Boden Novas Mörder auf uns zu. Der, der sie im Winter vor über drei Jahren gekidnappt hatte. Der, den Mom im Gerichtssaal erschossen hatte.

Nein!

»Was willst du?« So wie es sonst die Zwillinge bei mir zu tun pflegten, schob ich mich vor Nova. In meinem Kopf polterten die Gedanken umher wie ein umgestürztes Bücherregal. Okay, wir waren zu dritt, Novas Mörder näherte sich uns allein. Zudem waren Parker und ich Geisterjäger. Und Parker einer der allerbesten. Aus dem Augenwinkel erkannte ich, dass er im selben Moment wie ich ein Schwert von seinem Geisterrücken zog.

»Parker, wir brauchen doch neue Geister für die Forschung?« Ich fletschte die Zähne. »Würde ein Poltergeist mit Schlitten nicht ein Topobjekt für die Glaskästen abgeben?«

Parker schwebte neben mich. »Du hast hier nichts zu suchen. Geh zurück zu deinem Anführer und richte ihm aus, dass wir Seven nicht aufgeben.«

Unerwarteterweise blieb der Geist stehen, sobald Parker geendet hatte. Er verharrte in der Luft. Einfach so.

»Ach, tut ihr das?« Ein Glitzern trat in die Augen des Poltergeistes, ehe er weitersprach. »Und was ist mit heute Abend?«

Parker zuckte zusammen. Ich konnte praktisch mit ansehen, wie sich die Rädchen in seinem Hirn drehten. »Die Versammlung?« Er drehte seinen Kopf zu mir, als könnte ich das beantworten.

Konnte ich natürlich nicht.

Der Poltergeist gluckste.

»Heißt das … Nein, das kannst du unmöglich wissen«, brachte Parker recht zusammenhanglos hervor. Komischerweise schien ihn das Gequatsche des Poltergeistes mehr zu verwirren als dessen Auftritt an sich.

»Du denkst, ich kann nicht wissen, dass sie einen Exorzismus an eurer teuren Geistlenkerin durchführen wollen?« Novas Mörder zeigte eine Reihe schiefer Zähne, wobei ihm oben links einer fehlte.

»Da oben mag Chaos herrschen, aber so viel bekomme selbst ich mit.«

Ein Exorzismus? Wirklich? Das hatten sich die Hatties ja fein ausgedacht. Und wenn schon, ich würde mich gegen den Exorzismus aussprechen, wenn ich ein ungutes Gefühl dabei hatte. Warum machte Parker so ein Theater darum? Irgendeine Information dazu schlummerte in meinem Hinterkopf. Hatten die Zwillinge nicht mal erklärt, dass es gefährlich war? Durch den Schlafmangel fühlte sich mein Gehirn irgendwie wie in Watte gepackt an. Vielleicht war ein Exorzismus gar nicht so übel in meinem Fall?

»Müssen wir so viel mit ihm reden?« Mit meiner zweiten Hand zog ich meinen Dolch hervor, den ich mir als erstes Tattoo hatte stechen lassen. Vor gefühlt ewigen Zeiten. »Lieber würde ich ihn durchsieben wie einen Schweizer Käse.« Dieser eklige Typ hatte meine Schwester getötet. Und nun belästigte er uns sogar noch nach seinem Tod als Poltergeist. Was für ein beschissener Samstagmorgen!

»Seven!« Vom Eingang der Schule eilten auf einmal mehrere Schüler auf uns zu. Ira war darunter, die meinen Namen rief. Sie mussten uns bemerkt haben.

»Euch finde ich schon wieder.« Grinsend wandte sich der tote Kindermörder von uns ab, als wollte er abhauen.

Aber das würde ich absolut nicht zulassen. Blitzschnell griff ich in meinen Geisternacken und zog das Netz hervor. Offensichtlich überrumpelte ich ihn damit, denn er blickte sich zwar noch einmal zu mir um, verdrehte dann aber ziemlich ungläubig die Augen nach oben in Richtung des Plasmanetzes, das im Begriff war, auf ihn zu fallen.

»Du kleine …« Der Poltergeist ließ seinen Schlitten los, versuchte sich mit beiden Händen zu befreien, was ihm aber nicht gelang. Das Netz fixierte ihn und durch die Maschen hindurchschlüpfen konnte er nicht. Zu viel Plasma. Sein wutverzerrtes Gesicht erinnerte mich an ein Monster aus einem Horrorfilm. Die Stellen, an denen das Netz seine Geisterhaut berührte, zischten. Gut möglich, dass es sich für ihn wie Säure anfühlte. Sein Schlitten hatte sich in dem Moment aufgelöst, in dem der Geist ihn losgelassen hatte und er auf dem Boden aufgekommen war.

Ich sah ihn an. Jetzt saß er in der Falle und nicht mehr Nova. Komischerweise ebbte alle Wut in diesem Augenblick ab. Die alte Seven hätte vermutlich geschrien, dann auf ihn eingetreten.

»Die Geister …«, wisperte Nova. »Sie sind nicht mehr sicher, ihr seid nicht mehr sicher. Das Gleichgewicht!«

Wie? Erst jetzt lief mir ein unangenehm prickelnder Schauer über den Rücken. Bedeutete das, wir würden noch mehr Besuch bekommen?

»Seven!« Shana, Ira, Sabrina und ein paar weitere Schüler kamen auf uns zugeeilt. Na toll, wenn ich auf eine Schülerin heute verzichten konnte, dann war das Sabrina.

»Was läuft hier?« Shana schob sich ihre rote Haarsträhne hinters Ohr und stützte die Hände keuchend auf ihren Knien ab. »Braucht ihr Hilfe?«

Ich tauschte einen Blick mit Parker. Noch fühlte ich mich gut genug, um eine Weile als Geist durchzuhalten.

»Wir müssen diesen Poltergeist sichern und befragen«, erklärte ich dann etwas steifer, als ich mich normalerweise mit meinen Freunden unterhielt.

»Welchen Poltergeist?«, fragte Ira.

Ich blinzelte. Wie bitte?

»Na, dieser Typ da. Er ist der Mörder meiner Schwester.« Alle um mich herum verstummten. Bis auf Ira, die ihren Kopf nach links und dann nach rechts drehte. »Wer bitte?«

Sie sah ihn nicht? O nein. Das konnte nichts Gutes bedeuten. Sofort fiel mir ein, woran es liegen konnte. Das Gleichgewicht. Ira sah zwar mich, aber nicht den Geist. Es gab nur eine Möglichkeit, das zu testen. Also trat ich einen Schritt zur Seite, zu Nova. »Ira, wer steht neben mir? Kannst du den Geist sehen?«

Ira machte ein verdattertes Gesicht. »Ist das ein Spiel? Ich sehe was, was du nicht siehst?« Dann fanden ihre Augen Parker. »Parker steht doch da drüben.«

Mist, verfluchter Mist!

Nach ein paar schnellen Worten war klar, dass Ira – und nur sie – keine Geister mehr sehen konnte. Keine toten jedenfalls, abgesehen von Parker und mir. Allerdings hatten sich nur sechs Schüler um uns herum versammelt. Was, wenn im Schulgebäude noch mehr ihre Gabe verloren hatten?

»Wir sollten testen, ob ich noch dazu in der Lage bin, zu exorzieren.« Entgeistert starrte Ira auf ihre Finger, so als erwartete sie, dass sie sich gleich in Luft auflösen würden. »Was, wenn mein Körper glaubt, ich bin schon fünfundzwanzig? Oder noch schlimmer: ein gewöhnlicher, unbegabter Normalo!«

Seufzend nahm Shana, deren Nasenpiercing in der Vormittagssonne aufblitzte, ihre beste Freundin in die Arme. »Das allerletzte Adjektiv, das mir im Zusammenhang mit dir einfallen würde, wäre gewöhnlich. Würde ein gewöhnliches Mädchen den Titel Junior Miss Earth gewinnen?« Daraufhin sagte Ira nichts mehr, lehnte jedoch ihren Kopf gegen Shanas Schulter, wobei sie sich aufgrund ihrer Größe enorm verbiegen musste.

Damit hatte Shana absolut recht. Doch wenn Ira keine Geister mehr sehen konnte, nie wieder … ich schluckte. Was bedeutete das? Zuallererst einmal würde sie, mein früheres Idol und mittlerweile enge Freundin, die Schule verlassen müssen und dann wer weiß wie viele Schüler noch, denen es ähnlich ergehen würde, wenn wir das Problem nicht in den Griff bekamen.

Der Poltergeist fauchte, doch er konnte warten. Das Netz konnte er nicht abwerfen. Niemals.

»Ich hole die Jäger, bleib du hier«, bat mich Parker.

Das war mir im Prinzip recht, denn ich hatte alles im Griff. Auf der anderen Seite wollte ich gerade nichts lieber, als mich unter vier Augen mit Nova zu unterhalten.

Tatsächlich flackerte auf einmal ihre Gestalt. Gerade als Parker in seinem Körper zurück war und noch im Laufen eine Nummer auf seinem Smartphone wählte.

»Ich muss gehen.«

»Jetzt?« Ich sah meine Schwester ungläubig an.

»Sie kontrollieren mich. Wenn ich bleibe … wird das Konsequenzen haben.«

»Aber …«

Meine Schwester drückte sich etwa für eine halbe Sekunde an meine Taille. »Bis zum nächsten Mal.«

»Ja, weißt du, morgen wollten Ayana und ich …« Doch ehe ich den Satz zu Ende gesprochen hatte, war Nova auch schon fort. Nein! Wieso war das Schicksal so grausam zu mir? Ich hatte nicht mal richtig mit meiner kleinen Schwester sprechen können.

Während sich Shana und Ira von mir verabschiedeten, die im Krankenflügel Mrs Lebron zu Iras Fehlsicht befragen wollten, wandte ich mich vor Wut zitternd an den Poltergeist.

»Du wirst mir jetzt haarklein alle Fragen beantworten oder ich schneide dir zwölf Mal die Kehle durch. Kapiert?«

»Huiuiui!«, sagte Sabrina, die ganz offensichtlich nicht die Absicht hatte zu verschwinden wie die anderen Schüler. Sie und eine Asiatin blieben. Diese Schülerin musste wie Sabrina Exorzistin sein, wie ich nach einem Blick auf ihr Handgelenk feststellte. Dort glänzten bei beiden violette Amethyste in ihren Armbändern. Gut, woher meine plötzliche ausfallende Art gekommen war, wusste ich inzwischen. Und dass ich nicht für immer die Schuld auf meine Teilzeitbesetzung durch einen echt mächtigen und bösen Poltergeist schieben konnte, den andere Dämon nannten, ebenfalls. Aber heute war noch kein solcher Tag der Vernunft. Mein Zukunfts-Ich, das das nicht mehr billigend in Kauf nahm, lag in weiter Ferne.

»Was passiert aktuell in der Geisterwelt? Was planen die Poltergeister?« Mit gezücktem Messer trat ich an den Geist heran. Auf einmal war ich nicht sicher, ob ich das Netz durch eine unbedachte Bewegung zerschneiden und so den Poltergeist befreien würde, also zog ich nicht durch.

»Weißt du doch schon. Sie wollen durch dich Rache üben.« Zwischen zwei Schmerzenslauten lachte der Poltergeist auf.

»Aber warum gerät alles aus dem Gleichgewicht? Warum ist der Übergang geschlossen und wieso sieht meine Freundin keine Geister mehr?«

»Hab ich dir schon gesagt, Miststück! Hörst du nicht zu?«, presste der Geist hervor. Es klang ein wenig erstickt, als würde man ihm gerade den Oberkörper zusammenpressen. Sicher eine Wirkung des Netzes.

Gab es noch hilfreiche Informationen, die der Kerl liefern konnte?

»Wie kann ich das Gleichgewicht wiederherstellen?«

Er gluckste. »Ich wäre doch wohl schön blöd, wenn ich dir das verraten würde, oder?«

Drohend kam ich noch ein Stückchen näher. Ich musste es riskieren. Da er sein Gesicht in meine Richtung gelehnt hatte, als wollte er es so weit von seinem Körper entfernen wie möglich, wagte ich es. Ein schneller Schnitt. Direkt unter seinem Kinn auf der weichen Haut, die damit drohte, zu einem Doppelkinn zu werden.

Ganz offensichtlich hatte ich getroffen. Und zwar nicht das Netz. Der dunkle Poltergeist knurrte. »Geh doch selbst in die Zwischenwelt und finde es heraus, blöde Schlampe.«

Ich stockte. War das möglich? Davon hatte noch nie jemand gesprochen. Zugegeben, ich hielt mich auch erst seit ein paar Wochen an dieser Schule auf, aber … so eine wichtige Information hätten sie mir doch nicht verschwiegen? In Bezug auf Nova hätten sie es mir doch gesagt? Wenn ich zu ihr hätte reisen können, um sie wiederzusehen. Das ergab alles überhaupt keinen Sinn. Ich machte mich gerade bereit für einen zweiten Angriff, als wir erneut Besuch bekamen. Crowe, Natalia und einige andere Jäger sprinteten auf uns zu, Crowe sogar schon in seiner Geistergestalt. Mo Buhari, der Leiter der Forscher, bildete die keuchende Nachhut. Auf seiner ebenholzfarbenen Stirn glänzte der Schweiß. Das hieß wohl, mir blieb nur noch eine einzige Frage an den Poltergeist, bevor sie uns unterbrechen würden. »Warum? Warum hast du meine Schwester getötet?«

Offensichtlich eine Frage, die der widerlich grinsende Kerl nur zu gern beantwortete. »Ich hatte euch eine ganz Weile beobachtet. Ihr wart eine so ekelhaft glückliche Familie zu dritt. Und ich wollte einfach ein Stück vom Kuchen abhaben. Und danach wurde ich Teil der Geisterfamilie, wofür mich allerdings deine Mutter zuerst erschießen musste. Ironie des Schicksals.« Er grinste.

Mein Innerstes brannte bei jedem seiner Worte ein bisschen mehr. Meine Haut fühlte sich an, als wollte sie sich selbst entzünden. Wie konnte jemand so etwas Grausames sagen, planen, tun?

Bevor ich ganz realisierte, was los war, hatte Crowe mich schon gepackt. »Seven, du flackerst. Bitte geh zurück in deinen Körper.«

Was? Ich hob den Kopf, erkannte das Flehen in seinen Augen. Nach einem Blick nach links stellte ich fest, dass auch Parker zurück war. Und er schien nicht glücklich darüber, dass sein Bruder mit seiner Geisterhand meinen Geisterarm berührte.

Rasch schüttelte ich Crowe ab. Unglücklicherweise hatte er recht. Ich musste zurück und den Mistkerl Mo Buhari überlassen.

»Das ist so nervenzerfetzend goldig, wie du und dein Bruder Seventina behandeln. Als wäre sie etwas ganz Besonderes.« Der Poltergeist kicherte. »Euch kriege ich auch noch.«

»Ich will alles wissen, was er weiß!«, rief ich noch, bevor sich plötzlich zu viele Menschen zwischen mich und den Geist in seinem Netz schoben, sodass ich ihn nicht mehr sehen konnte.

»Das finde ich für dich raus.« Sanft nickte Crowe mir zu.

Ein kleiner Trost. Eigentlich wollte ich den Mörder meiner Schwester googeln. Sollte es tun. Mehr über ihn in Erfahrung bringen. Endlich das erledigen, wovor ich früher zurückgeschreckt war. Den Namen tief aus meinem Gedächtnis hervorkramen, den ich mir vor langer Zeit verboten hatte, jemals wieder auszusprechen. Nicht mal in Gedanken. Aber nun ging es um meine Geisterschwester. Immer noch ganz in meine Erinnerungen vertieft, schoss ich in meinen Körper, der sich viel zu kalt anfühlte im

Vergleich zu meinem erhitzten Gemüt. Ich wischte mir über die Stirn. Kalt.

Auf einmal war Parker bei mir. Ziemlich geschickt schirmte er mich von den anderen ab. »Der Ersatzunterricht fällt aus. Komm mit. Wir sehen nach Ira, in Ordnung?«

Ein freier Samstag? Immerhin etwas. Dankbar lächelte ich ihn an. Ohne einen Blick zurück auf Crowe setzten wir uns in Bewegung.

»Kannst du glauben, was da eben passiert ist? Nova, das Gleichgewicht in der Geisterwelt, Ira …?« Am liebsten hätte ich noch hinzugefügt: »Und dein viel zu netter Bruder«, doch das ließ ich aus.

Parker lächelte mich schwach an. »Kann ich nicht. Und was bitte ist in Crowe gefahren? Du hast da nicht zufällig einen Geist in ihn reinflitzen sehen? Mutter Theresas eventuell?«

Parker und seine Scherze in unpassenden Situationen. Dennoch löste diese Bemerkung ein Mundwinkelzucken bei mir aus, was meine Stimmung hob.

KAPITEL 9

Parker und ich platzten mitten in das Gespräch von Ira und Mrs Lebron. Sie hatten sich mit Shana in ein privates Behandlungszimmer verzogen, in dem es ziemlich penetrant nach Pfefferminztee roch. Komischerweise erinnerte es mich genau an das Arztzimmer, in dem ich neben Mom gestanden und zum ersten Mal Nova auf einem Ultraschallmonitor gesehen hatte. Novas Herzschlag wenige Wochen vor ihrer Geburt. Ich schluckte, wonach mein Unterkiefer zu zittern begann.

Sobald Ira mich sah, klopfte sie auf den freien Platz neben sich auf der Liege. Shana lehnte an der Wand, kaute auf ihrer Unterlippe herum. Ihr sonst so makellos sitzendes braunes Wallehaar wirkte jetzt wie ein Vogelnest. Als ein paar Sekunden später auch noch Varla auftauchte, wurde es langsam eng im Raum.

»So.« Mrs Lebron ließ den Gummirand ihres Handschuhs gegen ihr Handgelenk knallen. »Die Dinger sin immer so schwer azuziehe.« Sie schien entspannt. Ganz im Gegensatz zu Ira. Sie hatte die Finger ineinander geknotet und ihre Stirn in Falten gelegt.

Neben mir klingelte Varlas Glöckchen, als sie sich auf einem Hocker niederließ, den sie unter der Liege hervorgerollt hatte.

»Wie geht es dir?« Ich griff nach ihrer Hand. Die tiefen Augenringe und Varlas extrem blasse Haut ließen mich schon wieder schlucken. »Danke übrigens für deine Hilfe. Remi und Parker haben mir alles erzählt«, flüsterte ich, wobei ich ihre Finger drückte.

Sie nickte mir zu, wirkte allerdings völlig abwesend.

Etwas schien sie zu beschäftigen.

»Ist *du weißt schon wer* zurück?« Natürlich meinte ich damit nicht Lord Voldemort, sondern Sylva, und Varla verstand das sicherlich auch. Bloß sollte Mrs Lebron besser nicht mitbekommen, dass Sylva tot und als Geist zurück an der Schule war. Für alle Nichteingeweihten galt sie als vermisst.

Varlas Glöckchen bimmelte, als sie den Kopf schüttelte. Also nein.

»Ts, ts, ts, hat man so was schon jehört?« Mrs Lebron steckte die Minitaschenlampe zurück in ihren Kittel und ließ damit auch Iras Kinn los, die blinzelte.

»Könnten Sie aufhören zu ts-ts sen und uns stattdessen Antworten liefern?« Shanas Fuß tappte auf den Boden. Ihre Stirnfalten konkurrierten mittlerweile mit denen von Ira.

»Hm.« Die Gesichtsmuskeln der Ärztin verkrampften sich. Dann drehte sie den Kopf in Richtung Tür und rief in bester Südstaatenmanier: »Eleonor! Kann ich dich kurz spreche? Sofort, wenn es dir nichts ausmache tut!«

Autsch! Mein Trommelfell fiepte immer noch, als das Geistermädchen durch die geschlossene Tür in den Raum schwebte.

Mit der Spitze ihres Kugelschreibers deutete Mrs Lebron auf ihren Assistenzgeist. »Kannst du sie sehen, Ira?«

Mir fiel auf, dass tatsächlich abgesehen von Ira alle im Raum Eleonor ins Gesicht starrten. Bloß Iras Blick huschte von links nach rechts. Verflucht! Was bei allen Poltergeistern …?

Seelenruhig kratzte sich Eleonor mit dem kleinen Finger über eine Augenbraue.

»Was stimmt nicht mit ihr? Gab es schon mal so einen Fall?« Shana starrte Mrs Lebron an, als wäre sie schuld am Zustand ihrer besten Freundin. Vor Aufregung glühte ihre Stirn regelrecht. Minischweißperlen glänzten an Shanas Haaransatz.

Rasch legte ich einen Arm um Ira. »Das wird schon wieder, hörst du? Wir bringen das in Ordnung«, flüsterte ich ihr zu.

»Sie werden mich als unbegabt einstufen und von der Schule verweisen«, wisperte Ira mit glasigen Augen. »Ich will nicht weg von hier. Die Schule ist mein Zuhause.«

Da ich selbst nur schlucken konnte, drückte ich ihre Hand,

sammelte mich, ehe ich zurückflüsterte. »Ich bin die Geistlenkerin. Das werde ich verhindern, okay?«

Stöhnend schloss Ira die Augen. »Aber ohne übernatürliche Fähigkeiten habe ich hier nichts verloren.«

Während Shana und Mrs Lebron recht hitzig diskutierten, verschränkte Parker auf einmal seine Hände auf dem Rücken und räusperte sich. »Das könnte eventuell etwas mit der Verschiebung des Gleichgewichts zu tun haben. Hat uns vor ein paar Minuten einer der Geister erzählt. Irgendetwas hat sich in der Geisterwelt verändert.«

Mit dieser Bemerkung erlangte er natürlich sofort die Aufmerksamkeit aller Beteiligten.

Dabei fiel mir auf, dass er Novas Namen aus der Geschichte rausgehalten hatte. Dankbar lächelte ich ihn an.

»Wie jetzt?« Etwas undamenhaft beugte sich Mrs Lebron nach vorn, wobei sie mit ihren Handschuhhänden in der Luft herumfuchtelte. Der Drehhocker unter ihr quietschte, als hätte er nur noch wenige Momente Lebenszeit vor sich.

In schnellen, einfachen Sätzen erzählte Parker, was wir bisher wussten. Und von der Geisterplasmatheorie.

»Missbrauch? Zu hoher Einsatz von Plasma?« Ohne einen von uns anzusehen, brabbelte Mrs Lebron vor sich hin.

Exakt. Auf einmal schämte ich mich dafür, dass ich gestern mein Ballkleid mit Geisterplasma geflickt hatte. Nicht nur, dass es praktisch so war, als würde man einem Menschen Blut stehlen, nein, durch den übertriebenen Einsatz davon steckten die Geister und auch wir in Schwierigkeiten. Und das nicht zu knapp. Mir gegenüber wurde Eleonor auf einmal ganz blass. Eher durchscheinend weiß statt hellblau. »Ich … sehe dann wieder nach den Patienten mit den Rauchvergiftungen.«

»Is jut.« Mrs Lebron nickte vor sich hin. »Sparsamer Einsatz von Plasma, bis wir mehr wisse, okay?«

Gedankenverloren rieb ich mir über die Nasenspitze. Konnte es vielleicht auch an den ganzen Plasmaspritzen liegen, die wir in letzter Zeit in der Schule für kranke Schüler benutzt hatten? Ob Remis Plasmamissbrauch eventuell gar nicht der Grund für die

Verschiebung war? Mein Herz wurde ein wenig leichter. Es konnte doch viele Gründe geben, nicht wahr?

»Jemand muss es den Schulleiterinne beibringe.« Mrs Lebron sah von mir zu Parker.

»Ähm …« Nein, zu den Hatties würden mich heute keine zehn Pferde mehr bewegen. Ich wollte nichts mehr, als Remi sehen, mit Ayana über das Ritual reden, das sie mir versprochen hatte, und mich mit Varla unter vier Augen beraten. Vielleicht konnten wir mit Ayanas Ritual nicht nur Nova, sondern auch Sylva kontaktieren. Wenn wir doch nur mit unseren toten Schwestern sprechen konnten! Ich musste sie einfach wiedersehen. Mehr erfahren, was hier passierte. Und sicherstellen, dass es Sylva gut ging. Abgesehen davon hatte ich tausend Dinge zu erledigen, wie die beiden Geister in Gewahrsam zu befragen. Houston und den Mörder meiner Schwester.

Ich biss mir auf die Lippe. Und wenn ich dann noch Zeit fand, den Gärtner und Olive zu kontaktieren … Als Geistlenkerin sollte mir das doch gelingen, oder nicht? Und das waren nur meine dringendsten Probleme. Ob mit dem Job der Geistlenkerin automatisch so eine lange To-do Liste von hier bis Baden-Baden einherging? Ich rieb mir über die Stirn. Langsam bekam ich Kopfschmerzen.

»Ich habe noch etwas Dringenderes zu erledigen und Parker muss mich begleiten. Nach dem Vorfall von letzter Nacht … darf ich nicht mehr ohne Jäger-Begleitschutz durch die Schule wandern.«

Es wurde still im Raum.

Mit einem mitfühlenden Lächeln tätschelte mir Ira das Knie.

Wundervoll! Nachdem ich sämtliche weitere Worte, die mir auf der Zunge lagen, heruntergeschluckt hatte, rutschte ich von der Untersuchungsliege.

»Ich schaue später wieder nach dir, Ira.« Dann sah ich Varla einen Moment länger als nötig in die Augen. »Bis nachher, ja?« Sicher konnte sie dadurch erahnen, dass ich zu ihr kommen würde, um wegen Sylva mit ihr zu sprechen. Mit etwas Glück war Sylvas Geist bis dahin schon wieder aufgetaucht.

»In Ordnung, dann gehe Se, Miss Shana, ins Direktorat, ja?« Ein durchtriebenes Lächeln zeigte sich auf Mrs Lebrons Lippen. »Aber unsere neue Geistlenkerin sollte dringend beachte, dass de LGW-Mitglieder nich jut auf Se zu spreche sin. Besser enen Bogen drum mache, sonst gibt's ene zweite Auflage der spanischen Inquisition.«

Aha. Gut, damit wollte sie sicher sagen, dass die Parteimitglieder momentan nicht gerade meine größten Fans waren. Nicht nach meiner voreiligen Bekanntgabe beim Ball, dass die LGW versprochen hatte, die Schule nicht zu schließen. Aber das war wirklich das geringste Übel für mich momentan.

»Na, wenn die zwee Mr Irvings erst im Aufsichtsrat sitze, haben Se später gar nix mehr zu befürchte, net wahr?« Mrs Lebron zwinkerte mir zu.

Ich antwortete mit einem ausdruckslosen Blick. Auch ohne Parker und Crowe würde ich mich durchsetzen.

Im Flur vor dem Behandlungszimmer hatten sich jede Menge Geister versammelt. Das kam mir zwar komisch vor, doch da ganz offensichtlich niemand kürzlich gestorben war, machte ich mir keine weiteren Gedanken dazu.

»Darf ich mal? Verzeihung.« Aus Respekt vor den Toten schlängelte ich mich zwischen ihnen hindurch, immer darauf bedacht, keinen von ihnen zu berühren.

Die Geister tuschelten. »Das ist sie.«

»Sie hat denen mal so ordentlich den Marsch geblasen wie damals Präsident Lincoln den Sklavenhändlern.«

Oh, okay? Zaungäste, die über mich redeten, waren mir zwar nicht unbekannt, aber normalerweise handelte es sich dabei nicht um die Toten.

»Meinst du, dass Ayana jetzt in ihrem Zimmer ist?«, fragte ich Parker, sobald wir den Krankenflügel hinter uns gelassen hatten.

»Nein, sie liest oft zusammen mit Amber McCarthy in der Bibliothek. Oder im Gemeinschaftsraum, so viel ich weiß.«

Gut. Falls wir sie nicht in der Bib fanden, konnten wir es immer noch in ihrem und Iras Zimmer versuchen. Heute keinen Samstagsunterricht zu haben, stellte sich gar nicht mehr als so praktisch heraus, wenn man bestimmte Leute sehen wollte.

»Oder wir fangen sie gleich vor der Schule ab.« Mist, wieso war es eigentlich schon so spät? Wann würde sich Ayana zum Einkaufen davonstehlen?

»Glaubst du, heute sind Besuche in der Stadt gestattet, nach allem, was gestern vorgefallen ist?«

Parker ließ mir den Vortritt an der großen Treppe. »Hm, eher nicht und ich denke, die Elternbesuche werden sie heute sehr kurz halten.«

Irgendwie verständlich. *Eltern*. Wenn doch nur Tante Karen hier wäre! Andererseits war Karen nicht in die Geisterwelt eingeweiht, daher hätte ich sowieso nicht offen mit ihr sprechen können. Vielleicht sollte ich dieses dämliche Geheimhaltungsgesetz für unbegabte Familienmitglieder kippen, jetzt, da ich hier die Gesetze machen konnte. War es nicht so?

Ich biss mir auf die Zunge, geriet sogar aus dem Gleichgewicht, weswegen ich mich am Treppengeländer festhalten musste. Sowohl Mrs Lebron als auch Mr Fernandez hatten behauptet, dass meine Mom Bescheid wusste. Im Prinzip konnte ich also im Gefängnis anrufen und … mit ihr über Novas Geist sprechen. Bloß störte mich an dieser Idee, dass das Gespräch sicher mitgehört und wahrscheinlich auch aufgezeichnet wurde. Dazu kam, dass mein Verhältnis zu meiner Mutter seit ihrer Festnahme mehr als nur unterkühlt war. Sie hatte mich verlassen. Ich drückte meine Fingernägel in meine Handballen. Ich würde damit fertigwerden. Außerdem hatte ich ja noch Remi. Und Varla.

Parker drückte meine Schulter. Sanft und vorsichtig. »Alles in Ordnung?«

Ich sah zu ihm auf. Und ich hatte Parker.

Tatsächlich fanden wir Ayana auf einem Tisch in der Bibliothek, wo sie tief vornübergebeugt in einem Buch über Rituale für Medien las und die Beine über die Tischkante baumeln ließ. Ein bisschen erinnerte sie mich an eine stolze Waldelfe, die die Ruhe der

Natur oder in unserem Fall die Ruhe der Bibliothek genoss. Sie schob sich ihre langen, dunklen Haare über die Schulter und sah uns entgegen. In ihren Augen lag so viel Weisheit und ich war mir sicher, dass sie nur zu genau wusste, weshalb ich sie an diesem Vormittag aufsuchte.

»Hey«, flüsterte ich und hob eine Hand.

Mit einem sanften Lächeln im Gesicht schloss Ayana das Buch. »Ich fahre gleich.« Ihr Blick huschte in Richtung Tür.

»Wie?«, fragte Parker.

»Hab einen Jungen aus der Stadt angerufen. Er holt mich vor dem Tor ab. Ein Stück die Straße runter.«

Sie grinste mich an, offenbar sehr zufrieden mit sich.

Also würde sich Ayana davonschleichen. Für mich?

»Aber pass auf dich auf, okay? Ist der Junge in Ordnung?« Plötzlich konnte ich nicht verhindern, dass die Sorge in mir hochkroch wie überkochendes Teewasser. Wie viel riskierten wir nur für die Chance, Nova eventuell zu uns rufen zu können?

»Keine Sorge, so was habe ich schon oft getan. Und heute ist es dazu für einen guten Zweck. Für unsere neue Geistlenkerin.«

Bei ihrem letzten Wort zuckte ich zusammen. Irgendwie hatte ich mich noch immer nicht daran gewöhnt. Geistlenkerin. Vor ein paar Wochen hatte ich das Wort weder gekannt noch jemals geglaubt, dass ich einmal in dieser neuen, fremden Geisterwelt so was wie deren Anführerin werden würde. Verrückt.

»Übrigens total stark, was du mit Dear Hanna gemacht hast.« Ayana hielt mir ihre Faust hin. Oh, das Video. Ich tat es ihr nach und drückte meine Fingerknöchel gegen ihre.

»Seven, Seven, Seven!« Ein völlig aus der Fassung geratener Remi ploppte neben mir aus dem Bücherregal. »Oh, hi, Parker, dein Bruder ist übrigens in der Küche und plündert den Kühlschrank. Sieht aus wie eine Fressattacke und nicht gerade gesund. Vielleicht ziehst du ihn besser davon weg.«

»Ich kann Seven nicht allein lassen«, murmelte Parker, was von Remi natürlich völlig ignoriert wurde.

»Nur mal so: Wirklich jeder zweite Schüler schaut gerade das

Video von dir und Dear Hanna!«, sprudelte es aus Remi hervor. »Mindestens.«

Ach? Ich neigte den Kopf.

»Aber deshalb bin ich nicht hier«, beeilte sich Remi hinzuzufügen, ehe er theatralisch beide Arme in die Luft warf. »Ich kann mich nicht mehr beamen. Die anderen Geister auch nicht. Es ist, als hätte jemand den Stecker in der Geisterwelt gezogen und uns von der Geisterenergie abgeschottet. Nichts mehr da, nada. Niente.« Er schnipste mit den Fingern.

»Na ja«, begann ich flüsternd über die ganzen »Shht« und »Psst«-Rufe hinweg, die von den anderen Bibliotheksnutzern in unsere Richtung abgefeuert wurden. »Laut Nova ist auch das Portal ins Licht geschlossen und wir haben da eine Theorie …«

»Was? Nein, nein, nope. Unmöglich.« Kaum zwanzig Sekunden später wedelte Remi mit den Händen vor meinem Gesicht herum. Dann fügte er deutlich leiser hinzu: »So viel Plasmamissbrauch haben Houston und ich auch nicht betrieben.«

Ich neigte den Kopf.

»Gut, es waren noch zwei bis drei andere Geister im Spiel, aber seit der Sache gestern Nacht werde ich nichts mehr anrühren, versprochen«, beeilte sich mein bester Freund zu sagen. »Aber der Auslöser für das Ungleichgewicht war ich sicher nicht. Halt mal: Was, wenn das nur der Anfang war? Wenn wir jetzt alle verblassen?«

Dieser Gedanke war viel zu schrecklich, weswegen ich ihn von mir schob.

In einer Art Panem-Gruß legte sich Ayana eine Faust aufs Herz und streckte dann den Arm durch. Wahrscheinlich war ihr nun sogar die düstere Landstraße lieber als Remis hektisches Geplapper. Konnte ich ihr nicht verübeln.

Ich sah ihr hinterher. »Lasst uns woanders reden. Wo wir ungestört sind«, bat ich Remi und Parker, wobei ich Parker tief in die Augen sah.

»Oh«, meinte der leise, als er verstand. »Das wird Crowe nicht gefallen, aber in Ordnung.«

Da ich so was von einen gut bei Crowe hatte und aktuell weder von ihm noch von den Hatties oder irgendwelchen aufdringlichen Politikern aufgespürt werden wollte, zuckte ich mit den Schultern.

KAPITEL 10

Im Flur nahe der Treppe tat ich so, als wollte ich mir die Haare zu einem Pferdeschwanz binden. Währenddessen sah ich mich nach allen Seiten um. Wir brauchten einen ungestörten Moment, ohne weitere Schüler um uns herum.

Zu meinem Missfallen steuerte Sabrina direkt auf Parker zu. Ausgerechnet die Person, die ich abgesehen von Crowe am wenigsten sehen wollte.

Glücklicherweise rief in diesem Moment jemand aus dem zweiten Stock nach ihr. »Brina, kannst du schnell herkommen? Bring deinen Koffer mit.«

Sabrinas Blick verfinsterte sich.

Ich fing ihn auf und lächelte. Da gab es anscheinend einen Exorzisten-Notfall im Dachgeschoss? Kurz überlegte ich, ob sie sich den Mörder meiner Schwester zur Brust nahmen, weshalb mein Lächeln verblasste. Aber das konnte nicht sein, oder? Der steckte sicher verwahrt im Keller. Musste er einfach. Aber mit ihm würde ich mich später beschäftigen. Nova hatte mir einen Hilferuf geschickt. Das ging vor. Und die Veränderung betraf nicht nur sie. Remi konnte sich nicht mehr beamen. Würde es noch schlimmer kommen?

Nachdem Sabrina abgedampft war, stellte ich sicher, dass kein weiterer Schüler in Sicht war. Erst danach drückte ich auf das Quadrat an der Holzverkleidung unter der Treppe. So wie Crowe es mir vor ein paar Tagen gezeigt hatte. Die verborgene Tür glitt auf und ich schaltete rasch das Licht im Geheimraum an.

»Was? … Wow!«, keuchte Remi.

»Bingo Bängo«, sagte ich und bedeutete ihm vorzugehen.

»Boom Chickawowow«, sagte Remi voller Ehrfurcht. »Das liegt also hinter der ollen Ebenholzmonsterwand? Nicht zu fassen!«

Kopfschüttelnd betrat Parker als Letzter das Versteck. An den leicht gehobenen Mundwinkeln konnte ich erkennen, dass ihn Remis Darbietung recht gut unterhielt.

»Was? Ihr habt hier eine Playstation?« Mit offenem Mund drehte sich Remi zu mir um.

»Und eine Entchen-Lichtergirlande. Einfach für das Flair.«

Parker, der die Tür geschlossen hatte, nahm sich zwei Dosen Cola aus dem Kühlschrank, wovon er mir eine in die Hand drückte.

Blöderweise beugten wir uns im nächsten Moment gleichzeitig nach vorn, um uns auf die Kissen zu setzen, weswegen unsere Köpfe gegeneinanderknallten.

Toll! Wie in einem schlechten Teeniefilm. Und autsch! Ich rieb mir über die Stirn. Zu meinem absoluten Missfallen war mir das so dermaßen peinlich, dass Hitze von meiner Stirn bis in meine Füße abstrahlte. Das war es doch, oder? Ich schielte zu Parker. Es lag an der Peinlichkeit zwischen uns. Ich meine, es war Parker. Supersüß, zumindest oft, aber andererseits hatte er mich jetzt schon so viele Male von sich gestoßen. Verwirrung machte sich in mir breit. Auf einmal wusste ich nicht mehr, was ich denken sollte.

»Manchmal bin ich echt froh, keinen Körper mehr zu haben«, informierte uns Remi.

»Ja, du lebst meinen Traum«, sagte ich, ließ mich dann im zweiten Anlauf unfallfrei in ein Sitzkissen sinken.

»Okay, Jungs, wir müssen uns fokussieren. Irgendetwas geht hier vor sich, das nicht in unsere Welt passt.«

Ich überlegte kurz, bevor ich an einer Hand alle Fakten abzählte. »Mrs Sukarno hat für einen Moment ihren Körper verlassen, dafür kann Remi sich nicht mehr beamen. Ira kann keine Geister mehr sehen und Nova hat erzählt, die Geister könnten nicht mehr ins Licht, dafür scheinen sie nun vermehrt in unsere Welt zu reisen.« Wie sonst konnte man erklären, dass der Mörder meiner Schwester ausgerechnet heute hier aufgetaucht war? »Nova ist es auch gelungen, die Barriere zu durchbrechen …« Wogegen ich in diesem Fall absolut nichts einzuwenden hatte.

»Ich will mich beamen können«, presste Remi hervor, der sein Gesicht zusammenkniff und wirkte, als müsste er eiligst die Toilette aufsuchen. »Aber es geht nicht.« Seufzend richtete er sich wieder auf, bevor er wie ein schlechter Bühnenschauspieler einen Handrücken auf seine Stirn drückte, während er mit dem anderen Arm einen Halbkreis vor seiner Brust beschrieb. »I want to break free!«, stimmte er den gleichnamigen Queen-Song an.

Nachdenklich biss ich an der Nagelhaut meines Zeigefingers herum. »Meint ihr, es gibt eine Möglichkeit nachzusehen? Auf der anderen Seite?«

Das hatte Novas Mörder doch angedeutet, nicht?

Mir entging nicht, dass Remi wie versteinert in der Luft verharrte.

Bedächtig und viel ausgiebiger als nötig beschäftigte sich Parker erst mal mit der Öffnung seiner Coladose, ehe er antwortete. »Das willst du nicht, glaub mir. Es ist supergefährlich und wenn, dann gelingt es sowieso nur ganz selten, die Welten zu wechseln. Und selbst dann könntest du stecken bleiben und nie mehr zurückfinden.«

»Na ja«, gab Remi zu bedenken, »wenn nicht jetzt, wann dann? Ich meine, gab es je einen günstigeren Moment, um es durch die Barriere zu schaffen und wieder zurück?«

Da Parker ihn daraufhin mit einem scharfen Blick bedachte, druckste Remi ein bisschen herum. »Das war doch nur in Bezug auf Nova und den Irren gemeint. Die haben es ganz easy peasy von der Zwischenwelt zu uns geschafft.«

»Damit machst du es nicht besser«, presste Parker hervor. Seine Finger drückten so fest gegen das Blech der Dose, dass Knicke entstanden. Durch die Öffnung schwappte bereits ein dünner Film an Flüssigkeit.

Also war es möglich!

Ich musste mehr darüber wissen und Varla hatte mir diesen Trick gezeigt. Mit zittrigen Fingern fischte ich mein Handy aus der Tasche meines Schulblazers. Wenn man auf einer gewissen Seite, auf die man über die Suchmaschine kam, die URL minimal abänderte, gelangte man ins Ghostnet. Wenn man vorher die Ghost.inc-App installiert hatte.

Während Remi immer noch Parker zu beschwichtigen versuchte, hatte ich die Wörter bereits im Ghostnetsuchfeld eingegeben. Enter.

Ein Gefühl von Aufregung erfasste mich, kribbelte in meiner Brust, wie als wartete ich darauf, dass meine Bingo-Zahlen gezogen wurden. Und da baute sich die Seite auf. Rote Schrift auf schwarzem Hintergrund. Eilig überflog ich den Text.

»Hm, sieht gar nicht so kompliziert aus«, sagte ich und unterbrach damit Remis Monolog. Damit sie auch etwas sehen konnten, streckte ich meinen Arm aus und präsentierte den Jungs den Artikel. »Eigentlich ziemlich idiotensicher. Man befindet sich die ganze Zeit über in einem Aufzug.«

Parker atmete tief ein, was Remi die Chance gab, zuerst das Wort zu ergreifen. »Spinnst du? Hast du das richtig gelesen? Auch den Teil mit dem Dämon, der dich … für immer bei sich behalten könnte, wenn du einen Fehler bei diesem Ritual machst?«

Ich schloss für einen Moment die Augen, aber nur, um sie kurz darauf wieder aufreißen zu können. »Aber Remi, du könntest mich doch begleiten. Du musst schon oft dort gewesen sein, richtig? Und wenn du dich nicht mehr dorthin beamen kannst, könntest du mit mir über das Aufzugritual …«

»Stopp mal, Seven. Du weißt nicht, was schon alles vorgefallen ist bei diesem Ritual.« Parkers Pupillen schienen zu zittern.

Remi vollführte eine abwertende Handbewegung in Parkers Richtung. »Aber doch nur, weil das Aufzugritual in Asien als Mutprobe missbraucht wird.«

Wenn die Jungs nicht mitmachen wollten, würde ich es alleine tun. Wie sonst konnte ich verstehen, was in der Geisterwelt vor sich ging? Abgesehen von Berichten von Nova? Ich kaute auf meiner Unterlippe herum. Schließlich war ich die neue Geistlenkerin. Und meine Schwester wäre ebenfalls Geistlenkerin geworden. Ob das auch der Grund war, wieso Nova die Erde betreten konnte, während Remi sich nicht mehr in die Geisterwelt beamen konnte? Aber was war mit dem Mörder? War er einfach in Novas Windschatten mitgereist? Ein Gedanke durchzuckte mich. Konnte Sylva eventuell dort gefangen sein? War sie deshalb nicht mehr aufzufinden? Dann wurde es immer wichtiger für mich, so schnell wie möglich mit Nova zu sprechen. Ich richtete mich ein wenig auf und sah Remi und Parker nacheinander fest in die Augen. »Wenn uns das Medienritual morgen nicht weiterbringt, werde ich es machen.«

Daraufhin bemühte ich mich, Parker zu ignorieren, der mich irgendwie geschockt musterte. Also las ich weiter die Anleitung für das Aufzugritual durch.

Das Aufzugritual kann nur von einer Person allein durchgeführt werden. Dazu sollte ein Hochhaus mit mindestens 10 Stockwerken gewählt werden, das über einen Fahrstuhl verfügt. Um zu beginnen, musst du dich im Hochhaus befinden und dort ohne Begleitung in den Aufzug steigen.

Okay, also musste ich mich wirklich allein darum kümmern. Nicht mal Remi würde mitkommen können?

»Gibt es in Baden-Baden ein Hochhaus mit mindestens zehn Stockwerken?« Ich sah auf.

»Klar. Das Babo-Hochhaus«, sagte Remi, wofür er einen weiteren missbilligenden Blick von Parker kassierte.

Also konnte ich das tatsächlich ohne allzu großen Aufwand umsetzen, wenn ich wollte. Mit klopfendem Herzen las ich weiter.

Bist du im Aufzug, drückst du den Knopf für den 4. Stock, um das Ritual zu starten. Du wartest, bis du dort angekommen bist. Die Aufzugtüren werden sich wie gewöhnlich in diesem Stockwerk öffnen, doch du steigst nicht aus. Du wartest, bis die Türen sich schließen, und drückst direkt den Knopf zum 10. Stockwerk. Wenn du dort angekommen bist, drückst du den Knopf zum 6. Stockwerk und wartest, bis du da bist. Es ist von überaus großer Wichtigkeit, dass du immer erst den nächsten Knopf drückst, nachdem sich die Türen geschlossen haben.

Parker rückte ein wenig näher an mich heran. Wahrscheinlich wollte er in Erfahrung bringen, ob ich tatsächlich die korrekte Anleitung für das Ritual las. Davon ließ ich mich jedoch nicht beirren. Obwohl seine Anwesenheit und dann auch noch sein Oberkörper, der sich so weit zu mir vorgelehnt hatte, mich irritierten, blies ich mir lediglich eine Haarsträhne aus der Stirn und widmete mich wieder dem Text.

Nun drückst du den Knopf zum 2. Stockwerk. Dort angekommen, wirst du den Knopf für das 10. Stockwerk wählen und noch mal zum Abschluss drückst du den Knopf für den 4. Stock. Dort wird, wenn du alles richtig gemacht hast, eine Frau zu dir in die Kabine steigen. Es ist außerordentlich wichtig, dass du sie nicht ansiehst. Schau am besten auf den Boden und sprich nicht mit ihr. Lass dich nicht von ihr täuschen. Sie ist nicht das, was du von ihr denkst.

Das klang wirklich gruselig. Zum ersten Mal seit meinem Entschluss, in die Geisterwelt zu reisen, meldete sich ein kalter Schauer begleitet von einem bitteren Zweifel in mir. Diese Frau war vermutlich ein Dämon. Und ich würde ihr begegnen. Fantastisch!

»Seven, können wir kurz reden?« Parkers Stimme an meinem Ohr ließ mich noch mehr erschaudern. Dieses Mal aber in positivem Sinne. Mein Magen hüpfte bei dem Gedanken daran, wie verdammt nah er mir war. Kurz dachte ich, ich müsste träumen, aber nein. Hier saßen wir.

Reden. Ich schluckte. Das letzte Mal, als er mit mir hatte reden wollen, hatte ich kurz darauf sowohl ihm als auch seinem Bruder die Kehlen durchgeschnitten und danach die Turnhalle in Brand gesteckt. Wohl kaum ein gutes Omen.

»Seven.« Parkers kleiner Finger berührte meinen. Eine fast zufällig wirkende Geste, vielleicht überhaupt nicht beabsichtigt von ihm. Obwohl meine Unterlippe nicht aufhören konnte zu zittern, gefror der Rest meines Körpers. Ich schielte in Richtung unserer Hände und danach in Parkers Gesicht. Er starrte mich so sorgenvoll an, wie es Jared manchmal getan hatte. Jared, der Parkwächter, der mich jedes Mal von der Klippe im Nationalpark wegbugsiert hatte. Zu Hause in Utah. An den besonders dunklen Tagen, an denen ich Nova gerne ins Jenseits gefolgt wäre.

Andererseits hatte Parker mir all das hier vorenthalten. Diese Möglichkeit. Eine etwas absurde Vorstellung, mit einem Fahrstuhl in die Welt der Geister zu reisen, aber ich würde das versuchen. Schließlich musste ich etwas unternehmen. Wahrscheinlich wollte Parker mich nur beschützen, aber er konnte mir einfach nicht so eine wichtige Information verschweigen. Das stand ihm nicht zu.

Ich war die Geistlenkerin. Wenn jemand dieses blöde Aufzugsding schaffen konnte, dann ich. Obwohl ich mich langsam mit dem Gedanken angefreundet hatte, die Rolle der Aushilfsauserwählten innezuhaben, beschlich mich doch jedes Mal ein bitteres Gefühl dabei, als würde ich vergorene Milch schlucken. Geistlenkerin war keine Auszeichnung, sondern ein Fluch. Am Ende bedeutete es lediglich, dass man einer Familie aus Mördern entstammte. Natürlich taten das alle an dieser Schule, doch ich schien die mit dem verkorkstesten Stammbaum zu sein. Ich nahm einen tiefen Atemzug, um mich zu beruhigen. Aber ich würde nicht so kaltherzig werden wie Natalia oder die Hatties. Nicht so leichtfertig mit den Toten umgehen. Kümmerte es sie eigentlich wirklich, dass Sylva verschwunden war, und bedauerten sie die Todesfälle von James und dieser ehemaligen Schülerin? Sorgten sie sich wie ich um Octa?

Ich musste das Gesicht verzogen haben, denn Parker räusperte sich. »Was ist los? Möchtest du nicht reden?«

»Nein, will ich nicht!«, blaffte ich ihn an. Heftiger als nötig. Sofort tat es mir leid, denn Parker hatte es nicht verdient, so von mir angefahren zu werden. Aber ich war so aufgewühlt, so voller Wut auf die Ungerechtigkeit in der Welt der Geisterseher, dass ich überreagierte. Schnaubend betrachtete ich mein Handydisplay. »Ich muss das hier weiterlesen.« Und das wollte ich wirklich. Dazulernen in dieser fremden, grausamen Welt. Nicht mehr von anderen abhängig sein, die mir den Weg wiesen.

Blinzelnd zog sich Parker von mir zurück.

»Genau. Das hier ist eine typische Seven-und-Remi-Operation.« Remi warf sich in die Brust. »Sevemi. Du verstehst schon.« Dann gab er eine schräge Version von »Two is better than one« zum Besten, was Parker anscheinend als Rausschmeißersong interpretierte.

»Ja, dann.« Er rappelte sich auf, wobei seine Hand mit der Dose zitterte. »Ich warte draußen im Flur, bis du fertig bist.«

Okay? Ich hatte irgendwie nicht erwartet, dass er mir so viel Raum gab.

Er schien sich von innen auf die Wange zu beißen, drehte sich dann von mir weg. Selbst Remi verstummte, als Parker sich mit hängenden Schultern an ihm vorbeischob.

»Warte!« Ich sprang auf, verhedderte mich natürlich zwischen den Kissen und musste mich an der Wand abstützen. Parker würde heute seine ganze Zeit damit verbringen, mich zu beschützen, und ich hatte ihn so behandelt.

Ziemlich unbeholfen stakste ich über die Sitzkissen auf ihn zu und hielt ihn am Arm zurück. »Parker …«

In diesem Moment öffnete sich die Geheimtür, weswegen ich vor Schreck zusammenzuckte. Ein ziemlich grimmig dreinschauender Crowe stand in der Türöffnung. Er musterte mich und Parker und meine Hand, die immer noch auf Parkers Oberarm lag.

Dann glitt sein Blick zu Remi. »Ernsthaft? Ihr habt diesem Schulgeist unser Versteck gezeigt?«

Jetzt klang er ein bisschen wie ein beleidigtes Kleinkind.

Selbstverständlich plusterte sich Remi auf wie ein Kanarienvogel. »Diesen jämmerlichen Geheimraum hätte ich über kurz oder lang sowieso gefunden. Du vergisst wohl, dass ich durch Wände schweben kann.«

»Hättest du nicht. Die hier sind imprägniert«, sagte Parker leise.

Auch Crowe verschränkte die Arme vor der Brust. »Wir haben Vorkehrungen getroffen.«

»Pff«, sagte Remi und machte Anstalten, nach oben zu schweben. Dort, wo die Treppe über unseren Köpfen verlief.

Pffng, pffng, pffng. Wie eine Fliege prallte der arme Remi immer wieder von der Decke ab, konnte einfach nicht hindurchbrechen.

»Jap«, meinte Crowe. »Besser hätte ich es auch nicht demonstrieren können.«

Jammernd schwebte Remi hinter mich. »Sag ihnen, dass sie abhauen sollen. Wir kommen ohne die Nervbacken klar. Gerade in diesem poltergeistsicheren Raum.«

Crowe zog seine dichten Augenbrauen zusammen. »Ja, weil das eine total gute Idee ist. Seven allein mit dir irgendwo zu lassen. Hat ja beim letzten Mal schon so gut geklappt. Ich bleibe und garantiere damit für ihre Sicherheit.«

Daraufhin tat Remi so, als müsste er nach Luft schnappen. »Hat Seven dir diese Schere auch ins Gehirn gerammt? Du spinnst ja wohl! Außerdem bin ich clean.«

»Ja, klar. Seit wie vielen Stunden?«

Ich atmete tief durch. Zeit, dazwischenzugehen, ehe der Streit zwischen Crowe und Remi eskalierte.

»Wie wäre es, wenn ihr mich dieses Ritual planen lasst und ihr euch einen Kaffee holt? Später gehen wir zusammen zum Mittagessen, okay?« Ich bemühte mich um einen neutralen Tonfall. Tatsächlich gelang es mir sogar, Crowe anzusehen. Für eine halbe Sekunde.

»Wenn du das so willst.« Parker, der immer noch wirkte, als hätte ich ihn geschlagen, getreten und einmal durch den Geheimraum geworfen, drehte sich um. Somit war Crowe gezwungen, ihm den Weg frei und einen Schritt zur Seite zu machen.

Ja, das wollte ich. Das Aufzugritual Schritt für Schritt durchgehen, Notizen dazu anfertigen, am besten sogar einen Spickzettel schreiben. »Bis später.« Ich hob eine Hand, dann glitt die Tür zu und ich stand immer noch da, als wollte ich ein Raumschiff verabschieden, mit nach oben gereckter Hand.

Kapitel 11

»Was bitte war das gerade?«, fragte Remi.

»Frag mich nicht. Ich verstehe Jungs einfach nicht.«

Remi schwebte näher an mich heran. »Oh, da gebe ich dir gern Nachhilfe. Weißt du, wie ich Houston damals kennengelernt habe?«

Unter hochgezogenen Augenbrauen starrte ich ihn an.

»Okay, okay, schlechtes Beispiel.« Jetzt war es Remi, der eine Hand hob. »Warum liest du nicht weiter diese Anleitung vor und wir überlegen, ob wir das durchziehen?«

Hm, also kannte Remi die einzelnen Schritte des Rituals gar nicht?

»Okay.« Klang auch irgendwie vernünftig und vielleicht gelang es mir so, mein aufgewühltes Innerstes zu beruhigen. Aber zuerst griff ich nach meiner Cola und ließ mich dann in die Kissen sinken. Dieses Mal auf dem Rücken liegend, las ich weiter.

Trotz der Anwesenheit der unbekannten Frau musst du genauso weitermachen wie zuvor. Du wählst nun den Knopf für das 1. Stockwerk. Doch dieses Mal wirst du stattdessen bei korrekter Ausführung mit dem Aufzug nach oben in den 10. Stock gefahren.

Wie ungewöhnlich, dass bei korrekter Ausführung jedes Mal diese Frau im 4. Stock auf einen wartete. Hinter meiner Stirn kribbelte es bei diesem Gedanken. Wie diese Dämonenfrau wohl aussah?

Wenn du stattdessen mit dem Aufzug doch nach unten fahren solltest, dann musst du unter allen Umständen so schnell wie möglich aussteigen, nicht mit der Frau sprechen und nicht zurückschauen, um schlimme Konsequenzen zu vermeiden. In diesem Fall ist etwas schiefgelaufen. Verlasse das Gebäude auf der Stelle.

Hier machte ich eine kurze Pause und fasste den Inhalt des Textes für Remi zusammen. Der schwebte allerdings nur wortlos vor dem Fernseher. Es wirkte, als würde er über meine Worte nachgrübeln.

»Ich wusste, da war etwas mit einem Aufzug und vielen verschwundenen Lebenden«, wisperte er schließlich. »Sind irgendwann als Geister wieder aufgetaucht.«

Oh. Das hieß wohl, diese Geisterseher hatten Fehler im Ritual begangen. Vielleicht aus Versehen hochgeschaut, direkt ins Gesicht der Dämonenfrau?

Schnell senkte ich meinen Blick wieder auf den Bildschirm. Wie viele Schritte waren noch nötig, um in die Geisterwelt zu gelangen?

Wenn du bis hierhin alles richtig ausgeführt hast, wirst du nun im 10. Stockwerk angekommen sein. In diesem Fall hast du die Geisterdimension erreicht. Beim Aussteigen wird die Frau dich fragen, wohin du gehst, doch darauf antwortest du nicht und schaust sie auf keinen Fall an. Wenn du dich umentscheiden solltest und die Geisterwelt doch nicht mehr betreten und stattdessen zurückkehren willst, dann bleibst du im Aufzug. Ebenfalls ohne die Frau anzusehen oder auf ihre Fragen zu antworten. Um umzukehren, drückst du wieder den Knopf zum 1. Stockwerk. Wenn das nicht funktionieren sollte, dann versuche es trotzdem weiter, bis es klappt. Drück aber immer nur einen Knopf. Es dürfen niemals mehrere gleichzeitig leuchten. Nachdem du es geschafft hast, in den 1. Stock gefahren zu werden, rennst du, so schnell es geht, aus dem Aufzug. Sieh dich keinesfalls um, egal was dir die Frau zuruft.

»Okay, aber was, wenn wir in der Geisterwelt aussteigen?«, unterbrach mich Remi. »Beginnt die direkt hinter dem Aufzug oder wirkt es wie der 10. Stock und man muss noch durch eine weitere Tür oder so?«

Nur unter einigem Widerwillen löste ich meinen Blick vom Bildschirm. Diese Anleitung hielt mich irgendwie gefangen. Ich musste erfahren, was jetzt kam. »Müsstest du das nicht besser wissen als ich?«

Remi schüttelte den Kopf. »Ich beame mich immer dahin und ich dachte, es fühlt sich für jeden Geist anders an. Ein bisschen wie eine graue, trostlose Version der Wirklichkeit. Etwas summt immer im Hintergrund und manchmal sieht man ein grell leuchtendes Portal. Taucht wie aus dem Nichts auf.« Er hob eine Hand wie ein Puppenspieler, der seine Marionette fliegen lässt.

»Lass uns einfach weiterlesen, in Ordnung?«, bat ich ihn.

Wenn du im 10. Stock ausgestiegen bist, kannst du die Zwischenwelt erkunden. Allerdings bist du jetzt in der anderen Welt gefangen und die Frau könnte Gefallen an dir finden und mit dir kommen. Um zurückzukehren, gibt es nur einen Weg. Du musst exakt den Aufzug betreten, mit dem du gekommen bist, also merke ihn dir gut, falls es mehrere Fahrstühle im Gebäude gibt. Sieh auch jetzt die Frau nicht an. Drücke dieselbe Tastenkombination, die du auch schon vorher zum Kommen angewendet hattest, nur in umgekehrter Reihenfolge. Zuletzt drückst du wie schon zuvor den Knopf, um in den 1. Stock zu gelangen. Du wirst vermutlich in den 10. Stock fahren und um das zu verhindern, drückst du alle möglichen Knöpfe für die anderen Stockwerke. Probiere es so lange, bis du nicht mehr im 10. Stock landest. Steige in keinem Stockwerk aus, außer dem ersten. Dort achtest du, bevor du einen Fuß nach draußen setzt, auf deine Umgebung. Wenn du etwas Ungewöhnliches entdeckst, das nicht zur realen Welt passt, wiederholst du den Vorgang, bis du dir sicher bist, dass du in der Welt der Lebenden gelandet bist.

»Hm, hm. Vielleicht markieren wir einfach das erste Stockwerk, so wie Hänsel und Gretel?«, schlug Remi vor.

Gar keine so schlechte Idee. Ich konnte Novas Glücksbärchi-Stickerset dafür nutzen, das ich immer noch in ihrem Mäppchen mit mir herumschleppte. Wenn ich die an die Wand vor dem Aufzug klebte, wäre alles klar, oder? Eigentlich hatte ich das Stickerset nie anbrechen wollen, aber in diesem Fall schien es mir perfekt für diese Aktion geeignet. Und ein bisschen auch wie ein gutes Omen. Ich würde es ab jetzt immer bei mir tragen, nur für den Fall, dass sich spontan eine Gelegenheit ergab, nach Baden-Baden zu fahren.

»Wir sollten Parker und Crowe erlösen. Möglicherweise schlagen sie sich gerade vor der Kaffeemaschine die Köpfe ein.« Mit einem Seufzer richtete ich mich auf. »Sicherlich wollen die beiden heute auch noch ein Sondertraining mit mir einlegen.« Schon sah ich uns im Herbstnebel um die Schule joggen. Danach würde ich auf jeden Fall einen Liter Kaffee brauchen. Und mehr Infos.

Remi sah das ähnlich. »Willst du nicht zuerst nach Ira sehen oder nach Varla?«

»Ich bin mir ziemlich sicher, dass wir beide zusammen in Iras und Ayanas Zimmer finden. Und stimmt, das hatte ich auch noch vor.«

Remi wiegte den Kopf hin und her. »Du entwickelst dich wirklich langsam zu einer Art Sherlock Holmes.«

Lächelnd sammelte ich die leeren Coladosen ein, bevor ich an der Tür lauschte. Alles ruhig. Unsere Chance, ungesehen den Geheimraum zu verlassen.

»Und willst du heute Abend echt den Exorzismus an dir durchführen lassen?«, fragte mich Remi auf dem Weg zum Speisesaal. »Dir ist doch wohl klar, dass sie das heute machen wollen?«

Ja, schon. »Was, wenn es das einzig Richtige ist?«, fragte ich leise zurück.

Wir bogen um die nächste Ecke, wo ich sofort innehielt. Stand da nicht Parker mit seinem Dad vor den Türen des Speisesaals? Obwohl wir noch mehr als zehn Schritte von ihnen entfernt waren, konnte ich ihr Gespräch doch deutlich mit anhören.

Gerade richtete Mr Irving die Krawatte seines Sohnes. »Ach, wirklich? Sie will dich nicht in ihrer Nähe haben? Wundert mich nicht. Wer würde dich schon lieben? Nach dem, was du deinem Bruder angetan hast? Wer würde dir noch vertrauen?«

Bei diesen Worten wurde mir ganz kalt. Sowohl in meinem Herzen als auch in meinem Kopf und Nacken. Das war auf so vielen verschiedenen Ebenen falsch, so etwas zu seinem Sohn zu sagen. In meinen Armen kribbelte es.

Parker wirkte mehr wie eine Statue als wie ein echter Mensch. Ein bisschen gab es mir zu denken, dass er still blieb. Keine Widerworte? Vielleicht ein gelerntes Verhaltensmuster? Kamen innerhalb seiner Familie Szenen wie diese öfter vor? Nachdem ich einmal tief durchgeatmet hatte, steuerte ich mit festen Schritten auf die beiden zu. Dabei achtete ich darauf, laut genug aufzutreten, damit sie mich auf jeden Fall bemerkten.

»Mr Irving, sind Sie gekommen, um Parker zu gratulieren?« Keine Ahnung, woher die Idee so spontan gekommen war, vielleicht von dem Dämon in mir. Aber das war nun nebensächlich.

Vater und Sohn wandten sich zu mir um. Mr Irving ließ seine Hände sinken.

Das strahlende Lächeln in meinem Gesicht verrutschte kein bisschen, selbst nicht, als Mr Irving die Stirn runzelte. »Gratulieren? Wozu?«

»Hat er es Ihnen noch nicht erzählt?« Gespielt ungläubig blinzelte ich ihn an.

Ein Stück hinter mir machte Remi »Ts, ts, ts«. So, als wüsste er genau, was ich vorhatte und wollte Mr Irving noch blöder dastehen lassen als sowieso schon.

»Parker wurde gerade von mir zu meinem persönlichen Berater ernannt. Ist das nicht einer der erstrebenswertesten Posten in der Geisterwelt?«

Parkers Dad glotzte zurück. »Berater der Geistlenkerin?«

»Könnte mir keinen Besseren als Parker vorstellen.«

»Meinst du ihren Referenten? Der, der ihr Vermögen verwaltet? Den ersten Sekretär?«

»Referent, Berater, Sekretär.« Ich winkte ab. »Ist das nicht alles dasselbe? Jedenfalls den höchsten Posten unter der Geistlenkerin. Sie müssen furchtbar stolz auf ihn sein.«

Parker stand immer noch ganz steif da. Fast glaubte ich schon, er würde widersprechen, aber er sah mich einfach nur an. Seinen Gesichtsausdruck zu deuten, fiel mir allerdings schwer. Warum war Parker nur immer so unlesbar für mich?

Niemand sagte etwas. Bis die Tür aufschwang und sich mehrere ältere Schüler an uns vorbeidrängten, die über ihre Collegekurse diskutierten. Sobald sie mich bemerkten, wechselte ihre gute Laune zu etwas Angespanntem, nicht Greifbarem. Vielleicht so, wie wenn man einen Lehrer ansah, der kurz zuvor einen Schüler verprügelt hatte.

Da mir nichts anderes übrig blieb, begegnete ich ihren Blicken offen und zwang mich dazu, nicht wegzusehen, bis sie an uns vorbeigezogen waren.

»Parker und Crowe streben Positionen im Aufsichtsrat an«, erklärte Mr Irving.

Stimmt, das wusste ich. »Parker wird auch Aufsichtsratsvorsitzender, sobald er das achtzehnte Lebensjahr erreicht hat. Und Crowe ebenfalls«, schob ich hinterher. So lief es hier, meinem bisherigen Wissensstand nach. Mein Lächeln wurde noch breiter. Damit hatte ich Mr Irving in der Tasche. In derselben Art und Weise, wie Crowe es immer tat, neigte er den Kopf, versuchte ganz offensichtlich, mich zu analysieren. »Und ihr beide seid ein Paar?«

Gut, diese Frage kam unerwartet. Ich konnte praktisch Grillen zirpen hören in der Stille, die auf seine Frage folgte.

Hinter mir pfiff Remi unschuldig seine »Ich bin gar nicht hier«-Melodie. Ich brauchte mich nicht umzudrehen, um zu wissen, dass er gerade die Hände hinter dem Rücken verschränkt hatte und an die Decke starrte.

Wenn ich jetzt so tat, als wären wir ein Paar, wäre Mr Irving sicher noch beeindruckter, nicht wahr? Sollte ich …?

Wieder schwang die Tür auf und dieses Mal war es Crowe, der urplötzlich vor mir stand. Gar nicht mal so unglücklich, dieser Zufall …

»Ja, wir müssen dann …« Ohne auf seinen stillen Protest einzugehen, denn Parker riss die Augen auf, packte ich ihn am Ellenbogen und schleppte ihn an Crowe vorbei in den Speisesaal. »Wir haben etwas Wichtiges zu besprechen und im Anschluss Training. Sie verstehen schon. Das Wichtigste, was einem als Geistlenkerin und ihrem Referenten so widerfahren kann.«

Mr Irving verharrte nun genauso bewegungslos im Flur wie eben noch Parker.

»Sicherlich können wir unser Gespräch ein andermal fortführen?« Meine Stimme klang auf einmal höher als sonst. »Vielleicht heute Abend vor meinem Exorzismus?«

Bei meinem letzten Wort zuckten sowohl Crowe als auch sein Dad zusammen. Die Augenbrauen von Vater und Sohn wanderten nach oben.

»Wie auch immer.« Ich hob eine Hand, dann ließ ich die Tür zwischen uns ins Schloss fallen.

»Nicht schlecht.« Mit einem breiten Grinsen im Gesicht schwebte Remi durch die Tür. Er hob eine Hand und ich schlug ein, vollführte dann unseren üblichen Geister-High-Five. Dass Sabrina nicht weit entfernt von uns übertrieben aufstöhnte, störte mich nicht weiter.

»Lass es gut sein, Brina«, brummte Crowe, der gerade die Tür wieder geöffnet hatte und ansetzte, Parker und mir zu folgen.

Brina? Sobald ich meine Gedanken sortiert hatte, sah ich Crowe an, der irgendwie unter meinem Blick einknickte.

»Ich, ähm«, stotterte er. »Also eigentlich wollte ich darüber gerade mit dir reden.« Er versuchte nach meinem Arm zu greifen, was ich sofort unterband. Niemals wieder würde ich mich von ihm rumschubsen lassen. Als wäre seine Hand eine Schlange, schlug ich sie weg. Natürlich verstärkte sich dadurch der leidende Ausdruck auf Crowes Gesicht nur noch mehr.

An einem Tisch neben uns stöhnten ein paar Mädchen. Sie hatten ihre hochroten Köpfe in die Hände gestützt. Irgendwie sahen sie alles andere als gesund für mich aus. An ihren Handgelenken funkelten Medienarmbänder. Braune Tigeraugen in geflochtenen

Lederbändern. Die meisten besaßen drei oder vier eingesetzte Steine.

Ich schluckte, ehe ich alarmiert an ihren Tisch trat. »Geht es euch nicht gut? Habt ihr vielleicht eine Rauchvergiftung?« Ich redete viel zu schnell, das war mir bewusst. Sonderlich souverän kam ich wohl nicht rüber.

Sofort verstummten die vier. Das Mädchen, das mich an Anne aus Green Gables erinnerte und an deren Arm drei Tigeraugen funkelten, öffnete als Erste den Mund.

»Du bist also Geistlenkerin, aber hast keine Ahnung von Medien? Wahrscheinlich interessierst du dich eh nur für Jäger.«

Ihre kalte Stimme überraschte mich. Aus dem Augenwinkel bemerkte ich, wie mich ihre Freunde ebenso unterkühlt musterten.

Crowe und Parker gesellten sich zu uns.

»Seven hat euch etwas gefragt«, knurrte Crowe.

Das Mädchen, das mir am nächsten saß, seufzte. »Medien bekommen oft Kopfschmerzen, wenn etwas Furchtbares passieren wird.«

Oh, richtig. Davon hatte mir Varla bereits erzählt. Aber Moment. Bedeutete das, gestern Abend war noch nicht alles? Stand eine neue Katastrophe an?

»Der Krieg im Gazastreifen?«, hakte Parker nach. Er stand so nah an meiner rechten Seite, dass meine Wange und mein Nacken an dieser Körperhälfte prickelten.

Die Medienschülerinnen nickten. Diejenige von ihnen, die einen Bob trug und an deren Schläfe Muster in ihr dunkles Stoppelhaar rasiert waren, deutete auf ihr geschwollenes Auge. »So schaut's aus. Und ein Schüler wird demnächst ein Auge verlieren, wir wissen nur noch nicht, wer.«

Oh. Mein Magen grummelte bei dieser Vorstellung.

»Die Hatties planen die Übernahme einiger hochrangiger Politiker, mach dir keine Sorgen«, flüsterte mir Crowe zu. »Das wird nicht eskalieren.«

Kurz dachte ich an die Radiomeldung, die ich neulich gehört hatte. Auch im Internet hatte ich schon Beiträge dazu gelesen. Die USA hatten sogar einige Flugzeugträger im Mittelmeer postiert, um eingreifen zu können, sollte der Konflikt ausarten. Also hieß das, man konnte Medienvisionen abwenden?

»Ja, dafür sind wir schließlich da. Wir manipulieren die Lebenden mithilfe der Geister, die wir für unsere Zwecke dressieren.« Parkers Stimme klang kalt wie der Marianengraben.

Sowohl Remi als auch ich bissen uns auf die Unterlippe. Irgendwie hatte Parker schon recht. Die Ausbeutung der Geister und die Bevormundung der unbegabten Menschen war genau das, was ich gedachte, in Zukunft zu stoppen. Doch dieser Krieg stürzte meine Ansichten in einen Gewissenskonflikt. Was, wenn ein dritter Weltkrieg im Begriff war, die Welt zu gefährden? Wenn wir das mit einer Geisterbesetzung verhindern könnten, heiligte dann der Zweck die Mittel? Ein kurzzeitig manipulierter Entscheidungsträger gegen Tausende Menschenleben?

Na toll, ich war vor kaum zwölf Stunden offiziell zur Geistlenkerin ernannt worden und schon verbog ich meine Prinzipien, wie es mir passte.

Das musste ich mit Parker und Varla besprechen. Und zwar dringend.

»Crowe, Darling.« Eine manikürte Hand schob sich auf Crowes Schulter. Zwischen mein und sein Gesicht. Allein der Klang dieser Stimme ließ mich würgen. Dieser französische Akzent, der ganz offensichtlich dazu gedacht war, Crowe zu umschmeicheln wie eine Katze, die nach einer Thunfischdose gierte.

Komischerweise fühlte sich meine linke Körperhälfte unnatürlich heiß an.

»Können wir uns unterhalten? In einer ruhigen Ecke, am besten so weit von Seven entfernt wie möglich?«

»Ja«, antwortete Crowe wie aus der Pistole geschossen und mit irgendwie höherer Stimme als sonst.

Ernsthaft? Ich war mir nicht sicher, ob das gerade wirklich passierte.

Auch Parkers Stirn kräuselte sich, als wir Crowe und Sabrina anstarrten.

Kurz darauf schüttelte sich Crowe und kniff die Augen zusammen.

Ich verfolgte, wie er einen hasserfüllten Blick in Richtung Sabrina abfeuerte. Doch dann wanderte sein Blick zu mir, worauf sich seine Gesichtsmuskeln entspannten. »Exakt darüber wollte ich mit dir sprechen.« Mit dem Kinn deutete er auf Sabrina.

Aha. Crowe wollte also mit mir über sie reden? Ausgerechnet? Das Mädchen, mit dem er etwas gehabt hatte oder mit dem womöglich noch immer etwas lief? Was dachte sich dieser Junge?

»Bitte, Seven. Danach wirst du alles verstehen. Ich brauche nur zwei Minuten. Bis Parker dir einen Kaffee geholt hat, bin ich fertig.«

Unschlüssig betrachtete ich Parker. Doch der ließ durch keine Regung erkennen, was er von der Sache hielt. Crowes Zwilling starrte angespannt zu uns rüber.

»Nur über meine Leiche«, sagte Remi, der die Arme verschränkte.

Crowe hob den Kopf und schenkte Remi ein charmantes Lächeln. »Da habe ich aber Glück, dass du eh schon tot bist.«

Also! Ich zog die Brauen zusammen.

Schließlich sagte Parker: »Bring es einfach hinter dich. Crowe wird sonst ewig darum betteln. Ich beeile mich auch mit dem Kaffee.«

Gut, das war ein Argument. Also stieß ich Crowe in die Seite und bedeutete ihm, mir in die Ecke nahe der Tür zu folgen, damit uns niemand belauschen konnte.

KAPITEL 12

»Bitte mach schnell. Ich muss gleich los, um nach Varla und Ira zu sehen, das verstehst du sicher«, raunte ich Crowe zu, bevor der beginnen konnte, mir ein Ohr abzukauen.

»Äh ja, verstehe. Ich brauche auch nicht lange. Ich meine, du hast doch gesehen, was eben passiert ist. Das!« Er wedelte mit einer Hand in Richtung Sabrina, die offensichtlich versuchte, von unseren Lippen zu lesen. Mit sturmgrauem Gesichtsausdruck.

Ein niedliches Geistermädchen schwebte an uns vorbei und winkte mir zu. In Zeitlupe hob ich die Mundwinkel, um sie anzulächeln, was die Kleine noch ekstatischer winken ließ. Okay …

»Die Geister lieben dich seit deiner Ansprache gestern«, wisperte Crowe mir zu.

Oh. Ja, ich verstand. Im Grunde war dieser Gedanke das absolute Tageshighlight heute.

»Zurück zu Sabrina«, sagte Crowe.

Toll! Mein Lieblingsthema.

»Du hast es eben am eigenen Leib erfahren, oder?«

Wenn er damit meinte, dass er mal wieder voll auf Sabrinas Schleimereien reingefallen war, dann ja.

»Auf irgendeine Art und Weise manipuliert Sabrina die Menschen, hast du das mitbekommen? Sie will etwas und … kriegt es.«

»Ja?« Das taten reiche, dünne Mädchen doch immer? Irgendwie konnte ich ihm nicht recht folgen. Und was für ein Beweis sollte das sein?

»Sie muss auch eine Art mentale Kontrolle ausüben können auf einen. So wie Sirenen. Kennst du die Legende von Loreley?«

Wie jetzt? »Du denkst, Sabrina kann einen dazu bringen, etwas für sie zu tun, was man gar nicht will? Können Geistbegabte so eine Fähigkeit entwickeln?«

Crowe presste die Lippen aufeinander. »Darüber habe ich lange nachgedacht. Eigentlich sollte es unmöglich sein, aber es gibt das Gerücht, dass man mit einer ausreichenden Menge an Geisterplasma solche Spezialfähigkeiten entwickeln kann.«

Wieder drehte ich mich zu Sabrina, die gerade ihren Schulblazer aufknöpfte und ein beeindruckendes Dekolleté präsentierte. Im Ernst? Konnte das der Fall sein? Gut, ich hatte sie ein paarmal im Kellergeschoss gesehen, wo sie als Exorzistin absolut nichts zu suchen gehabt hatte. Aber ein Plasmamissbrauch? Und wie war sie an das Zeug gekommen? Mein Blick suchte den Raum nach Geisterforschern ab. Sie hassten Exorzisten. Freiwillig würden sie das Zeug doch niemals an sie rausrücken?

Moment mal … Erst jetzt fiel bei mir der Groschen. »Willst du damit etwa andeuten, Sabrina hätte dich mit ihrer magischen Gabe …« Bei den letzten Worten malte ich Anführungszeichen in die Luft. »… gezwungen, mit ihr zu schlafen?«

»Gezwungen trifft es nicht ganz. Eher verführt, ohne dass ich mich wehren konnte.« Crowes Gesicht hellte sich auf. Sicherlich wähnte er sich schon am Ziel seiner Träume. »Ich hätte dich doch niemals absichtlich betrogen.«

Ich konnte mir das keine Sekunde länger anhören. Nur mit Mühe gelang es mir den Würgereiz zu unterdrücken, der meinen Mageninhalt nach oben katapultieren wollte.

Glücklicherweise steuerte in diesem Augenblick Parker auf uns zu.

»Eine bescheuertere Ausrede hab ich echt noch nicht gehört«, blaffe ich Crowe an. »Sorry, ich wollte nicht mit der scharfen Französin ins Bett. Sie hat mich mit ihrer Sirenengabe dazu gezwungen!«

Schnaubend nahm ich Parker einen der Öko-To-go-Becher ab. »Man sieht sich. Am besten erst heute Abend. Training mache ich allein mit Parker. Alles klar?«

Remi, der sich ebenfalls zu uns gesellt hatte, hob eine Hand, deren Finger er zu einer Pistole geformt hatte, und zwinkerte. »Later, Gator.«

»Ich habe noch eine Kanne Kakao mit Marshmallows für Varla und Ira vorbereitet.« Parker deutete über seine Schulter. »Vielleicht muntert sie das auf. Hilfst du mir beim Tragen?«

Wow, das hatte er sich für meine Freundinnen überlegt? Bei dem Gedanken daran wurde mir ganz warm ums Herz. Crowe wäre das im Leben nicht eingefallen.

Mit einem letzten Blick in Richtung Crowe, mit dem ich genau diese unausgesprochene Tatsache zu vermitteln hoffte, folgte ich Parker zum Buffet. Ich nahm ihm seinen Kaffeebecher ab, damit er das Tablett mit Kanne und Bechern tragen konnte.

Keine fünf Minuten später klopfte ich mit dem Ellenbogen gegen Iras Zimmertür. Wie erwartet hatten sich bereits Shana und Varla um ihr Bett versammelt. Während Shana am Bettende hockte und Iras Füße massierte, saß Varla im Schneidersitz im Sessel daneben.

»Hey«, sagte ich leise. »Hat jemand von euch Lust auf Kakao? Parker war so nett. Sogar mit Marshmallows. Keine Ahnung, mit wem er dafür schlafen musste.« Hastig biss ich mir auf die Lippen. Das war so was von unangebracht.

»Jap und ihr habt Glück, denn ich bin auch dabei«, begrüßte Remi unsere Freundinnen. »Allzeit bereit, zu eurer Unterhaltung beizutragen. Hab auch jede Menge Klatsch und Tratsch für euch.« Er tat so, als würde er seine Finger dehnen.

Ira, reichlich blass im Gesicht und in einen Bademantel eingehüllt, lächelte. »Danke, Seven. Danke, Parker.«

Oh, das hieß wohl, dass sie Remi immer noch nicht sehen konnte. So ein Mist!

Shana tätschelte ihre Füße. »Remi ist auch da. Hat angeblich Klatsch für uns. Übersetze ich dir dann.«

Mein Herz wurde schwer, doch Ira schien diese Information mit Fassung aufzunehmen.

»Das wird wieder«, sagte ich leise, stellte dann die Kaffeebecher auf Iras Schreibtisch, um Parker mit dem Verteilen der Becher zu helfen.

Ein bisschen neidisch beobachtete Remi, wie ich die braune Flüssigkeit eingoss. »Ihr gönnt euch mal wieder.« Seufzend sah er von mir zu Ira. »Sagst du ihr gute Besserung von mir? Ich freu mich darauf, wenn sie mir wieder die Bälle zuwirft.« Damit meinte er sicher die Vorlagen zu seinen Scherzen.

Lächelnd richtete ich es Ira aus, die einen Daumen hob.

»Gibt's was Neues zur Lage?« Ich reichte ihr den ersten Becher.

»Nichts. Entweder kommt die Gabe zurück oder eben nicht.« Ira blies in den cremefarbenen Becher. »Wenigstens darin sind sich alle einig.«

Ich hob meinen Blick. Fantastisch!

Da die drei offensichtlich in ein Gespräch vertieft waren, setzte ich mich auf den Boden neben Varla und legte meinen Kopf auf ihren Schoß. Wie automatisch hob Varla eine Hand und begann, über meine Haare zu streichen. Entspannt hörte ich zu, wie die anderen über die Poltergeister und Politiker diskutierten.

Parker, der sich neben mich gesetzt hatte, räusperte sich irgendwann. »Die Hatties werden etwas wegen des Konflikts im Gazastreifen unternehmen. Jetzt, da alle wichtigen LGW'ler und NWOG'ler hier zu Gast sind, wahrscheinlich schon heute Nacht.« Er tauschte einen Blick mit mir. Natürlich war es uns verboten zu verraten, dass heute eine Sitzung der geheimen fünften Special Unit stattfinden würde, aber sicher konnten es sich die anderen denken. Denn sie starrten uns so intensiv an, dass ich es beinahe hinter ihren Stirnlappen rattern hörte. Shanas Blick huschte von links nach rechts, während sie ihre rot gefärbte Haarsträhne zwischen den Fingern zwirbelte.

»Seven, stimmen die Gerüchte, dass Nova und ihr Mörder dich heute aufgesucht und dir erzählt haben, dass das Gleichgewicht zwischen den Welten gestört ist?«

Oh, der Buschfunk war also immer noch schneller als das Internet an der Schule.

»Äh, ja.«

Shana ließ ihre Haarsträhne fallen. »Wie hieß er noch gleich?« Sie zückte ihr Smartphone.

Ergeben schloss ich die Augen. Ich wollte seinen Namen nicht hören. Aus diesem Mann waren die Albträume meiner Kindheit geformt worden. Die Schrecken der Nächte, in denen ich allein in Novas und meinem Zimmer gelegen hatte. Mit nichts als den aufgeklebten Leuchtsternen an der Decke über mir, die mir ein klein wenig Trost spendeten.

Das Scrollen von Shanas Daumen stoppte. »Warren Parkwich.«

Dieser Name! Wie lange hatte ich ihn nicht mehr gehört oder mir verboten, ihn auszusprechen? Ich hielt den Atem an. Seit dem Tag nach Moms Schüssen auf ihn hatten wir in der stillen Übereinkunft gelebt, diesen Namen nie wieder in den Mund zu nehmen. Ihn am besten zu vergessen.

»Wenn alles klappt, führen wir heute um Mitternacht Ayanas Ritual durch, um Nova und Sylva zu kontaktieren«, erklärte ich, wobei meine Stimme gleichermaßen rau und tonlos klang.

»Danke«, wisperte Varla, strich mir eine Haarsträhne hinter die Ohren. »Danke, dass du auch an Sylva gedacht hast.«

Ich drückte ihre Hand. Wir mussten zusammenhalten. Der Club der toten Schwestern.

»Da fällt mir ein, ich muss dringend mit dir und Parker sprechen. Unter vier Augen.« Varla richtete sich auf.

Das hieß also, es ging um ein ernstes Thema?

In meinem Kopf wog ich mehrere Möglichkeiten ab. Wollte sie über den Brand in der Turnhalle reden? Schließlich war sie da die ganze Zeit über an meiner Seite gewesen.

»Gut. Dann lasst uns das sofort erledigen. In ein paar Minuten gibt's Mittagessen.« Etwas steif erhob ich mich vom Boden, lockerte meine Muskeln, ehe ich den anderen zunickte. »Bis gleich, ja?«

Remi verabschiedete sich auch, denn er hatte noch einen Besuch bei neuen Geistersehern vor sich, die im Sommer auf unsere Schule kommen sollten. Und da er sich nicht beamen konnte, musste er wohl oder übel den ganzen Weg bis nach Belgien fliegen.

Schließlich war es Parker, der mir und Varla die Tür aufhielt. Gemeinsam gingen wir den Flur entlang bis zu dem Fenster am Ende, womit wir uns im Prinzip genau über meinem Zimmer befanden. Mit meinen Fingerspitzen strich ich die Häkeldecke auf dem schmalen Beistelltischchen glatt. Ein bisschen erinnerte mich die Einrichtung in diesem Flur an einen Film über die Dekoration im Tower of Terror, einem Gruselhaus in Disneyland Paris.

»Hattest du wieder eine Vision?«, fragte Parker leise. Er hatte sich so weit zu mir und Varla gebeugt, dass ich mich an dem Tischchen festkrallen musste, ansonsten wäre mir ziemlich schwummrig geworden.

Ich sah auf. Oh, klar, über so etwas würde Varla auch mit uns reden wollen. Vielleicht ging es gar nicht um das Feuer?

Doch Varla schüttelte den Kopf. »Nein, nur die eine. Aber ich denke, es ist an der Zeit, dass wir Seven davon erzählen.«

Parker versteifte sich.

Parker

Nein. Das konnte Varla nicht ernst meinen. Durch seinen Körper schien ein heißer Strom Lava gespült zu werden, gefolgt von einem Schauer an Eiswürfeln. Was, wenn Seven danach beschloss, ihn auf Abstand zu halten? Das war viel zu gefährlich. Und er würde das ebenso wenig ertragen können wie die zusätzliche Sorge um ihre Sicherheit.

»Varla«, sagte er warnend.

»Ach, Parker, ich glaube wirklich, wir haben das Schlimmste in dieser Hinsicht überstanden. Seven hat dich angegriffen und du hast es überlebt. Reiß dich bitte zusammen.«

So einen scharfen Tonfall kannte er von ihr gar nicht.

»Leute, das ist nicht fair, mich so hängen zu lassen«, beschwerte sich Seven. »Bitte keine Geheimnisse mehr. Klärt mich auf.«

»Keine Geheimnisse mehr.« Varla kniff sich selbst in den Oberarm, als wollte sie damit den Schwur festmachen. »Also gut. Ich hatte in einer Vision gesehen, dass, wenn ihr beide einander näherkommt, Parker und Crowe sterben werden. Dass der Auslöser sein wird, dass du und Parker euch … mit Blicken verschlingt.«

Jetzt war es raus. Parker hielt den Atem an. Was, wenn Seven nun keinen engen Kontakt mehr mit ihm zulassen würde? Der Gedanke nahm ihm auf unerklärliche Weise allen Antrieb. Um ihn herum schien sich die Welt grau zu verfärben.

»Mit Blicken verschlingen?«, wiederholte Seven.

War sie blasser geworden?

»Komm schon, Varla. Das liegt hinter uns, oder? Wir haben das überwunden. Ich meine, du hast Crowe und mich gerettet.«

Dafür würde er Varla ewig dankbar sein.

Abwartend starrte er Seven an. Wie würde sie auf diese Enthüllung reagieren?

»Das habt ihr mir die ganze Zeit verheimlicht?« Etwa halb so schnell oder eher langsam wie sonst blinzelte sie, legte dann den Kopf in den Nacken. Gut, an ihrer Stelle wäre Parker auch frustriert gewesen.

»Aber wir haben das überstanden«, sagte Parker leise.

»Haben wir das?« Seven drehte sich zu ihm um, sah ihn direkt an. Mit diesem typischen Seven-Blick, der Parkers Welt jedes Mal aus den Angeln hob.

»Seven …«, setzte er an, wurde aber von einer Stimme unterbrochen, die ebenfalls ihren Namen rief. Die kleine Leah-Belle, ein Schulgeist, sauste durch den Flur auf sie zu.

»Seven, sie kommen!«

Alarmiert wirbelte Parker herum. Wer?

»Die LGW-Pöbler und NWOG-Stinker!« Leah-Belles Stimme klang aufgeregt. Ein bisschen als würde sie an einer Schatzsuche teilnehmen. »Sie wollen zu dir. Versteck dich.« Die Kleine hatte offenbar Gefallen an Seven gefunden. Parker konnte es ihr nicht verdenken. Nach allem, was Seven für Dear Hanna getan und bei ihrer Rede gesagt hatte.

Sofort änderte sich die Stimmung zwischen ihnen. Die Politiker waren zwar nicht gefährlich wie Poltergeister, dennoch konnte man sie nicht gut gebrauchen, erst recht nicht jetzt, da sie reden mussten.

Schon waren Schritte auf der Treppe zu vernehmen. »Schnell. In den Hausmeister-Raum.« Parker war mit zwei Schritten bei der Tür, riss sie auf. Natürlich war es nur eine Mini-Besenkammer, kaum groß genug für sie alle drei.

»Leah-Belle, sag ihnen, du hättest uns bei den Hollywoodschaukeln gesehen, ja?«

In der Zwischenzeit hatten sich die Mädchen an ihm vorbei in die Kammer geschoben.

Der Geist bejahte, dann folgte Parker Varla und schloss die Tür hinter sich, was gar nicht so leicht war. Dicht an die winzige Varla gedrängt, sah er sich Seven gegenüber, die sich mit dem Rücken an die Wand gepresst hatte. Ein bisschen kam sich Parker wie in diesem Film über eine spektakuläre Flucht vor, wo sich ein Ehepaar mit ihrer kleinen Tochter in einem Schacht vor den Schurken versteckte.

Er schluckte, konnte die Augen nicht von ihr abwenden. Und Seven starrte ebenso intensiv zurück. Was war das da in ihrem Blick? Panik? Nein, Seven hatte schon Schlimmeres durchgestanden.

Seven

Erst jetzt ergaben so viele Dinge Sinn. Mein Kopf spulte mehrere Szenen ab, in denen Parker sich merkwürdig benommen hatte. Das alles ging auf Varlas Vorhersage einer Katastrophe zurück. Ja, das musste es sein! Er hatte Angst gehabt, dass ich ihn wegstoßen würde, um ihn zu schützen. Parker war so. Nicht nur seinetwegen. Vor allem meinetwegen, um seine Aufpasserpflichten nicht zu verletzen. Er musste in ständiger Sorge gelebt haben, dass in diesem Fall die Poltergeister leichtes Spiel mit mir gehabt hätten. Denn vor ihm hatte nicht so wirklich jemand an die Möglichkeit einer Übernahme von meinem Körper geglaubt. Und selbst nach der verhängnisvollen fünften SU-Sitzung waren alle davon ausgegangen, ich wäre therapierbar. Ausgenommen Parker und Crowe, die darauf bestanden hatten, mich in eine Art Schutzprogramm durch sie aufzunehmen.

Mit sichtlich großer Mühe drehte Varla ihren Kopf in meine Richtung. Sie war regelrecht zwischen uns eingeklemmt.

»Seven? Alles okay?«, flüsterte sie. »Dein Herz schlägt so schnell. Bekommst du eine Panikattacke? Es ist alles gut. Denk daran, damals unter der Treppe. Das war nicht Parker, der dich in die Ecke gedrängt hat, sondern Crowe.«

Das wusste ich natürlich. Aber lieb, dass sich Varla um mich sorgte. Allerdings bekam ich keine Panikattacke, was sie anscheinend befürchtete. Crowe war mir egal, denn inzwischen wusste ich, was für ein Mensch er wirklich war und wie ich mich gegen ihn behaupten konnte.

Ich versuchte mich an einem Lächeln, konnte jedoch gleichzeitig meinen Blick nicht von Parkers Augen abwenden. Schlug mein Herz tatsächlich so schnell? Wie hypnotisiert starrte ich ihn an. Dieses Türkisblau, das selbst noch in dieser Kammer erkennbar war, die nur schwach durch den Spalt unter der Tür erleuchtet wurde. In diesem Moment fühlte es sich an, wie mit ihm im Freien unter dem Vollmond zu stehen.

Kapitel 13

Offensichtlich bemerkte Varla, dass wir uns anstarrten. Parker und ich.

»Ähm, ich glaube, die Politiker sind weitergezogen. Ich schaue mal, ob die Luft rein ist. Wenn ich klopfe, bleibt ihr drinnen, ja? Wenn ich die Tür aufmache, könnt ihr rauskommen.«

Unter einiger Anstrengung schob sie sich an Parker vorbei und öffnete die Tür einen Spaltbreit.

In erstaunlich kurzer Zeit und gelenkig wie ein Schlangenmensch schälte sich Varla hinaus ins Freie. *Klick*. Die Tür wurde zurück ins Schloss gedrückt.

Parker und ich waren allein. Immerhin blieb mir nun etwas mehr Raum zum Atmen. Dafür ließ ich mir Zeit, denn meine Rippen schmerzten, als hätte ich sie mir in der Enge der Kammer gequetscht.

»Hör mal«, begann Parker schließlich. Seine Wisperstimme schickte mir einen kühlen Hauch, der mich im Nacken kitzelte. »Ich wollte dir das nicht verheimlichen. Bloß erschienen mir die Konsequenzen zu hart. Wenn du in deiner selbstlosen Art darauf bestanden hättest, dass wir uns voneinander fernhalten …«

»Du hattest Angst, dass ich mich dadurch selbst in Gefahr bringe. Schon okay.« Ich schenkte ihm ein sanftes Lächeln.

»Nicht nur das.« Parker senkte den Blick. Ich konnte deutlich erkennen, wie er mit sich rang. Irgendetwas wollte er mir sagen.

Da ich ihn nicht drängen wollte und Varla immer noch nicht an die Tür geklopft hatte, beobachtete ich einfach, wie er sich auf die Unterlippe biss.

»Ich hätte es nicht so einfach verkraftet, wenn du mich weggestoßen hättest«, sagte er irgendwann.

»Was?« In meinem Kopf ratterte es. Wollte mir Parker damit das mitteilen, was ich dachte?

Er sah mich einfach nur schweigend an. Vielleicht lag ich ja doch falsch? Ich konnte Parker einfach nicht lesen. Mochte er mich oder fand er mich bloß merkwürdig? Tat er seine Pflicht als Geisterjäger? Was meinte er damit, dass er es nicht verkraftet hätte, wenn ich ihn nicht mehr als meinen Bodyguard hätte haben wollen?

»Parker? Was wolltest du mir eigentlich nach dem Ball vor der Turnhalle sagen?«, brachte ich schließlich stockend hervor.

Ach, Parker. Dieser Blick, diese Augen! Mein Magen hüpfte wie ein Aufziehkaninchen. Ich hätte noch stundenlang hier stehen können. Die Realität verleugnen und ihn einfach nur anstarren. In diesen Augen versinken. Konnte bitte irgendwer die Zeit anhalten?

Wieder bemerkte ich, dass Varla noch nicht geklopft hatte, und der Gedanke drängte sich mir auf, dass sie es absichtlich unterließ, um Parker und mir etwas Privatsphäre zu gönnen.

»Gestern Abend hast du diese beeindruckende Rede auf der Bühne gehalten.« Parkers Blick wurde weich. Ungefähr so, wie ich meinen Lieblingskuchen und Kaffee anschmachtete, betrachtete er nun mich. »Vielleicht hast du es nicht bemerkt, aber in diesem Moment sind dir Dutzende Herzen zugeflogen. Vor allem die der Geister, aber auch meins. Das war der Auslöser, weswegen ich alle Vorsicht über Bord geworfen hatte. Ich wollte draußen mit dir über Varlas Vision von uns sprechen und darüber, dass ich mich in dich verliebt habe. Egal, was Varlas Meinung nach deswegen auf mich zukommt. Ich musste dir einfach die Wahrheit sagen.« Er redete immer schneller. Selbst wenn ich es gewollt hätte, Parker hätte sich nicht mehr stoppen lassen.

»Bloß war mir nicht klar, wie schnell die Vision eintreten würde. Varla meinte, sobald du und ich uns unsere Gefühle füreinander eingestehen würden, käme als Nächstes der Moment, in dem du Crowe und mir im Wald die Kehlen aufschlitzt. Ich war wohl naiv zu glauben, wenn wir uns einfach alle vom Wald fernhalten würden, kämen wir glimpflich aus der Sache heraus. Aber nein, die Vision trat ein, ehe ich dich überhaupt sprechen konnte und statt im Wald hast du Crowe vor deiner Leinwand, die den Wald zeigte …« Er verstummte. Wahrscheinlich war ihm zu spät aufgegangen, dass das ein Thema war, über das wir besser nicht sprechen sollten. Ich wollte nichts davon hören, wie ich Parker und Crowe beinahe erstochen hatte. Auch so würde ich davon schon genug Albträume bekommen.

»Bitte, nicht.« Aus einem spontanen Entschluss heraus umfasste ich Parkers Oberarm, starrte ihn an. Er brauchte nicht weiterzureden. Ich verstand schon.

»Das muss schrecklich für dich gewesen sein«, sagte ich einfach nur. Irgendwie hatte ich Schwierigkeiten, alles zu begreifen. Parker hatte Gefühle für mich. Ganz langsam ließ ich meine Hand nach oben gleiten, bis ich mit meinem Daumen über seine Wange fahren konnte. Mein Atem stockte. Was tat ich hier und warum fühlte er sich so gut unter meinen Fingern an?

Parker schielte auf meine Hand. »Heißt das, dass du dir gestern ebenfalls eingestanden hast, dass du etwas für mich empfindest?« Seine Finger nestelten am Knopfloch seines Blazers herum.

Ich … Ja, damit hatte er recht. Mein Hals fühlte sich auf einmal ganz kratzig an, dennoch brachte ich ein paar Worte hervor, wobei ich wie hypnotisiert in seine blauen Augen starrte. »Als ich mit Crowe getanzt habe, konnte ich nicht aufhören, dich anzusehen. Dort auf der Bühne habe ich mir nichts mehr gewünscht, als statt mit ihm mit dir so eng zu tanzen«, sagte ich.

»Ist das wahr?« Parkers Stimme geriet ins Stocken. Seine Finger hörten auf, an seinen Knopflöchern herumzuspielen, und selbst in diesem Licht konnte ich erkennen, wie sich seine Pupillen weiteten.

»Ja«, hauchte ich. Während ich Parker anstarrte, war ich immer noch nicht zu hundert Prozent sicher, ob ich das alles nicht nur träumte. Konnte das ein Streich der Poltergeister sein?

»Ich bin wirklich furchtbar darin, jemandem meine Gefühle zu gestehen.« Meine Augen huschten von links nach rechts. Auf einmal konnte ich ihn nicht mehr ansehen. »Du hast mich schon immer fasziniert, aber jedes Mal, wenn ich dachte, wir würden uns näherkommen, hast du mich weggestoßen. Und dann in der Nacht unter der Treppe, als Crowe so getan hat, als wäre er du, und mich bedrängt hat …« Ich unterbrach mich. »Es tut mir so leid, dass ich das nicht durchschaut habe. Danach habe ich dich grundlos schlecht behandelt. Manchmal wollte ich dich erwürgen, dann wollte ich mich selbst erwürgen, weil du solche Gefühle in mir ausgelöst hast …«

»Seven.« Er griff nach meiner Hand, was mich dazu brachte, ihn doch noch anzusehen. »Du bist wirklich ganz furchtbar darin, deine Gefühle zu gestehen.« Er grinste.

»Okay, ich hör auf«, wagte ich mich vor. »Du weißt, was das heißt?«

Natürlich wusste mein süßer, kluger Parker das. Immer noch lächelnd beugte er sich nach vorn. Vorsichtig, als wollte er mir die Chance geben, es mir doch noch anders zu überlegen. Er hielt lediglich meine rechte Hand, weshalb ich meine linke um seine Hüfte schlang. Wir waren uns so nah. Und es tat so gut, hier mit ihm zu stehen. Ohne irgendwelchen neugierigen Blicken ausgesetzt zu sein. Sanft überbrückte Parker die kurze Distanz zwischen uns, drückte seine Lippen auf meine. Nicht fest, eher wie die Flügel eines Schmetterlings. Gerade als ich seufzte und mir nichts mehr wünschte, als ihn zu schmecken, zog er sich schon wieder zurück. Prüfend sah er mir in die Augen, als wollte er darin den Nachrichtentext einer Webseite studieren.

»Parker, ich will das«, hauchte ich. »Hör auf, dir Sorgen zu machen.«

Daraufhin entspannten sich seine Gesichtszüge. Ehe ich noch einen Atemzug ohne ihn tun musste, senkte er seine Lippen wieder auf meine. Er schmeckte nach Orangen und Kaffee. Parker Irving küsste mich! Der Gedanke durchströmte mich mitsamt diesem kuschelig-heimeligen Gefühl. Ich wollte ihn noch näher bei mir haben. Parker Irving war verliebt in mich! Irgendwie war mir bewusst, dass ich unzusammenhängendes Zeug dachte. Aber selbst wenn das hier nur ein Traum oder eine Illusion war, wollte ich jede Sekunde davon auskosten. Ich zog ihn enger an mich. In meinem Rücken drückte ein Besenstiel gegen mein Schulterblatt, aber das war mir egal. Selbst eine Kettensäge hätte mich nicht beunruhigt.

Wir küssten und küssten uns. Das Mittagessen war mir in diesem Augenblick völlig egal. Alles, was zählte, stand so nah gegen mich gelehnt in dieser Besenkammer, dass kein Blatt Papier mehr dazwischenpasste.

Parker streichelte mein Gesicht. »Du bist so wunderschön«, flüsterte er in einem Moment, in dem er mir mit dem Daumen über die Unterlippe strich und unseren Kuss unterbrach.

»Hör nicht auf«, bat ich, wobei mir bewusst war, mit welchem fiebrig irren Blick ich ihn anstierte. »Bitte.«

Und Parker tat mir den Gefallen. Drückte sich so eng an mich, wie ich es mir schon Dutzende Male insgeheim gewünscht hatte. Selbst an dem Tag, an dem ich ihn zum ersten Mal gesehen hatte. Vor der Tür der Vergangenheit unten im Keller. Parker. Wie ich den Klang seines Namens liebte! War das nicht der schönste Jungenname der Welt?

Irgendwann klopfte es von außen, dann öffnete sich die Tür eine Handbreit. Varla. Blinzelnd kam ich wieder zu Bewusstsein.

Parker musste es ebenso gehen. Etwas fahrig setzte er alles daran, sowohl seine Haare als auch seine Lippen in deren Ausgangszustand zurückzuversetzen. Fuhr sich mit wirrem Blick darüber.

Rasch richtete ich den Kragen an seinem Blazer, während er auf seine Uhr sah.

Am Ende war ich es, die die Tür aufstieß.

Eine grinsende Varla stand uns direkt gegenüber.

»Du hast ernsthaft zwanzig Minuten für deine Lagesondierung gebraucht?«, fragte Parker.

»Ich hatte da so eine Vision.«

Oh. Selbstverständlich. Plötzlich konnte ich wie Varla nicht mehr aufhören zu grinsen.

Automatisch griff ich nach Parkers Hand, als wir Varla den Flur hinunterfolgten. Ein bisschen fühlte ich mich so, als würde ich über fluffige Wolken hopsen. Parker und mein heimlicher Kuss spulten sich wieder und wieder in meinem Kopf ab. Auf meinen Lippen konnte ich ihn immer noch spüren.

»Hör mal.« Sanft machte sich Parker von mir los. »Wir sollten vorerst in der Öffentlichkeit noch auf Abstand gehen. Wenn uns Crowe so sieht, wird er in ein tiefes Loch fallen. Wir müssen ihn vorsichtig darauf vorbereiten, okay?«

Oh. Ich wusste ehrlich gesagt nicht, ob das für mich okay war.

Einerseits war mir klar, dass Crowes Psyche nicht stabil war und er sogar Tabletten deswegen nahm. Sicherlich wollte ich ihn nicht unglücklich machen. Andererseits vertrug mein Herz diese neuerliche Abweisung von Parker nicht besonders gut. Ein Stich breitete sich von meiner Brustregion bis in meinen Magen aus. Würden wir jemals zusammen sein können? Wollte das Parker überhaupt? Ich schluckte, versicherte ihm dann aber, dass das kein Problem für mich sei.

Lügnerin. Wäre Remi bei uns gewesen, hätte er jetzt eine schräge Version von *Bad Liar* von sich gegeben. Zweifelsohne.

Kurz vor der Treppe hielt ich an.

»Ich möchte jetzt wirklich nicht in den Speisesaal. Können wir nicht gleich mit dem Training beginnen?« Unten im Keller wären wir auch weniger neugierigen Blicken ausgesetzt.

»Du denkst immer noch an den Brand«, stellte Varla fest. Die Hände hinter ihren Rücken gepresst, lehnte sie sich gegen die Feuerschutztür. »Das war nicht deine Schuld und das wissen die anderen.«

Sie wussten es vielleicht, aber ihre Abneigung mir gegenüber ließ sich nicht mit Vernunft überwinden.

Parker schwieg dazu und ich tat es ihm gleich.

»Also gut.« Seufzend setzte sich Varla wieder in Bewegung. »Ich bringe euch Sandwiches in den Keller, ehe ich denselben Service Ira und Shana zukommen lasse.«

»Du bist zu gut zu uns.« Normalerweise hätte ich sie angestrahlt, vielleicht auch in die Seite gezwickt, aber die Tatsache, dass Parker mich auf Abstand halten wollte, zog meinen Magen so schmerzhaft in die Tiefe, dass mich dieses Gefühl einlullte und alles andere nebensächlich erscheinen ließ.

KAPITEL 14

»Früher wusste ich noch nicht, was ich wollte«, erklärte ich der Tür der Vergangenheit, die aufschwang und etwas murmelte, was sich verdächtig wie *na endlich* anhörte.

Oh. Parker hatte wohl recht. Man sah es uns an. Mist!

»Sag jetzt nichts.« Parkers Stimme klang schroff, was mich zusammenzucken ließ. Erst eine Sekunde später bemerkte ich, dass er damit nicht mich, sondern die Tür der Vergangenheit gemeint hatte.

Die Tür stieß ein paar Kussgeräusche aus, was ich mit zwei hochgezogenen Augenbrauen kommentierte, ehe ich über die Schwelle trat.

Immerhin nahm Parker im dunklen Flur meine Hand. Drückte sie sogar liebevoll, obwohl er die ganze Zeit über die Stepptanztür im Auge behielt, als ob ein Forscher auftauchen und uns entdecken könnte. Ehrlich gesagt wusste ich jetzt schon nicht, wie lange ich das durchhalten konnte. Diese Anspannung. Die Geheimhaltung. Dennoch ertappte ich mich dabei, wie ich ebenfalls nach ungebetenen Beobachtern Ausschau hielt. Aber wer sollte im Kellerflur schon auf uns lauern? Abgesehen vom Trainingsraum der Jäger und des Forscherlabors befand sich in diesem Stockwerk nur noch Mr Fernandez' Labor. Aber das würde er heute wohl eher nicht nutzen. Vermutlich wälzte er sich in Corals Privatzimmer mit ihr über die Laken. Bei diesem Gedanken kniff ich die Augen zusammen, schielte aber gleich darauf wieder zu Parker.

Die Vorführung vor der Karate-Tür übernahm er und mit einem erleichterten Seufzer stellte ich fest, dass wir den Trainingsraum für uns hatten. Niemand zu sehen, noch nicht mal abgestellte Trinkflaschen oder anderes Equipment, das herumlag.

Ein Seufzer, aber nicht meiner, war zu hören, dann hatte mich Parker schon weiter in den Raum bis auf die Matten gezogen. Die Tür fiel ins Schloss, als Parker mein Gesicht in seine Hände nahm. Wie er mich betrachtete! So warm und gleichzeitig so, als wäre ich das allerschönste Mädchen, das er je gesehen hatte.

Unwillkürlich hielt ich die Luft an. Ich konnte nicht mehr denken, nur Parker anstarren und den Wirbel an Schmetterlingen in meinem Magen spüren, bis er endlich seine Lippen auf meine drückte. Dieses Mal war sein Kuss hungriger. Vielleicht erlaubte er es sich jetzt, all seine Gefühle hineinzulegen. Ich schloss die Augen. Das hier war viel besser als alle Küsse von Darcy zusammen, wenn man das aufrechnen konnte. Da ich befürchtete, dass meine Beine jeden Moment nachgeben könnten, machte ich zwei Schritte zurück, zog Parker mit mir, ohne den Kuss zu unterbrechen, und lehnte mich gegen die Karate-Tür.

»Hey!«, motzte die mich an. »Das hier ist der Trainingsraum und nicht der Knutsch-Raum.« Mit der linken Hand angelte ich ungeschickt und ohne hinzusehen nach ihrer Klinke und verpasste der Tür einen Klaps.

»Ja, ja, die Jugend von heute.« Die Tür seufzte.

»Beschwer dich doch mit diesem Satz bei der Tür der Vergangenheit«, brachte Parker zwischen zwei Küssen hervor. Seine Stirn schien zu glühen. »Da wird das wenigstens irgendwas bewirken.«

Andererseits hatte die Tür recht. »Wir sollten wirklich trainieren«, japste ich völlig außer Atem. »Ich muss lernen, mit den Siliziumwaffen besser umzugehen.«

Parker strich mir meine Haare hinter die Ohren. Sie klebten an mir wie ein schweißnasses Trainingsshirt.

»Ich weiß. Seit du an dieser Schule bist, fällt es mir zunehmend schwer, vernünftig zu sein. Nur noch ein kleines bisschen«, murmelte er, ehe er wieder in einem Kuss mit mir versank. Dagegen hatte ich so gar nichts einzuwenden.

Mehr davon!, schien mein Innerstes zu kreischen. Ganz meine Meinung.

»Da kommt wer. Crowe, Natalia und Emerson«, informierte uns die Karate-Tür nicht viel später.

Oh, verdammt, ich hatte noch lange nicht genug von Parker und seinen Küssen.

»Komm«, wisperte er, komischerweise weder beunruhigt noch enttäuscht. In Windeseile zog er mich über die Matten in Richtung des Tätowierraums, wo er einen Gähner ausstieß, in den ich sofort mit einstimmte, ohne es geplant zu haben. Seltsamer Automatismus.

»Noch mal!«, schrie die Karate-Tür nicht weit entfernt. Erst nachdem ich zusammengezuckt war, verstand ich, dass sie damit die Neuankömmlinge im Flur gemeint haben musste. Der Geist in der Tür deckte uns. Der Gedanke entlockte mir ein Grinsen. Ein Verbündeter, wo man keinen erwartet hatte. Das waren die wirklich guten Momente im Leben.

»Oho«, bemerkte die Gähntür, schwang dann jedoch ohne ein weiteres Wort auf. Fast schon zu viel Glück für einen Tag.

Wir schlüpften in den Tätowierraum und zogen die Tür hinter uns zu.

Ehe ich mich großartig orientieren konnte, hatte Parker schon das Licht angeknipst. Fantastisch! Voller Vorfreude schubste ich Parker auf die Liege, drängte mich an ihn. Ohne den Kuss zu unterbrechen, hob mich Parker auf seinen Schoß. Ernsthaft. Ich hätte ihn ewig weiterküssen können. Diese weichen Lippen auf meinen spüren. Mit klopfendem Herzen schob ich meine Hände unter sein Hemd, was Parker meinen Namen seufzen ließ. Wieder und wieder.

Ich wusste nicht, wann ich das letzte Mal so glücklich gewesen war. Gut, es war nur ein kurzer Moment, denn ich konnte mich nicht für immer mit Parker hier vor all unseren Problemen verstecken, aber ein halbes Stündchen allein mit ihm konnte nicht schaden, oder? Nur wir zwei … unsere Lippen aufeinander, wenig Platz zwischen uns. Himmlisch!

Doch natürlich war uns das nicht lange vergönnt. Irgendwann

räusperte sich eine bekannte Stimme ganz nah an meinem Ohr. Blinzelnd öffnete ich die Augen.

»Seven«, sagte Remi mahnend. »Beverly Hills 90210 hat angerufen. Sie wollen ihre kitschigen Kussszenen zurück.«

Augenrollend machte ich mich von Parker los.

»Ja, besser so, bevor ich mit Tomaten werfe.«

»Im Ernst, Remi?«

»Nein, im Tätowierraum. Ts, ts, ts. Parker, ein bisschen mehr Anstand hätte ich dir schon zugetraut, wenn du meine beste Freundin flachlegen willst.« Remi griff nach einer Tätowierpistole, deutete damit auf Parkers Kopf. Da sie Plasmafarbe enthielt, konnte er sie tatsächlich anheben.

»Ich hatte nicht vor …«, stammelte Parker.

Der Arme! Grinsend drückte ich seine Hand. »Fall nicht auf ihn rein, er übertreibt nur gern.«

»Das tut er«, bestätigte Remi, der nun so tat, als würde er über den Lauf einer Pistole pusten, um den Rauch nach einem Schuss zu vertuschen.

»Ist klar.« Parker rubbelte sich über die Stirn. »Ich bin irgendwie nicht ganz bei mir.«

»Woran kann das liegen?«, fragte Remi mit schief gelegtem Kopf.

Seufzend wedelte ich mit einer Hand vor Remis Brust herum. »Leg das Ding weg. Was gibt es denn, weswegen du uns suchen kommst?«

»Das Treffen der fünften SU«, erklärte Remi.

»Was? Diese Treffen finden doch immer abends statt.« Es konnte wohl kaum so spät sein.

»Vorverlegt auf siebzehn Uhr. Es gab eine Rundmail und Geister wurden geschickt, um dich zu suchen. Hattest wohl keine Hand frei, um dein Handy zu checken? Du musst natürlich auch dabei sein.« Remi zwinkerte mir zu. »Und Varla hat ebenfalls versucht, dich zu finden. Sandwiches für euch liegen auf der Bank neben der Karate-Tür.« Remi deutete mit seinem Geisterdaumen über seine Geisterschulter.

Ich griff nach Parkers Armbanduhr. Tatsächlich. Das Treffen

war für siebzehn Uhr angesetzt? Und jetzt war es schon zehn nach. Parker und ich konnten unmöglich über zwei Stunden hier drin verbracht haben, ohne etwas zu bemerken.

»Du solltest deine Bluse richten«, meinte Remi, der mich musterte, als wäre ich im Begriff, ein Bewerbungsgespräch anzusteuern. »Na ja, wird nicht mehr viel zu retten sein.«

»Danke, Remi. Und die Hatties hätten mich einfach mal früher informieren sollen.« Aber im Grunde hatte er recht. Nicht nur, dass der oberste Knopf meiner Bluse offen stand, sie war auch zerknittert, als hätte sie ohne mich eine Party gefeiert. Parker sah da nicht viel besser aus.

»Müssen wir?«, hörte ich mich leise fragen, riss mich aber im nächsten Moment zusammen. Ich war die Geistlenkerin. Parker mein erster Berater. Bloß würden wir gleich Crowe und Natalia gegenüberstehen. Ganz abgesehen von Dutzenden weiteren Glotzern. Unbekannte Erwachsene, die zufällig hohe Tiere in der Politik der Geisterwelt waren.

Und genauso kam es. Wenige Minuten später verstummten alle im geheimen Raum im Dachgeschoss hinter der Tür der Weisheit, die Parker mit einem von seinem Handy abgelesenen Dalai-Lama-Zitat geöffnet hatte. Super. Exakt, was ich gebraucht hatte an diesem Abend. Und Parker konnte noch nicht mal meine Hand halten.

»Besser spät als nie«, erklärte Natalia in ihrem für sie typischen scheinheiligen Tonfall. Sie stand ein wenig zu nah bei Crowe, so als wollte sie mir etwas beweisen.

Ganz leicht hob ich meine Schultern an. »Ihr hättet auch schon ohne mich anfangen können. Ich hatte zu tun.«

Neben mir zog Parker an den Ärmeln seines Blazers, erstarrte aber mitten in der Bewegung. Sicherlich war ihm selbst klar, dass wir uns mit solchen Gesten verraten würden.

So ruhig wie möglich begegnete ich den Blicken der Umstehenden. Etwa dreißig oder vierzig Erwachsene und zehn Schüler starrten uns an. Crowes Gesicht verdunkelte sich, als ich ihn überging. Ob er etwas ahnte?

»Was steht auf der Agenda für heute?« So selbstbewusst wie möglich lächelte ich Olivia Hattie an, die in einem neongrünen Hosenanzug steckte, der sehr viel von ihrer Oberweite preisgab. Ich erwischte Mr Chase dabei, wie er in exakt diese Richtung schielte. Wahrscheinlich zielte Olivias Outfit auch genau darauf ab.

Coral Hattie wurde von Emilio Fernandez flankiert. Das Rektorinnen-Duo hatte sich heute vermutlich genauso gut amüsiert wie ich. Wenn sie wüssten! Dieses Mal war mein Lächeln echt.

»Also?«, fügte ich hinzu. »Sie können sich ruhig setzen. Nachher wird noch genug Zeit für Einzelgespräche mit mir sein.« Ich deutete auf die Stühle an der langen Tafel.

Coral Hattie schnaubte und ich genoss es. Genauso wie Olivias fragende Blicke. Bestimmt hätten sie nur zu gern gewusst, was in den letzten vierundzwanzig Stunden mit mir passiert war. Tja, wo fing ich da an?

Mein Blick schweifte noch einmal durch die Runde. Erst jetzt fiel mir auf, dass an den Wänden einige Geisterjäger wie Bodyguards herumstanden. Sie hatten die Hände auf ihren Rücken überkreuzt und fixierten mich wachsam. Ich verstand. Man hatte Sicherheitsvorkehrungen getroffen. Da ich nicht das Gefühl vermitteln wollte, dass ich mich unwohl unter all den wichtigen Geistersehern fühlte, schwieg ich, hielt meinen Rücken dabei kerzengerade.

Ein paar Politiker in ihren teuren Anzügen warfen den Hatties Blicke zu. Sicher hatten die Erwachsenen schon beim Tee über mich gesprochen und wollten sich jetzt versichern, dass ich mich wirklich an nichts von gestern Nacht erinnern konnte. Wieder fühlte ich mich wie auf einer Anklagebank allen gegenüber. Aber immerhin war Parker an meiner Seite.

Und er war es auch, der als Erster das Wort ergriff. »Wie geht es den verletzten Schülern?«

Olivia lächelte ihn an. »Alle aus dem Krankenflügel entlassen. Belinda langweilt sich schon.«

Puh, gute Neuigkeiten. Ich hatte gar nicht gemerkt, wie angespannt ich in den letzten Minuten dagestanden hatte, bis jetzt nach dieser Nachricht mein Brustkorb zusammensackte, als ich tief ausatmete.

»Also, wir haben immer noch einen Deal?« Ich gab mich betont selbstbewusst. Einige der Politiker erkannte ich wieder. Vom Ball und dem Empfang im ersten Stock, an dem ich mich vorbeigedrückt hatte. »Die Schule bleibt offen, wenn ich den Posten der Geistlenkerin übernehme?«

Schließlich hatten die LGW-Politiker vor Kurzem noch groß getönt, dass sie die Schule schließen wollten. Die NWOG-Mitglieder waren allerdings auch nicht viel besser mit ihrem Geschwafel von der Bevormundung Unbegabter.

Jemand stieß ein Husten aus und dieser Jemand war Natalia. Sie murmelte etwas auf Russisch, was mit an Sicherheit grenzender Wahrscheinlichkeit keine Lobeshymne auf mich war.

Mr Chase fuhr sich über das Feuermal in seinem Gesicht. Juckte es, wenn ihm eine Situation unangenehm war?

»Darauf haben wir uns geeinigt, korrekt.« Er setzte zu einem zweiten Satz an, doch ich unterbrach ihn. »Gut, und was ist mit Houston? Haben Sie ihn verhört?«

Nachdem Mr Chase an seinem roten Einstecktuch gezupft hatte, tauschte er einen Blick mit den Hatties. »Nur ganz kurz. Die Poltergeister haben ihn befreit.«

»Wie bitte? Und das konnte keiner verhindern?« Irgendwie fühlte es sich an, als würde der Boden unter mir wegbrechen. Warum bloß hatte ich nicht direkt nach dem Frühstück versucht, zu Houston zu gelangen? Würde ich nun meine Fragen zu gestern Abend je beantwortet bekommen?

»Es ist, als wollten die Poltergeister alle Zeugen ausschalten oder uns den Zugang zu ihnen verweigern«, sagte Mr Chase.

Entweder regte sich niemand so über die Sache auf wie ich oder den anderen im Raum war Houstons Vernehmung nicht wichtig. »Er ist also fort?«

»Ja.« Zwar wirkte Mr Chase nicht gerade glücklich über den Umstand, andererseits aber auch nicht so, als würde er sich dafür die Schuld geben. Geistbegabte Menschen machten anscheinend nie Fehler.

»Gibt es sonst etwas Neues, von dem ich wissen müsste? Etwas der Geistlenkerin zu verschweigen, ist sicher nicht die feine Art im Schwarzwald?«

Die Erwachsenen schwiegen, also hakte ich weiter nach: »Gibt es Nachrichten zu den verschwundenen Schülern?«

»Nein, allerdings sind sie auch nicht als Geister irgendwo aufgetaucht, also …« Coral zuckte mit den Schultern, als ginge sie das alles gar nichts an.

Heiße Wut brannte unter meinen Wangen. Sylvas Schicksal berührte sie also kein bisschen. »Und Octa? Wissen wir, weshalb sie jetzt ein Poltergeist ist?«

»Nein, wir sind gerade auf der Suche nach ihr.« Olivia lächelte mich an, als wollte sie ein Kindergartenkind zu einem Mittagsschlaf überreden. »Leider gibt es noch keine offiziellen Erkenntnisse zu ihrem Zustand.«

Mein Daumennagel drückte in das weiche Fleisch meines Handballens. »Ich möchte sofort informiert werden, sollte sich in Octas Fall etwas Neues ergeben.« Die Hatties steckten da tief mit drin und ich würde herausfinden, was genau mit Octa geschehen war.

»Bitte alles der Reihe nach«, ging Coral dazwischen, ehe ich mich weiter beschweren konnte. »Was steht auf der Agenda?«

Kyle hob ein Blatt Papier, was ihn vermutlich zum Protokollführer dieser Sitzung machte. Hinter seinem rechten Ohr steckte ein Kugelschreiber.

»Der große Exorzismus an Seventina und die Abstimmung über den Winterball.« Er räusperte sich. »Außerdem die Einweisung von Seventina in die Lenkung der Geister.«

»Also ein ganz normaler Samstag«, konnte ich mir nicht verkneifen zu sagen.

Zwar sah Kyle kurz hoch, antwortete jedoch nicht. Stattdessen bemühte sich Olivia darum, mit mir zu kommunizieren. »Es ist wichtig, dass wir bei der aktuellen Lage auf der Welt handeln. Wir können nicht einfach die Hände in den Schoß legen. Da es gilt, einen Krieg zu verhindern, müssen wir dich schnellstmöglich ausbilden. Das verstehst du sicher.«

»Und dir vorher austreiben, was immer sich ab und zu deines Körpers bemächtigt.« Irrte ich mich oder grinste mich Coral Hattie gerade ziemlich hinterhältig an? Sie genoss das, oder? Ein großer Exorzismus ... beinhaltete der nicht, dass der Umsessene Prügel bezog?

»Nein. Kein Exorzismus. Jedenfalls nicht der große.« Neben mir ballte Parker die Hände zu Fäusten. Das hatte ich schon einmal erlebt. Die Zwillinge wehrten sich immer mit Händen und Füßen dagegen, was mich nachdenklich werden ließ.

»Ich stimme auch dagegen.« Crowe hob eine Hand.

»Das ist keine Frage der Abstimmung«, fauchte Coral. Mr Fernandez griff nach ihrer Hand, die sie jedoch abschüttelte. Ihr Malibu-Barbie-Haar stand wie aufgeladen von ihrem Kopf ab. Wie konnte man eigentlich so schön und gleichzeitig so zornig sein? Zum ersten Mal fragte ich mich, was in Corals Leben schiefgelaufen sein mochte.

»Was, wenn wir mit einem kleinen Exorzismus beginnen?«, fragte Ayo Kwame. Er lächelte mich an, allerdings nicht ganz so euphorisch, wie er es gewöhnlich bei Varla tat.

»Die Geistlenkerin wäre dafür.« Ich breitete die Arme aus, was eigentlich alles mehr wie ein Scherz gemeint war. Ich starrte in regungslose Gesichter. Coral Hattie knirschte mit den Zähnen. Fantastisch! Das mit dem Humor bei den Geheimsitzungen mussten wir also noch üben.

Gut, am besten brachten wir das so schnell wie möglich hinter uns. Mit etwas Glück war der Poltergeist noch vor dem späten Abend aus mir raus und ich konnte mich mit Ayana und Varla auf das Ritual für Nova konzentrieren. Der letzte Punkt auf meiner eigenen Tagesordnung.

Offenbar hatte meine Einwilligung die anderen überrascht. Bis auf die Zwillinge, Natalia und Sabrina schienen alle aufzuatmen.

»Das ist ... immer noch nicht ganz ungefährlich«, wisperte mir Parker ins Ohr. »Selbst der kleine Exorzismus birgt Risiken. Was, wenn ...?

»Ungefährlich?« Fast hätte ich laut aufgelacht. »Das sind diese ständigen Übernahmen von Poltergeistern auch nicht. Außerdem bist du heute Abend an meiner Seite, nicht wahr?« Ich lächelte Parker an, dessen Mundwinkel ebenfalls zuckten. Ohne mich umzudrehen, spürte ich Crowes Blicke in meinem Rücken. Wahrscheinlich ahnte er bereits etwas.

Wie auch immer, jetzt in diesem Augenblick musste ich mich auf den Exorzismus konzentrieren.

Urplötzlich tauchte das Bild der niedergeschlagenen Medienschüler vor mir auf. Das geschwollene Auge ... Vielleicht hatte sich bei ihnen mein Schicksal angekündigt. Konnte das sein? Würde mich der Exorzismus ein Auge kosten? Nein, oder? Das war jetzt zu weit hergeholt, nicht wahr?

»Am besten legst du dich auf den Tisch.« Olivia steckte eine Hand nach mir aus, und das, obwohl wir sicher drei Tischlängen voneinander entfernt standen.

Geschäftig hob Mrs Olalas einen Koffer vom Boden und stellte ihn auf dem langen Tisch ab.

»Sabrina, bitte bereite alles vor.«

Sabrina? Sie würde den Exorzismus mit Mrs Olalas leiten? Na fantastisch! Dieser Abend wurde immer besser.

»Ich bleibe die ganze Zeit bei dir und wenn sie es übertreiben, werde ich sie aufhalten«, sagte Parker.

Das war zwar unheimlich lieb von ihm, aber wir wussten beide, dass er es nicht allein mit den Dutzenden anderen Geistbegabten im Raum aufnehmen konnte.

Mr Irving kam mit schnellen Schritten auf mich zu. In seinem Schlepptau hatte er Crowe. »Meine Söhne werden auf dich achtgeben.« Zuerst strahlte er mich und dann seine Frau an. »Seven hat sie zu ihren persönlichen Beratern ernannt. Zwei Irvings als erste Sekretäre der Geistlenkerin!«

Mrs Irving applaudierte ihrem Mann lautlos, verzog dabei jedoch keine Miene.

Oh, verflucht! Ich blinzelte. Das hatte er gerade nicht ernsthaft herausposaunt? Und beide? Von Crowe hatte ich nie gesprochen. Dieser hinterlistige ... Ich starrte ihn an, blinzelte wieder. Nicht zu fassen!

Mit einem gewinnenden Lächeln straffte Crowe die Schultern und ich wollte und konnte ihm das nicht nehmen. Obwohl ich ihn nicht übermäßig in mein Leben einzubinden gedachte. Doch was war die Alternative? Dass ich Crowe mit meiner Ablehnung in ein tiefes Loch stürzen würde? Nein, das brachte ich nicht übers Herz. Schon stand seine Mom hinter ihm und legte ihm eine Hand auf den Arm, so als wäre das der glücklichste Tag in ihrem Leben.

Nachdem ich für einen Moment meine Lippen aufeinandergepresst hatte, setzte ich mich auf den Tisch, schwang die Beine darüber und rutschte so in die Mitte der Tischplatte. Wenn mich ein Exorzismus aus dieser unangenehmen Lage retten konnte, dann bitte sofort.

Eine fast unwirkliche Ruhe hatte von mir Besitz ergriffen. Diese Menschen konnten mir gar nichts. Sollten sie mich doch mit Weihwasser bespritzen und Bibelverse zitieren. Vielleicht ein paar Schläge? Was auch immer, ich würde das durchstehen.

Tatsächlich teilte Sabrina zuerst mehrere Schälchen mit Weihwasser an die Umstehenden aus. Dann kam exorziertes Öl in Flaschen. Sie selbst stellte auch welches vor sich. Außerdem brannte sie weißen Weihrauch in einer Schale ab.

»Haltet sie fest.« Der Befehl kam ihr knapp über die Lippen. Befriedigung konnte man mehr als deutlich daraus lesen. Großartig! Ausgerechnet sie. Sabrina, die mich hasste. Sabrina, die Geisterplasma für ihre eigenen Zwecke missbrauchte, wenn man Crowe Glauben schenken wollte. Wenn sie wirklich eine Sirene war, konnte sie mir dann befehlen, Dinge zu tun, die ich gar nicht tun wollte? Ich verzog meinen Mund. Aber das konnte nicht stimmen, oder?

Hände griffen nach mir.

»Du wirst dich jetzt schön entspannen«, säuselte Sabrina. »Und deinen Dämon mit uns reden lassen.«

»Das ist nicht mein Dä–…«, begann ich zu widersprechen, doch ehe ich den Satz zu Ende sprechen konnte, wurde mein Kopf zurückgerissen. Obwohl ich es nicht darauf angelegt hatte, starrte ich auf einmal an die Decke. Gleichzeitig bebten und streckten sich meine Gliedmaßen wie bei einem Krampfanfall. Ich bekam gerade noch mit, wie ich mit dem Fuß in Richtung von Sabrinas Gesicht stieß. Ein Schrei. Und dann: Stille. Schwärze. Nichts um mich herum außer ein dumpfes Pochen. Entfernte Stimmen.

KAPITEL 15

Ich erwachte unter dem Tisch. Als Erstes stieg mir der Geruch von Eisen in die Nase. Ein eindeutiges Zeichen. Blinzelnd versuchte ich mich zu erinnern, was passiert war. Um mich herum rumorte es. Menschen schienen in hitzige Debatten vertieft zu sein. Ich starrte an mir herunter. Mein ganzer Körper fühlte sich wund an. Und an meinen Fingerspitzen klebte Blut. Nein, das war nicht ganz korrekt. Bei genauerer Betrachtung erkannte ich Schnitte sowie fehlende Haut. Geronnenes Blut unter meinen Fingernägeln. Ich hatte mir die Fingerkuppen abgerissen? Obwohl ich keinen Schmerz spürte, was vermutlich durch den Schock kam, wurde mir schlecht.

Wie ich erwartet hatte, war wie auch bei der Hypnotherapie alles an mir vorbeigegangen. Ich hatte keine Ahnung, was geschehen war. In meinem Hirn fand sich nichts als Leere, ab dem Moment, als mir Sabrina empfohlen hatte, mich zu entspannen.

Zwar machte mich der Gedanke nervös, was ich sehen würde, wenn ich meinen Platz unter dem Tisch verließ, aber es musste sein.

»Sie hat aufgehört zu fauchen«, sagte Crowe im selben Moment, in dem ich, auf meine Ellenbogen gestützt, um meine Hände zu schonen, unter dem Tisch hervorkrabbelte.

»Seven.« Sofort war Parker bei mir, erkannte, was los war, und stützte mich. »O großer Gott, Seven. Wir haben dich einfach nicht unter dem Tisch hervorbekommen. Der Poltergeist in dir hat alles getan, um uns abzuwehren. Selbst das Anheben der Tischplatte hat er verhindert.«

Das konnte ich mir denken. Um die Situation genauer erfassen zu können, drehte ich mich nach rechts, starrte in ein entsetztes Gesicht nach dem anderen. Auf Sabrinas Bluse klebte Blut und in ihrem Gesicht zeigten sich acht rote Striemen, als hätten ihr Fingernägel die Haut aufgerissen.

»Also hat es nicht funktioniert?«

Das Schweigen, das auf meine Frage folgte, sagte eigentlich schon alles. Frustriert sah ich wieder auf meine Finger.

»Ich bringe Seven zu Mrs Lebron.« Wut lag in Parkers Stimme.

Ja, dagegen hatte ich nichts einzuwenden.

Mrs Olalas brummte etwas, doch niemand schien uns aufhalten zu wollen. Ich leckte mir über die Lippen, betrachtete dann wie hypnotisiert meine Finger. Mrs Lebron konnte das richten, nicht wahr? Es waren nur ein paar Schichten Haut, die fehlten. Galle stieg in meinem Hals nach oben, doch mir gelang es, sie wieder runterzuschlucken.

»Ach, bitte.« Natalia verschränkte die Arme vor der Brust. »Als Geistlenkerin muss sie so was abkönnen.«

Zustimmend blitzten Sabrinas Augen mich an. »Sevens Vorfahren haben viel schlimmere Dinge mit den Native Americans angestellt.«

Ich atmete tief ein. Die Blutschuld meiner Familie aufs Brot geschmiert zu bekommen, aber gleichzeitig auch dafür gefeiert zu werden, stellte die große Ironie an dieser Schule dar. Aber den Gedanken an die Taten meiner Vorfahren väterlicherseits verdrängte ich gern, seit dem Tag, an dem Mr Fernandez mich detailliert über mein Erbe unterrichtet hatte. Mein linkes Augenlid zuckte.

»In Ordnung, aber um neun Uhr treffen wir uns im Labor für Sevens erste Lenkungs-Trainingseinheit.« Coral kommandierte also mal wieder.

Parker protestierte. Doch ich widersprach dieses Mal nicht. Hauptsache, ich war bis Mitternacht durch mit der Lehrstunde und konnte meine Freundinnen treffen. Wenn ich ein weiteres Mal das Ritual verpasste …

Den Weg in den Krankenflügel bekam ich kaum mit. Wie benommen schleppte ich mich dorthin. Ohne nachzudenken, schlug ich Crowes Angebot aus, mich zu tragen. Dass er mir wie ein Hündchen folgte, war schlimm genug. Und die Aussicht, dass Sabrina sich ebenfalls gleich zu uns gesellen würde, um ihr Gesicht verarzten zu lassen. Genau die Art von einem perfekten Samstagabend, den ich mir erträumt hatte.

»Oje, ach ne, warum denn bloß?«, begrüßte uns Mrs Lebron.

»Und Sie dachten, es wird uns noch langweilig«, brummte Eleonor hinter ihr, die über dem Empfangstresen gebeugt in der Luft schwebte.

»Sabrina kommt auch gleich«, sagte ich zur Begrüßung.

Dass daraufhin sowohl Mrs Lebron als auch Eleonor das Gesicht verzogen, machte mir die beiden nur noch sympathischer.

»Also gut, dann wolle mir geschäftig wirke, damit das feine französische Fräulein merkt, des wir net sofort Spalier stehe, wenn se eintritt.«

Eine sehr gute Idee, fand ich.

Mrs Lebron steuerte ein Behandlungszimmer an, wo ich mich mit letzter Kraft auf die Liege fallen ließ. Vielleicht weil der Schock und das Adrenalin nun nachließen oder aus anderen Gründen, jedenfalls begannen meine Fingerspitzen etwa im gleichen Augenblick zu brennen, als hätte ich mir Glassplitter in jeden einzelnen Finger gerammt.

Bemüht, nicht das Gesicht zu verziehen und mir nichts anmerken zu lassen, starrte ich Mrs Lebron an, die in einer Schublade kramte. Leider konnte ich nicht verhindern, dass mein Körper unkontrolliert zu zittern begann.

Natürlich bemerkte Parker es, der dicht bei mir stand und eine Hand auf meine Schulter gelegt hatte.

Selbst Crowe, der mit dem Rücken gegen die Tür gelehnt dastand, wirkte unruhig. Seine Muskeln zuckten und sein Blick schoss von mir zu Mrs Lebron und zurück.

»Da is ja der Schlingel!« Einen ähnlichen Satz hatte Mrs Lebron schon in meiner ersten Woche hier zu mir gesagt, erinnerte ich mich.

Die Ärztin zückte eine Dose mit blauer Flüssigkeit, hielt sie mir auf Augenhöhe hin. »Hab nur ens da, also ene Hand nach der andere, in Ordnung, ja?«

Etwas ungläubig starrte ich auf das hellblaue Plasma in der Dose, das sich selbst umeinander wälzte wie in einer Slush-Eis-Maschine. Langsam tauchte ich meine zitternde rechte Hand hinein. Es prickelte überall dort, wo das Zeug meine Hand berührte. Mit einigem Widerwillen betrachtete ich das Spektakel. Das hier war auch eine Art Plasmamissbrauch.

»Woher genau bekommen Sie dieses Plasma?«, fragte ich an Mrs Lebron gewandt.

»Na, von de Forscher, woher sonst, nh?« Sie sah nicht mal richtig auf.

»Und woher bekommen die es?«

Mrs Lebron schloss eine Schublade. »Uh, von de Geistern. Zapfe sie an wie Kühe.«

Ja, so in etwa hatte ich mir das auch schon zusammengereimt.

Unter hochgezogenen Augenbrauen musterte ich Mrs Lebron.

Zwar konnte man nicht behaupten, dass sie auf einmal wirkte, als schämte sie sich dafür, aber sie hielt immerhin inne. »Nicht die Antwort, die Se sich erhofft hatte?«

Ich schwieg, betrachtete weiterhin das Plasma um meine Hand herum. Am liebsten hätte ich das Zeug gegen die Wand geschleudert. Andererseits wusste ich, dass die Schulmedizin meinen Fingern nicht oder nur sehr langsam helfen konnte. Wenn ich meine Hände morgen wieder benutzen wollte, und das hatte ich durchaus vor, nahm ich die Plasma-Behandlung an. Schöner Mist. Was war ich für ein rückgratlose Geisterlenkerin?

In diesem Moment klopfte es. Varla, Ira und Shana öffneten die Tür.

»Kyle hat uns Bescheid gesagt, dass du dich verletzt hast«, keuchte Shana. Sie stürzte auf mich zu, schob sogar Parker zur Seite, damit sie sich gemeinsam mit Ira links und rechts an mich kuscheln konnte. »War das ein Poltergeist?«

Ihre Haare kitzelten an meinem Kinn. Ich nickte.

Varla stellte sich direkt vor mich und sah mich mitleidig an.

»Hey, schau nicht so«, protestierte ich. »Das wird schon wieder.«

»Aber du hast so viel Schlimmes schon erlebt an dieser Schule.«

Ich sah sie lange an. Blickte direkt in ihre großen, dunklen Augen. »Nicht so viel wie andere.«

»Am besten Se bleiben für ene Stunde sitzen und morgen komme Se noch mal für ene.« Mrs Lebron schloss eine Schublade, was mich blinzelnd ins Hier und Jetzt zurückholte.

Das gab mir immerhin die Chance auf das Ritual und die Geisterlenker-Einweisung. Wobei mir für Letzteres jede Ausrede recht gewesen wäre.

»Wie wäre es, wenn ich dreißig Minuten hierbleibe und nachher noch mal dreißig? Dann müssten wir keine zweite Pulle Plasma anbrechen?« Hoffnungsvoll sah ich die Ärztin an.

»Noch was vor, oder wie?«

Ich tauschte einen Blick mit Parker. Mehr als alles wollte ich so schnell wie möglich den Mörder meiner Schwester sprechen. Egal, wer sich mir in den Weg stellte. Sie würden mich, die Geistlenkerin, nicht stoppen.

»Wir … äh … wollen eine kleine Zeremonie für Ruben abhalten«, erklärte Varla. »Er hat die Tür der Turnhalle übernommen.«

»Ah! Hab ich schon von jehört! Is echt unjewöhnlich. Aber 'ne feine Sache, was ihr vorhabt. Also jut. Ich lass euch allein und in zwanzig Minute haut Seven ab.«

Lächelnd und winkend schob sich Mrs Lebron aus dem Zimmer. »Ich glob, ich höre da ene Französin jammere.« Sie verzog gespielt entschuldigend das Gesicht.

Parker und Crowe wollten es sich natürlich nicht nehmen lassen, bei mir zu bleiben, was irgendwie vorauszusehen gewesen war.

»Ich bringe Kakao mit Marshmallows mit«, meinte Ira, die sich um ein Lächeln bemühte. Die Muskeln an ihren Wangen zuckten.

Shana strich ihr die dunklen Haare über die Schulter und zog sie dann von der Liege. »Willst du meinen Lieblings-Sari tragen? Ich leihe ihn dir.«

»Bis nachher, Seven.« Varla hob eine Hand.

Als die Tür hinter ihnen ins Schloss gefallen war, sah ich zu Parker auf. »Wie lang noch?«

»Wirst du mich das jetzt alle fünf Minuten fragen?« Er lächelte, was in mir den spontanen Wunsch weckte, in eine seiner Umarmungen zu sinken. Was natürlich dank Crowes Anwesenheit nicht möglich war.

»Kann Ruben die Tür eigentlich wieder verlassen?«, fragte ich in die Stille hinein. »Oder muss er dort für immer bleiben?« *Wegen mir,* fügte ich im Stillen hinzu.

Crowe stieß sich von der Wand ab und ließ sich dann auf den Hocker vor mir sinken, wo eben noch Mrs Lebron gesessen hatte.

Obwohl ich die Plasmadose auf meinen Oberschenkeln balancierte und mit einem Unterarm fest im Griff hatte, schien er sich genötigt zu fühlen, sie mit seinen Fingerspitzen zu stützen.

»Die Geister lieben ihre Aufgaben in den Türen, aber ja, wenn keine Schüler da sind, während der Ferien zum Beispiel, verlassen sie ihren Arbeitsplatz.« Er lächelte.

Irgendwie fand ich, dass er sich etwas zu nah zu mir gesetzt hatte.

Parker, der sich unterdessen ganz dicht neben mich geschoben hatte, schien dasselbe zu denken. »Crowe, würdest du Mrs Lebron um ein Handtuch für Seven bitten? Sie wird es gleich brauchen. Wenn sie sich die Hände wäscht.« Er nickte in Richtung des kleinen Waschbeckens.

Das stimmte. Zwar hätte ich schwören können, dass eben noch eins am Ende der Liege platziert gewesen war, doch jetzt konnte ich keins mehr entdecken.

Auffordernd nickte ich Crowe zu, was er mit einem verletzten Gesichtsausdruck quittierte.

Sobald Crowe die Tür heftiger als nötig hinter sich ins Schloss hatte fallen lassen, wandte ich mich zu Parker um. Parker. Mein Herz wurde weich bei dem Blick, den er mir zuwarf. Und schon nahm er mein Gesicht in beide Hände.

Ich lehnte meine Stirn gegen seine und schloss die Augen. Ach, Parker.

»Crowe wird gleich zurückkommen.« Aus seinem Blick sprach Sehnsucht, gepaart mit Aufregung, was wahrscheinlich von meinen Augen genauso reflektiert wurde.

Er senkte seine Lippen auf meine. Nur leider währte dieser Moment nur kurz, denn schon waren Crowes genervt auftretende Schritte im Flur zu hören, weswegen Parker rasch von mir abließ. Zu meinem absoluten Missfallen rückte er sogar von mir weg.

Schon wurde die Türklinke gedrückt. Und im selben Moment bemerkte ich, dass meine Plasmadose ziemlich verrutscht war. Noch dazu fühlte sich mein Gesicht viel zu heiß an. Ob man mir ansah, dass ich noch vor zwei Sekunden mit Parker geknutscht hatte?

»Ernsthaft, Parker?« Crowe, jetzt mit einem weißen Gästehandtuch bewaffnet, starrte auf seinen Bruder, die Stirn in Gewitterwolkenform zusammengezogen.

Es dauerte ein paar Wimpernschläge, bis ich verstand. Neben mir, wo bis eben noch Parker gesessen hatte, lag ein weißes Handtuch.

KAPITEL 16

Für Ruben hatte sich Varla wirklich einiges einfallen lassen. Schon von Weitem erkannte ich die bunten Teelichter in Einmachgläsern, Picknickdecken im Gras und sogar einen Sonnenschirm, um den Lichterketten gewickelt waren, die in der Dunkelheit ein heimeliges Gefühl erzeugten. Auf einer umgedrehten Weinkiste standen Kakao und Popcorn.

Zwar kribbelten meine Fingerspitzen immer noch und sie wirkten wund und ziemlich rosa, weshalb ich vermied, irgendetwas zu berühren, aber es war erträglich.

»Ah gut, dass ihr kommt.« Zur Begrüßung händigte Varla mir und den Jungs Wunderkerzen aus. »Könnt ihr die gleich anzünden?« Sie reichte Crowe ein Stabfeuerzeug. Als er keine Anstalten machte, es zu nehmen, drückte sie es ihm einfach an die Brust, tätschelte es kurz und ließ los, sodass Crowe es auffangen musste. Dann eilte Varla in Richtung von Kyle, der sich angeregt mit Ira und Ayana unterhielt. Sofort erkannte ich das Problem, dem Varla bereits gedachte, sich anzunehmen. Wenn Ayana Ira nun auch noch Kyle ausspannte, wäre Ira noch mehr am Boden zerstört als sowieso schon.

»Meinst du, Kyle mag Ira?«, fragte ich Parker nachdenklich.

»Ich denke, Kyle mag nur Kyle«, antwortete Parker mit einem Schulterzucken. »Aber Ayana scheint ihn irgendwie herauszufordern mit ihrem Desinteresse. Das ist er nicht gewohnt.«

Nicht die Antwort, auf die ich gehofft hatte. Mit zusammengebissenen Zähnen beobachtete ich, wie Ira kichernd ihre Haare nach hinten warf. Bloß ging Kyle nicht darauf ein, zupfte stattdessen Ayanas Blazerkragen zurecht.

Emerson, die wie ihr Bruder auch unter den Gästen war, gesellte sich zu mir. »Ich hab ein bisschen Angst vor dem Ding.« Sie wedelte mit ihrer Wunderkerze, die noch nicht entzündet worden war. »In Finnland, wo wir herkommen, darf man die erst ab achtzehn abbrennen.« Tatsächlich hatte ich sie noch nie so zerbrechlich und hilfesuchend gesehen.

»Musst du nicht. Die sind echt harmlos und wir können dir helfen, sie anzuzünden.« Ich warf ihr einen Seitenblick zu, worauf sie mir ein dankbares Lächeln schenkte.

Bevor sie weitersprach, drehte sich Emerson so, dass ihre Fußspitzen genau in meine Richtung wiesen. »Weißt du, Seven, ich glaube, du wirst es noch sehr weit bringen. Und du wirst hier eines Tages alles umkrempeln.«

Schweigend sah ich sie an. Mein Blick streifte ihre Hand, in der sie die Wunderkerze hielt. Dieser breite Silberring mit der OMN-Gravur. Er war mir bereits bei meinem ersten Training aufgefallen.

Emerson schien zu bemerken, dass ich ihn anstarrte. »NWO. New World Order«, las sie die Gravur vor, hob die Ringhand auf Augenhöhe und ließ sie dann wieder sinken.

Oh.

»Meine Familie möchte etwas verändern. Genau wie du. Wir unterstützen deine modernen Ansichten.« Ein wenig abgelenkt, so kam es mir vor, spielte Emerson an ihrem Ring herum. »Auch wenn du es nicht glaubst, du hast einige der Politiker sehr beeindruckt. Auch meinen Vater heute Abend. Wir wissen, dass du etwas Besonderes bist, und glauben der Vorhersage von Mrs Mondi. Du wirst unsere Welt in Frieden vereinen.« Emerson seufzte. »Wahrscheinlich kannst du es dir denken: Eines Tages möchte ich wie mein Vater in die Politik gehen.«

Ja? Beides war mir neu. Wie wenig ich über Emerson wusste! »Eine gute Idee. Ich kann mir dich in der Politikwelt der Geisterseher echt gut vorstellen.« Mit einem Mal konnte ich nicht aufhören zu lächeln. »Dann werden wir beide zusammen einiges verändern, nehme ich an.«

Nachdem Emerson mich sanft angelächelt hatte, wedelte sie

wieder mit ihrer Wunderkerze. Dieses superreiche, süße Mädchen mit großen Zielen und einem ebenso großen Herzen, das Angst vor einem Minifeuerwerk hatte.

»Crowe«, bemerkte ich in seine Richtung gewandt. »Emerson braucht deine Hilfe.«

Mein Herz machte einen Satz, als er sich wegdrehte und ein Stück mit Emerson ins Licht ging, um einmal zur Probe eine Wunderkerze abzubrennen, denn das gab mir die Gelegenheit, unauffällig mit meinem kleinen Finger über Parkers Hand zu streichen. Tief atmete ich seinen herben Geruch ein. Heute hatte er extra Aftershave aufgetragen, wie es schien. Der Gedanke brachte mich noch mehr zum Lächeln. Parker hatte sich schick gemacht. Für mich. Unter halb gesenkten Lidern warf ich ihm meinen besten Strahleblick zu.

Doch Parker, ganz cool wie eine Tiefkühllasagne, starrte weiterhin die Ruben-Tür an, allerdings entging mir nicht, wie sich seine Mundwinkel kräuselten.

Dann räusperte sich Varla, hob ein Glas und bat um unsere Aufmerksamkeit. Nachdem sie sich ausführlich bei Ruben für die Rettung der eingeschlossenen Ballgäste bedankt hatte, prostete sie der Tür mit ihrem Kakaobecher zu.

»Wie sollen wir dich ab jetzt nennen?«

»Seilspringtür!«, quakte es aus dem Türschloss.

Ach! Interessant. Mein Lächeln wurde noch breiter.

Auf ein Nicken von Varla hin zündete Crowe reihum die Wunderkerzen an.

»Auf Ruben!« Varla reckte ihre Wunderkerze in die Höhe. »Von nun an auch unter dem Namen Seilspringtür bekannt!«

Sie schenkte jedem von uns ein schwaches Lächeln. Meine süße Varla, ganz blass und schmächtig. Die trotz aller Schicksalsschläge versuchte, Ruben gebührend zu ehren. Ich lächelte sie an, versuchte ihr so viel Zuversicht mit meinem Blick zu geben, wie es nur ging.

Shana legte einen Arm um Iras Schultern und schwenkte ihre Wunderkerze, als wollte sie ein Flugzeug einweisen.

»Das ist alles dein Werk«, bemerkte Parker aus dem Nichts.

Sein kleiner Finger hakte sich in meinen. »Vor ein paar Monaten hätte sich keiner von ihnen um einen Geist geschert.«

Ich schluckte, betrachtete die Szene, die trotz all dem Mist, den wir gerade durchmachten, so friedlich erschien. Genau diesen Abend hatten wir alle gebraucht. Ich lehnte mich gegen Parker. Und ja, in diesem Moment war ich glücklich, entspannt, fühlte mich so frei und lebendig. Als ob ich, wie Emerson es angedeutet hatte, alles schaffen konnte.

Nachdem die letzten Wunderkerzen verglüht waren, setzte ich mich mit Varla, Shana und Ira auf die Bambusmatten neben dem leuchtenden Sonnenschirm. Parker reichte uns zwei Decken, in die wir uns gemeinsam wickelten. Eine Weile starrten wir einfach nur in die Flammen der Kerzen. Eine von ihnen war etwas zur Seite gekippt und färbte so die Glasvase um sie herum rußschwarz.

Irgendwann kuschelte sich Varla mit ihrem Kopf an meine Schulter. »Meinst du, ich sehe Sylva eines Tages wieder?«

Diese Frage hatte ich mir in Bezug auf Nova schon Tausende Male gestellt, daher überraschte sie mich keineswegs.

»Wir müssen fest daran glauben.« Ich strich ihr über die Haare. »Nova ist auch wieder aufgetaucht. Und mit etwas Glück sehen wir beide heute um Mitternacht.« Andernfalls konnte ich immer noch das Aufzugritual ausprobieren, um die beiden zu finden.

»Ob Octa etwas Schlimmes zugestoßen sein kann?«, wisperte ich.

»Irgendjemand hat sie mitgenommen«, wiederholte Varla. Ich hatte das schon einmal gehört. »Jemand, der nichts mit Sylvas Verschwinden zu tun hat. Wir haben es also mit zwei Mysterien zu tun. Als mir die Vision Octa gezeigt hat, lag ein Duft von Zimt im Raum. Vielleicht ist das ein Hinweis.«

Zimt … Ich biss mir auf die Lippe. Deutete das auf einen der Köche hin?

»Was, wenn ich nie wieder auch nur einen Geist sehen kann?«, fragte Ira in die Stille hinein.

»Das glaube ich nicht.« Shana reckte das Kinn. »Hier ist etwas aus dem Gleichgewicht geraten, aber das wird schon wieder. In deiner Familie gibt es keine große Blutschuld. Henriette aus dem ersten Collegejahr geht es gerade ähnlich. Sie hat nicht gesehen, dass ein Geist vor ihr stand, der sie darauf hinweisen wollte, dass die Feuerwehr die Auffahrt sperrt und die Kanaldeckel angehoben hat. Henriette ist einfach nach draußen gelaufen und beinahe in einen offenen Kanal gefallen.«

»Oh.« Ira sah sie mit großen Augen an. »Das heißt, diejenigen von uns mit den wenigsten Mördern im Stammbaum können gerade keine Geister sehen?«

Shana rutschte näher an sie heran. »Sieht so aus.«

Noch ein Grund mehr für mich, die Geisterdimension zu besuchen und dort nach dem Rechten zu sehen.

Eine Weile diskutierten wir weiter im Flüsterton, lehnten uns aneinander und versicherten uns, dass alles gut werden würde. Nach einem Blick über meine Schulter bemerkte ich, wie Crowe sich mit Emerson und Kyle unterhielt und Parker die Umgebung scannte. Als könnte ein Angreifer in der Dunkelheit auf uns lauern. Ob sie Emerson und Kyle gebeten hatten, zu meinem Schutz teilzunehmen, oder waren sie für Ruben hier?

»Ich hole mir noch einen Kakao.« Meine Glieder protestierten, sobald ich mich von der Picknickdecke aufrappelte. Die Herbstkälte ließ meine Knochen knacken. Aber immerhin wärmte der Kakao aus der Thermoskanne meine Hände. Aus dem Augenwinkel warf ich Parker einen Blick zu. Ob er heute Nacht, nachdem ich mich mit Nova getroffen hatte, in meinem Zimmer schlafen würde? Der Gedanke ließ meinen Nacken heiß werden. Ein unauffälliger Übernachtungsbesuch. Ich biss mir auf die Lippen. Gerade jetzt, da alles so aussichtslos schien, wünschte ich mir so sehr, in seinen Armen einzuschlafen, auch wenn das kitschig klang.

Ein paar Sekunden lang hing ich dieser Vorstellung von mir und Parker in meinem Bett nach. Nur leider währte dieser Moment nicht lang, denn nachdem ich Marshmallows in meine Tasse geschüttet hatte, blieb Crowe vor mir stehen. Wahrscheinlich war das clever überlegt.

»Können wir gleich in Ruhe reden?«, flüsterte er mir über das

Knistern und Zischen hinweg zu, das auf einmal in der Luft lag. Kyle versuchte ein Lagerfeuer zu errichten, schien aber keinen Erfolg zu haben.

»Ich glaube, ich weiß, was mit Octa los ist. Und ich hab auch kapiert, was du vorhast. Ich kann dir helfen«, wisperte mir Crowe zu.

Diese Information ließ mich erstarren.

»Früher gab es noch mehr Lametta am Baum«, erklärte ich wenig später der Tür der Vergangenheit.

Mit einem Seufzen schwang sie auf. »Wo du recht hast …«

Um mich zu erden, lockerte ich sowohl meine Schultern als auch meine prickelnden Finger.

»Okay, bitte helft mir, damit wir spätestens um halb zwölf da rauskommen«, schärfte ich den Zwillingen ein, während wir uns im Stechschritt durch den verlassenen Flur bewegten.

Mein Blick streifte Crowe. Konnte er wirklich mit seiner Theorie richtigliegen? Was er mir eben zugeflüstert hatte, klang zu unglaublich. Selbst Parker schien sich gegen den Gedanken zu sträuben. Das konnte nicht wahr sein. Aber was, wenn Crowe recht hatte? Octa … Ich rieb mir über die Stirn.

Würde ich gleich Octa und auch Warren sehen können? Wollte ich wirklich noch einmal mit dem Mörder meiner kleinen Schwester sprechen? Auch wenn er selbst tot war und in Gefangenschaft der Geisterforscher, gab mir dieser Gedanke kein bisschen Frieden. Er hatte unsere Familie zerstört und wenn es ihm gelang zu fliehen, würde ich nicht mehr ruhig schlafen können. Gut, das war sowieso kaum mehr der Fall, aber ich ertrug den Gedanken nicht, dass die Poltergeister ihn befreien könnten. Was würde er dann Nova antun? Ihr auflauern? Mir auflauern und in Momenten auftauchen, in denen ich ihn nicht erwartete? Hatte er vor mich zu töten, weil das einer seiner letzten Wünsche als Lebender gewesen war? Mein Gedankenkarussell drehte sich. Tante Karen würde sagen, ich grübelte zu viel. Aber Tante Karen hatte auch keine Ahnung von den Ausmaßen der Geisterwelt. Und davon, wie sie mich manipulierten. Am liebsten hätte ich vor Frust laut geschrien. Doch ich wusste, dass das zu nichts führte. Stattdessen versuchte ich meine Atmung unter Kontrolle zu bekommen. Wie gern hätte ich jetzt Parkers Hand in meiner gespürt, die Wärme seiner Haut …! Wir mussten es Crowe sagen. So ging es einfach nicht weiter. Ein klärendes Gespräch, das Crowe besänftigen würde. Ich musste nachher unbedingt mit Parker darüber sprechen.

Eigentlich hatte Parker Anstalten gemacht, den Stepptanz zu übernehmen, doch die Tür verlangte von uns allen einen zu sehen. Ich atmete tief ein. Was wollten sie denn noch alles von mir? Diese verfluchte Geisterseherwelt! Kurz war ich versucht, ihr zu erklären, dass ich die Geistlenkerin war und solche Unverschämtheiten unangebracht wären, doch ich hielt mich im letzten Moment zurück. Himmel, stieg mir der Ruhm langsam zu Kopf? Wurde ich, ohne es zu wollen, genau wie die Hatties?

»Rechts, links, tap. Arme. Rechts, links, tap. Verbeugung.« Crowe gab uns den Takt und die Anweisungen vor. Dennoch legte ich seine Choreo recht verbissen hin.

Die Tür schwieg, weswegen ich die Augen zusammenkniff. »Bitte sei nicht so hart zu uns. Wir waren eben noch bei Ruben, der neuen Seilspringtür und sind nun spät dran für meine Einweisung.«

Das schien den Geist in der Tür zu besänftigen. »Oh, davon habe ich gehört. Die neue Tür …«, murmelte sie, wobei sie aufschwang, ehe sie den Satz beendet hatte.

Vor Erleichterung atmete ich tief aus. Bevor ich eintrat, sah ich mich über meine Schulter hinweg um. Ein Lichtpunkt raste durch den dunklen Flur auf uns zu.

»Remi?«

Er war es. »Warte auf mich, Seven Eleven!«

Ich ließ die Zwillinge vor, streckte eine Hand in Richtung Remi aus. Unwillkürlich musste ich lächeln. Trotz allem, was geschehen war, und trotz allem, was im Labor auf mich wartete. Als ob er gespürt hätte, dass ich heute Nacht meinen besten Freund bei mir brauchte.

Sobald er mich erreicht hatte, sprang ich aus meinem Körper, aber nur für eine Sekunde, drückte seine Hand und war im nächsten Moment schon wieder zurück.

»Pff«, sagte eine der indonesischen Drillinge. »Muss sie immer so angeben?«

Ich ignorierte sie, wandte mich erst jetzt den Geistersehern zu, die im Labor auf mich warteten. Jede Menge Forscher, Mr Chase und die Hatties, Natalia und ein paar mehr Jäger. Offenkundig nicht alle aus der fünften SU und nur vier Politiker. Parkers und Crowes Eltern erkannte ich erst mit Verspätung, da sie die Einzigen waren, die saßen. Auf zwei Bistrostühlen im Hintergrund, die nicht recht zu einem Forschungslabor passen wollten. Mr Irving zog an einer E-Zigarette, deren Rauch zu seiner Frau wehte, die deshalb mit der Hand wedelte und ihr Gesicht verzog.

Ein blonder Mann von der Statur eines Wikingers lächelte mich an, als hätte ich gerade eine Olympiade gewonnen. Das musste Kyles und Emersons Dad sein.

»Mir ist bewusst, dass du das als persönliche Beleidigung empfindest«, sagte ich ruhig an Bethari gewandt. »Mir wäre es auch lieber, wenn wir alle dieselben Fähigkeiten hätten. Wenn wir alle gleich wären. Nur mache ich die Regeln nun mal nicht.«

Daraufhin schmollten die Drillinge nur noch mehr. Wahrscheinlich gab es nichts, was ich sagen konnte, um sie zu besänftigen. Langsam musste ich mich echt damit abfinden, dass mich nicht jeder mögen konnte. Selbst dann nicht, wenn ich ihre Geistlenkerin war.

Wie immer strahlte mich Olivia Hattie an, als wäre ich ihre Lieblingstochter. Ganz im Gegensatz zu ihrer Schwester, die ganz ähnlich wie die Drillinge ihre Lippen aufeinandergepresst hatte.

»Schön, dass du kommen konntest.« Wieder zusammengepresste Lippen.

Ich nickte Coral zu. »Jap, konnte ich gerade noch so in meinen Tagesplan quetschen. Aber bevor ihr mir beibringt, wie man Geister versklavt und Menschen manipuliert, hätte ich noch ein, zwei Fragen.«

Stille. Offensichtlich kam das überraschend für alle. Irgendwie beflügelte mich der Gedanke. Ich machte mich noch ein wenig größer.

Hinter mir stieß Remi einen beeindruckten Pfiff aus. Ja, eines Tages würde dieser Geist das Hörbuch zu meinem Leben vertonen. Zweifellos.

»Ich möchte mit Warren Parkwich sprechen. Und mit Octa.« Bevor ich fortfuhr, warf ich meinen Begleitern einen Blick zu. »Wie man hört, ist sie hier im Labor eingesperrt. Da frage ich mich, wieso man mir, der Geistlenkerin, diese Information vorenthalten hat.«

Das Lächeln auf Olivias Gesicht verblasste.

Um noch einen draufzusetzen, verschränkte ich die Arme vor der Brust. Ja, zum ersten Mal in meinem Leben genoss ich meinen Auftritt vor einem großen Publikum. »Ihr seid wohl von allen guten Geistern verlassen.«

Sofort erntete ich dafür ein weiteres beeindrucktes Pfeifen von Remi.

Sonst sagte niemand etwas. Bis Parker sich räusperte und dadurch offenkundig den Druck auf die Hatties erhöhte.

»Wir ... haben Octa kürzlich im Flur vor dem Labor aufgegriffen. Sie war verwirrt«, sagte Olivia, die am Kragen ihres Hosenanzugs zupfte.

So viel hatte ich bereits von Crowe erfahren, der es wiederum von Leah-Belle hatte.

»Wir können das alles nach deiner Einweisung klären.« Coral, die mit ihren Fingerspitzen ein Dreieck geformt hatte, setzte ein betont bemühtes Lächeln auf.

O nein, damit würde ich mich nicht zufriedengeben. Um Octa würde ich kämpfen. Ich konnte sie nicht im Stich lassen. Und die Hatties und ihr ganzer manipulativer Mist konnten mich mal.

»Nein.« Ich sagte nur dieses eine Wort, aber es kam sehr bestimmt aus meinem Mund und schien von den Kellerwänden widerzuhallen. »Gut, wir machen es so: Zuerst spreche ich mit Octa, dann die Einweisung und zum Schluss meine Unterredung mit Warren. Ist ein guter Kompromiss, nicht wahr? Also ...« Ich machte eine Kunstpause. »Haben wir einen Deal?«

Coral Hattie stöhnte, als wäre ich ihr größtes Ärgernis, das ihr das Leben schwer machte. »Von mir aus, aber nur du kommst mit mir. Nur wir zwei und Octa.«

»Nein«, sagte Parker. »Seven geht nicht ohne mindestens einen Jäger zu einem Poltergeist.«

»Dann komme ich auch mit«, säuselte Natalia. »Parker und ich, das sind zwei Aufpasserjäger für unsere arme, schwache Seven.« Sie zwinkerte mir zu, als wäre ich ihr Chihuahua.

Aber dieses kindische Benehmen brachte mich nicht mehr auf die Palme.

»Wenn du mich schon als arm und schwach betrachtest, auf welcher Position in der Nahrungskette stehst du dann als zweite Geistlenkerin?« Ich neigte den Kopf. Eigentlich hatte ich gar nicht so gemein werden wollen. Aber etwas brodelte in mir. Seit ich den Dämon in mir trug, kam wirklich meine fieseste Seite ans Tageslicht. »So als mein Ersatz?«

Natalias Mimik erstarrte, als hätte jemand sie in Stein gemeißelt. Es wirkte, als hätte sie Probleme einzuatmen. Sie schnappte nach Luft, aber viel zu hastig und kurz.

Crowe klopfte ihr auf den Rücken.

Allerdings schien sich niemand so recht um sie zu sorgen, weswegen mir Natalia schon ein bisschen leidtat. Armes reiches Mädchen.

Remi hielt sich die Hände wie ein Megafon an den Mund.

»Hat jemand eine Papiertüte für die krepierende Auserwählte auf Platz zwei? Für unsere Ersatzfrau? Niemand?«

Da wir so ein schönes, aufmerksames Publikum hatten, das nichts tat, als nur zu glotzen, ließ ich ihm das durchgehen. Die ganze Sache machte Remi viel zu viel Spaß.

»Octa.« Ich wedelte mit der Hand in der Luft herum, damit Coral endlich aufhörte, Remi anzustarren, und sich in Bewegung setzte. Zusammen mit Olivia und Parker folgte ich ihr. Natalia, die dabei war, sich wieder einzukriegen, bildete die Nachhut.

Unter den Blicken aller Anwesenden schlängelten wir uns an den Untersuchungstischen vorbei. Sämtliche Glasbehälter waren leer. Keine Geister, an denen herumexperimentiert wurde. Letztendlich blieben wir vor einem Metallregal stehen, auf dem ein einsamer Hammer auf der Höhe meiner Brust lag. Okay, auf dem Regalbrett darunter noch mehrere Einweghandschuhboxen. Aber sonst nichts. Wollte Coral mich eigentlich veralbern?

Doch bevor ich den Mund öffnen konnte, legte Coral eine Hand auf den Griff des Hammers und drehte ihn nach rechts, so als wollte sie einen Wasserhahn schließen.

Es knarrte, dann schwang das Regal ebenfalls nach rechts. Was in aller Welt …? Eine Geheimtür? Aber warum wunderte mich das bei einer Schule wie dieser noch?

In meinen Ohren dröhnte es. Crowe hatte tatsächlich recht gehabt. Die Hatties hatten nur so getan, als wüssten sie nicht, was mit Octa geschehen war. Nein, sie steckten sogar hinter ihrem Verschwinden. Der Gedanke verursachte eine Art Kolik in mir. Wem konnte man an dieser Schule eigentlich noch trauen?

Hinter der Geheimtür lag ein trostloser grauer Flur. Sobald Coral Hattie einen Schritt hineingemacht hatte, sprangen Neonröhren oben an den Wänden an. Ein bisschen, wie ich mir einen Bunkerzugang vorstellte, und reichlich unheimlich, selbst für die Black Forest High.

Olivia Hattie schlängelte sich an uns vorbei und schloss zu ihrer Schwester auf.

Schweigend führten sie mich, Parker und Natalia in einen Raum, der mir wie ein größerer Schornstein vorkam. Es musste tatsächlich ein alter Schacht sein, denn ich konnte die Decke des kleinen Raums nicht erkennen, sobald ich meinen Kopf in den Nacken legte. Alles an ihm war grau und erdrückend. Mit ungefähr fünf Schritten konnte man den Raum durchqueren. Ein modriger Geruch lag in der Luft. Und in der Mitte war ein Glaskubus wie ein aufrechter Sarg platziert. Von indirekten Strahlern erleuchtet, die in die Bodenplatten eingelassen worden waren.

Kapitel 17

»Octa!« Keuchend hielt ich mich an Parker fest. Sie war es. Der Geist, der da vor uns aufrecht im Glassarg schwebte. Der Poltergeist, der aus leeren Augen über uns hinwegstarrte, als würde sie unsere Anwesenheit nicht bemerken. Vielleicht betäubte sie ein Siliziumnebel? Tatsächlich erkannte ich Schläuche am Glaskasten. Also der übliche Mist.

Octa! Meine süße, kleine Octa, die Nova so ähnlich sah mit ihren Zöpfen. Sie trug zwar immer noch das Krankenhaushemdchen, in dem sie vermutlich gestorben war, doch nun war ihr Geisterkörper von dunkelgrauer, rauchiger Konsistenz. Kein hellblauer Geist mehr. Ein Poltergeist.

»Wie ist so etwas möglich?«, fragte Natalia. Sie hatte Octa am ersten Tag ihrer Ankunft gepiesackt und kannte dadurch den kleinen Geist natürlich.

Die Rektorinnen-Zwillinge tauschten einen Blick, was ein schlimmes Magenziehen bei mir verursachte. Irgendwas war faul, stinkend faul.

»Du musst verstehen«, begann Olivia, die ihre Hände knetete und auf einmal gar nicht mehr glücklich aussah.

Oh-oh. Wenn sie schon so begann, konnte das nichts Gutes bedeuten.

»… wir haben uns Sorgen gemacht. Nach Novas Tod und im Speziellen, seit du ständigen Poltergeistangriffen ausgesetzt bist. Deshalb haben wir uns nach Alternativen umgesehen, für den Fall, dass es irgendwann keine Geistlenkerin mehr geben könnte.«

Neben mir atmete Parker scharf ein. Zitterte er etwa vor Wut?

»Das heißt, Sie haben damit gerechnet, dass die Poltergeister womöglich Seven und auch Natalia ausschalten könnten?«

Ausschalten. Was für eine nette Umschreibung für töten. Oder mich eine Klippe hinunterspringen oder eine Kranlast Betonblöcke auf mich fallen lassen. Es gab viele Möglichkeiten für einen Poltergeist, durch eine kleine Bewegung oder eine Besetzung zu töten.

Natalia knirschte so laut mit den Zähnen, dass man denken konnte, sie kaute auf Glassplittern herum.

»Wenn wir einen Weg finden, ohne auf eine Geistlenkerin oder einen Geistlenker angewiesen zu sein, würde das zudem die Sache vereinfachen.«

»Um Politiker zu übernehmen?« Die Frage von Parker hätte mich zusammenzucken lassen, wenn er mich in diesem Tonfall angesprochen hätte.

Plötzlich kam mir Mrs Mondis Vorhersage in den Sinn. Sie hatte gesehen, dass ich die Geisterwelt vereinen, für Frieden sorgen und das Poltergeistproblem lösen würde.

»Sie haben ihr zu viel Plasma entnommen oder ihr zu viel Plasma verabreicht, so ist es geschehen, oder? Sie haben Octa gefoltert. Sie war Ihr Patient Null für eine neue Generation manipulierbarer Geister?« Erst mit Verzögerung bemerkte ich, dass diese Frage aus meinem Mund gekommen war. So kalt, wie sonst nur Natalia sprach, und so unmenschlich, wie sich die Stimme anhörte.

Ich musste hier raus. Andererseits wollte ich Octa nicht zurücklassen. »Machen Sie das rückgängig, sofort!«

Niemand sagte etwas, aber da auch keiner der Hattie-Zwillinge Einwände erhob, sah ich meine Vermutung als bewiesen an. Sie hatten Octa als Versuchskaninchen missbraucht.

Heiße Wut brodelte in mir, die noch mehr dadurch geschürt wurde, dass Coral Hattie mich ausdruckslos anstarrte, fast so, als wäre sie sich keiner Schuld bewusst.

»Octa hat Ihnen vertraut.« Ich deutete mit meinem Finger anklagend auf die zwei. »Sie hat mir erzählt, dass Sie sich um sie kümmern würden, aber das war alles nur Show, nicht wahr? Sie haben sie nur benutzt für Ihren Plan.« Ich atmete tief ein, versuchte mich zu erden. »Das muss es sein. Dieser Plasmamissbrauch hat die Geisterwelt durcheinandergebracht. Sie sind schuld daran. Nicht Remi und nicht Mrs Lebron.«

Fragend hob ich meinen Kopf und sah Parker an. Konnte ich damit richtigliegen?

»Nein, niemals.« Coral Hattie machte eine wegwerfende Handbewegung. »Dafür wäre viel mehr Plasma nötig, um das Gleichgewicht zu stören.« In dem indirekten Licht der Kammer wirkte sie viel älter als sonst.

Ach ja? Ich hob beide Augenbrauen. »Haben Sie so viel Erfahrung damit, dass Sie das mit Sicherheit sagen können? Wie viele Poltergeister haben Sie schon erschaffen?«

Coral klappte ihren Mund wieder zu. So musste es passiert sein. Sie hatten Octa Plasma entnommen. Deshalb war sie so blass erschienen zuletzt und dann war zu wenig Geisterplasma in ihr übrig geblieben und sie war … irgendwie mutiert?

»Nur Octa.« In Olivias Blick lag so viel Mitleid und tausend Mal mehr Mitgefühl, als Coral es je würde aufbringen können.

Das hatte auch Varlas Vision bestätigt, gewissermaßen. Denn der zweite verschwundene Geist, Sylva, von dem die Hatties zudem nichts wussten, sollte Varlas Vision nach auf ein anderes Konto gehen.

Ich schürzte die Lippen. »Warum ist sie jetzt so?«

»Können wir das später klären?« Olivia machte einen Schritt auf mich zu. »Es ist spät und wir müssen dich noch einweisen.«

Also wusste sie es auch nicht. Ich schnaubte. Eigentlich wollte ich hier und jetzt aufgeklärt werden und zudem eine Lösung für Octa finden, andererseits durfte ich das Ritual um Mitternacht keinesfalls verpassen.

»Morgen früh, nach meiner Therapiesitzung, will ich über alles informiert werden, was bisher vor mir, der Geistlenkerin, verborgen wurde«, erklärte ich daher nur. Das schien Olivias Stimmung zu heben. Ganz im Gegensatz zu meiner. Geistlenkerin. Dieses Wort … Innerlich schüttelte es mich.

»Gut, das verbinden wir dann mit deinem Gespräch mit Warren, ja?«, rief sie mir hinterher, als ich mich schon halb abgewandt hatte.

Echt jetzt? Das wollte sie gleich mitverschieben? Kurz hielt ich noch einmal inne. Nicht zu fassen! Nach einem letzten Blick auf Octa wirbelte ich herum und stapfte zurück in den Gang. Da die Tür sich am anderen Ende bereits geschlossen hatte und ich den Knopf für den Ausgang auf die Schnelle nicht finden konnte, hämmerte ich zuerst gegen den Beton und warf mich schließlich mit der Schulter dagegen, als meine geschundenen Finger zu sehr schmerzten.

»Willst du noch länger deine Aggressionen an der Wand auslassen oder kann ich dir helfen? Nur wenn du möchtest, natürlich«, versuchte es Parker mal wieder überaus vorbildlich bei mir.

Ich schnaubte. So voller Adrenalin und Wut wirkte ich wahrscheinlich wie eine wütende Nashornmutti. Armer Parker! Allerdings musste ich ihm hoch anrechnen, dass er mit keiner Wimper zuckte. Kein wertendes Augenzucken.

Der Raum der Forscher, wo sie ihre Experimente durchführten, hatte sich nicht geleert. Mehr oder weniger standen alle auf demselben Fleck wie zuvor. Sogar Remi schwebte noch neben dem abgedeckten Spiegel, der mir in meiner ersten Woche an der Schule vorausgesagt hatte, dass ich alle Begabungen für die drei SUs in mir tragen würde.

Also … jetzt hatte ich keine Ausrede mehr. Nie hätte ich gedacht, dass ich es je so weit kommen lassen würde. Plötzlich hatte ich die Worte von Natalia wieder im Kopf, die sie mir bei meiner ersten Sitzung der geheimen 5. SU an den Kopf geknallt hatte. Wahrscheinlich um mich zu schocken, doch es schien genau das zu sein, was mir in dieser Einführung beigebracht werden sollte.

Du als Geistlenker folterst einen Poltergeist und bringst ihm bei, wenn du das Wort Halliger sagst, eine von dir programmierte Handlung auszuführen. Zum Beispiel in den Staatschef eines Landes schlüpfen, einen Friedensvertrag unterzeichnen und wieder zurückkehren. Danach erinnern sich weder Geist noch Besetzter, was passiert ist. Nur die Kameras und der unterschriebene Friedensvertrag bleiben zurück. Der Staatschef wundert sich zwar, versucht eventuell, den Vertrag wieder zu lösen, aber im Grunde kann er nicht zugeben, dass er sich nicht erinnern kann. Das würde seine Glaubwürdigkeit infrage stellen.

Während ich noch wie versteinert dastand, schoben die indonesischen Drillinge einen Rollwagen mit Poltergeist aus einem Nebenraum. Direkt in die Raummitte. Ganz als hätten die drei hier das Sagen.

Als würde es sich um einen Korb Brötchen handeln, stellten sie das Ding vor mir ab. Bethari lächelte mich an wie ein Piranha kurz vorm Zuschnappen. »Für dich, frisch exorziert.«

Meine Nasenflügel blähten sich auf. Natürlich wollten die Drillinge nichts lieber, als mich scheitern sehen. Aber diesen Gefallen würde ich ihnen nicht tun.

Remi schwebte neben mich und das gab mir den nötigen Auftrieb, die Zähne zusammenzubeißen und die Forscher um mich herum gelassen zu mustern. Einen nach dem anderen. Es musste sein. Ich würde diese Welt der Geisterseher besser machen. Auch wenn ich heute Abend einen Poltergeist foltern musste, nicht wahr?

Der Geist in der Glasbox war eine junge Frau. So dünn und mit kreisrunden Augen, dass sie mich unwillkürlich an einen Plumplori erinnerte, den ich einmal in einem Zoo gesehen hatte. Sie trug einen langen Bob, dichte Augenbrauen und ich schätzte, dass sie italienischer Abstammung war. An den Füßen trug sie etwas wie ziemlich quadratische Schneeschuhe. Riesige Dinger.

Sie hatte von einem Menschen Besitz ergriffen? Klar, sie bestand aus grauem Rauch, funkelte mich an, aber wirkte eher wie ein motziges Kleinkind auf mich. In diesem Moment ordneten sich meine Gedanken. Was, wenn ich dieses Mädchen und auch Octa ins Licht schicken konnte? Wenn sie nicht länger dieser verbitterte Geist sein musste? Gestern hatte ich es schon einmal getan. Warum nicht wieder? Nur wie sollte ich es bei ihnen anstellen? Ihnen Liebe geben und den Knoten in ihnen lösen, der sie so traumatisiert hatte, dass sie zu einem Poltergeist geworden waren?

Ich musterte die feixenden Drillinge. Das hier musste der

neueste Poltergeist sein, vermutlich von Sabrina exorziert. Alle anderen waren befreit und danach lediglich Warren und Octa eingefangen worden, so viel ich wusste. Das ergab Sinn. Da Octa zuvor kein Poltergeist gewesen war und ich aufgrund meiner Vergangenheit nicht mit Warren arbeiten konnte, blieb nur dieser dritte Geist für meine Ausbildung übrig. Bloß wie schnell hatten die Exorzisten eine besetzte Person zum Exorzieren aufgetrieben? Vielleicht mithilfe der Medienschüler? Ich stellte mir Mrs Olalas vor, die gemeinsam mit Mrs Mondi vor deren Glaskugel stand und nach besetzten Menschen suchte.

»Du wirst mir nichts tun«, presste das Mädchen hervor. Sie sprach mit einem harten, dunklen Akzent. »Du bist unsere Auserwählte, sagen sie.«

Toll, auch das noch. Nicht gerade hilfreich. Schon spürte ich die messerscharfen Blicke der Forscher und der Hatties in meinem Rücken.

»Wie heißt du?«, fragte ich, als wäre nichts vorgefallen.

Doch ehe der Geist antworten konnte, schob sich Coral zwischen uns. »Darum geht es in dieser Sitzung nicht. Der Poltergeist muss darauf vorbereitet werden, einen Diktator zu besetzen, und wir werden dir jetzt zeigen, wie eine Geistlenkerin das anstellt.«

»Alice«, sagte der Geist, der so weit nach oben geschwebt war, um mich über Coral auf ihren High Heels hinweg anzulächeln. »Ich heiße Alice.« Eindeutig eine Italienerin.

Coral kräuselte ihre Stirn. »Fall nicht auf sie rein. Wir machen es wie immer. Folter und Konditionierung. Mehr haben diese Monster nicht verdient.«

Monster? Ich musste mich verhört haben.

»Monster sind eher diejenigen, die Octa das angetan haben, findest du nicht, Coral?« Zum ersten Mal hatte ich sie geduzt und vielleicht war das der Grund, weshalb sie zusammenzuckte.

Der Geist lächelte und Coral starrte mich hasserfüllt an. Es war einer dieser Blicke, unter denen ich vor ein paar Wochen noch zusammengesunken wäre. Aber die neue Seven tat das nicht mehr. Die neue Seven straffte die Schultern. Ich würde nicht nach ihrer

Pfeife tanzen. Sie mochte Schulleiterin sein, doch ich war die neue Geistlenkerin. Also starrte ich zurück und wartete, bis Coral zuerst meinem Blick auswich. Es dauerte, aber schließlich drehte sie sich seufzend von mir weg.

»Sie ist verrückt und wahrscheinlich wirklich das Spielzeug der Poltergeister.«

Hm, wenn dann das Spielzeug des Poltergeist-Anführers … und verrückt?

Ja, verrückt vielleicht, dachte ich nicht ohne einen gewissen Stolz.

»Wir sollten es mit Natalia versuchen«, sagte Coral an ihre Schwester gewandt.

Natürlich setzte Natalia augenblicklich ihr strahlendstes Dauergrinsen auf.

Olivia lächelte uns alle entschuldigend an. Ihre Haarmähne verrutschte kein bisschen, als sie erst mich und dann ihre Schwester ansah. »Das ist nicht möglich. Seven ist die Geisterseherin mit der stärksten Blutschuld. Nur sie kann mit den Geistern interagieren.«

»Allerdings wäre Natalia die Stärkste, sobald Seven stirbt, nicht wahr?«, hakte Coral unglaublich beiläufig nach. Dieses süßliche Lächeln, das sich sowohl auf ihren als auch auf Natalias Lippen ausbreitete, konnten sich die beiden echt schenken.

»Ich denke, ich habe in den letzten Tagen bewiesen, dass ich so gut wie unzerstörbar bin«, sagte ich. »Außerdem wären da noch meine mächtigen Freunde, die auf mich achtgeben.« Ich deutete auf meine Brust.

Alice applaudierte mir lautlos, riss die riesigen Augen noch ein wenig mehr auf und gab mir einen Daumen nach oben.

»Pff.« Coral schnaubte. »Du bist die erste Person, die mir je untergekommen ist, die ihre Besetzung genießt.«

Das war wohl das falsche Wort. Aber ich wusste sie zu meinem Vorteil zu nutzen. »Die Poltergeister wollen mich nicht töten, damit haben sie euch schon mal etwas voraus, oder nicht?«, fragte ich genauso süßlich zurück, wie Natalia eben noch gegrinst hatte.

»So unverschämt«, brummte Coral.

Offensichtlich gelang es ihr nicht mehr, ihre Abneigung mir gegenüber zu verbergen. Aber das war okay. Jeder Mensch hatte Feinde und ich sicher mehr als andere.

Und vielleicht war ich die Erste, die sich mit dem Gedanken anfreundete, *umsessen* zu sein. Aber nur aus dem Grund, dass ich den Poltergeistern helfen wollte.

So ziemlich jeder um mich herum starrte mich entgeistert an.

Abgesehen von Remi und Parker. Wahrscheinlich hatten die beiden sich diesen Abend sogar genauso ausgemalt.

»Ich rede mit Alice, wir brauchen keine Folter.«

»Brauchen wir doch. Du musst sie brechen. Mentale Kontrolle. Sonst wird sie nicht den Auftrag unter deiner Steuerung übernehmen.« Olivia lächelte mich an, als ob sie mir ein Rezept für Karottenkuchen erklären wollte.

Also irgendwann mussten doch selbst diese altmodischen Geisterseher mit ihren verstaubten Traditionen aufräumen. Konnten sie nicht weiterdenken als bis zur letzten Mordserie in ihrer Familie oder wie?

»Bethari wird es dir demonstrieren. Du machst es einfach nach.« Mo Buhari, der ganz offensichtlich nicht mehr länger unserer Scharade zusehen wollte, näherte sich mir.

»Nein. Wir werden das ohne Gewalt …«, begann ich, doch Mr Buhari verdrehte nur die Augen, drückte dann ein paarmal auf seinem Tablet herum und schon strömte rauschendes, unsichtbares Gas in den Glaskasten.

»Nein!« Ich wurde lauter, doch natürlich hörte niemand auf mich. Toll, dieser Posten als Geistlenkerin. Wirklich. Der Respekt, den sie mir entgegenbrachten, war von jenseits dieser Welt.

Alice schrie. Das Gas schien genau wie die Versiegelung des Glaskastens ihre Geisterhaut zu verätzen. Also musste es sich um Siliziumgas handeln, aber irgendwie wirkte es anders als das Silizium, das ich kannte, so viel war klar. Denn Alice, die zuerst noch gezuckt und gezappelt hatte, wirkte nach einigen Sekunden wie ein betrunkener Zombie. Sie taumelte in der Luft von rechts nach links. Meine Fingerspitzen zitterten. Folter und Drogen. Mentale Kontrolle.

»Komm.« Mo Buhari winkte mich zu sich.

Bethari hatte ebenfalls schon rechts neben dem Glaskasten Stellung bezogen.

Mit einem Zischen glitt ein Rechteck am Glaskasten auf. Wie an einem unsichtbaren Scharnier befestigt klappte es nach unten. Bethari zog etwas aus ihrem Forscherkittel. Einen Stab wie ein Schlagstock. Sie fuhr darüber, worauf er sich etwa um die dreifache Größe verlängerte. Aus seiner Spitze stoben Funken hervor. Irgendwie erinnerte er mich an eine Mischung aus Zauberstab und Viehtreiber. Sie brauchten mir nicht erst zu erklären, was sie mit dem Ding vorhatten.

Ehe ich überhaupt reagieren konnte, schnellte Bethari schon mit dem Geistertreiber, wie ich ihn insgeheim getauft hatte, nach vorn und drückte ihn in Alice' Geisterkörper. Seltsamerweise sah Bethari währenddessen in meine Richtung. Ihr Pferdeschwanz wippte.

Alice kreischte, konnte aber offensichtlich niemanden mehr fokussieren, deshalb brüllte sie die Decke an.

Ich keuchte. »Aufhören!« Das konnte gerade doch nicht wirklich passieren?

Grinsend drückte Bethari fester zu.

»Du Monster.« Obwohl ich eigentlich vorgehabt hatte, mich zu beherrschen, schubste ich Bethari zur Seite. Lieber noch hätte ich mich auf sie geworfen und ihr in den Arm gebissen.

Sah denn niemand von ihnen, wie unmöglich sie sich verhielten? Mein unverstandenes Ich kochte. »Finger weg von Alice.«

Bethari stürzte rückwärts und landete auf ihrem Hintern. Aus ihrem Kittel kullerte eine Dose Deospray, die bis zum abgedeckten Spiegel rollte und dort liegen blieb.

Der Geist jaulte ein bisschen, verstummte aber gleich wieder.

»Fass mich nicht an«, keuchte Bethari, die sich wieder gefangen hatte und jetzt mit dem Geisterschlagstock auf mich deutete. Ihre Drillingsschwestern standen wie auf ein geheimes Zeichen plötzlich hinter ihr. Eine Warnung.

Allerdings hatten sich auch Parker und Crowe samt Remi um mich versammelt.

»Fallen lassen.« Ich wies auf den Geistertreiber, im festen Willen, in dieser Hinsicht nicht mit mir reden zu lassen.

Das teuflische Grinsen in Betharis Gesicht ließ mich sofort vermuten, dass sie das ganz und gar nicht vorhatte. Sie holte aus und wollte schon den Geistertreiber auf mich niedersausen lassen. Doch das hatte ich schon vorausgesehen. Also wich ich zur Seite aus, drehte mich und klemmte Betharis Arm unter meiner Achsel ein. Bethari, die nun hinter mir stand, wimmerte, als ich ihr mit dem freien Ellenbogen auch noch aufs Handgelenk schlug. Klappernd fiel der Geistertreiber zu Boden.

Ja, dieses Training mit Parker und Crowe war nicht ganz spurlos an mir vorübergegangen.

»Dieser Mist endet jetzt und hier«, erklärte ich unseren Zuschauern mit lauter Stimme. Die meisten standen einfach nur wie versteinert da. Andere tuschelten mit ihren Kollegen. Mr Chase hatte eine Hand auf Olivias Unterarm gelegt.

Nachdem ich den Geistertreiber aufgesammelt hatte, hob ich ein Knie und zerbrach das Teil auf meinem Oberschenkel. Offensichtlich erschrak das die Geisterseher um mich herum, denn sie japsten kollektiv auf. Wie auch immer. Ich wollte ihnen zeigen … ja, was eigentlich? Dass es auch ohne Gewalt ging. Auf einmal wurde mir doch ein wenig schwindelig von meiner eigenen Courage. Wie sollte ich weitermachen? Wie Alice helfen? Ich warf Remi einen Blick zu und dann Parker. Beide nickten mir aufmunternd zu. Remi streckte sogar eine Geisterhand nach mir aus, als wollte er unseren Geister-High-Five starten.

Der Anblick berührte etwas in mir. Eine Erinnerung. Was hatte Olivia gesagt?

Seven ist die Geisterseherin mit der stärksten Blutschuld. Nur sie kann mit den Geistern interagieren.

Auf einmal erinnerte ich mich daran, wie ich gemeinsam mit Octa an Remis Krankenzimmer gestanden hatte. Als ich ihn und auch Octa berührt hatte, war er aufgewacht. Irgendwie hatte ich plötzlich das Gefühl, diese Erinnerung wartete schon so lange darauf, von mir analysiert zu werden. Damit ich es endlich begriff. Meine Geistergestalt, Octa, Remi … Und da wusste ich es.

Geschmeidig schlüpfte ich aus meinem Körper. »Remi, nimm meine Hand.« Ich musste es ausprobieren. Meine Theorie testen, ehe die Geisterseherbande wieder voll zu sich gekommen war und sich mir in den Weg stellte.

Remi hielt sich nicht mit irgendwelchen Fragen an mich auf, reagierte einfach. Also packte ich mit links seine Hand und streckte meine rechte Hand durch die Öffnung des Kastens Alice entgegen.

»Alice, hör mir zu. Nimm meine Hand. Ich verspreche, ich werde dir helfen. Für dich da sein, in Ordnung? Ich bin deine Auserwählte, genau wie du es gesagt hast.«

Der Geist hörte auf zu wimmern. Nur mit einiger Verzögerung fand ihr Blick den meinen.

»Ich will dir helfen, okay?« Ich lächelte sie an. Irgendwie wusste ich, dass sie den nächsten Schritt machen musste. Es würde zu nichts führen, sie von mir aus zu berühren. Sie musste mir vertrauen.

Ganz langsam starrte Alice von meinem Gesicht zu meiner Hand und wieder zurück.

»Schluss damit!« Coral stapfte auf mich zu. »Crowe, hol sie zurück. Jetzt!«

Forderte sie ernsthaft von Crowe, mich mit seinem Netz einzufangen? Lächerlich!

Auch Mo Buhari flüsterte mit den Drillingen. Vielleicht wollten sie einen zweiten, funktionierenden Geisterviehtreiber für mich besorgen.

»Seventina, ich bitte dich! Verhält sich so die neue Geistlenkerin?« Mr Irving drängte sich durch die Umstehenden bis zu mir, doch dann legte sich eine riesige Wikingerpranke auf seine Schulter und hielt ihn zurück. »Sei doch vernünftig.«

Mr Irving schielte zur Kyles und Emersons Dad nach oben. »Und du misch dich nicht ein.«

»Vernünftig.« Ich hörte, wie Natalia dieses Wort wiederholte, es wie Abfall ausspuckte.

Und wenn schon.

Ich bestimmte, wie sich die neue Geistlenkerin aufführte.

Denn ich war sie und mir war vollkommen egal, was diese arroganten Monster um mich herum davon hielten.

»Alice, bitte. Ich verspreche, ich finde eine Lösung, damit du glücklich wirst. Alles, was du tun musst, ist meine Hand zu nehmen.«

Das Geistermädchen zuckte zusammen. Kurz fürchtete ich schon, sie wäre erstarrt, doch dann streckte Alice ihre Hand nach mir aus. Zögerlich und langsam zwar, aber sie überbrückte die Distanz und das war es, was zählte. Ich hielt den Atem an.

KAPITEL 18

Jemand griff nach mir und riss mich zurück.

»Seven!«, kreischte Remi. Zu spät. Natalia hatte mich im Nacken gepackt. Sie war ebenfalls aus ihrem Körper geschlüpft. Diese Schlange! Doch sie würde mich nicht aufhalten. Ohne Remis Hand loszulassen, wirbelte ich herum und trat ihr in die Geisterfresse. Das schleuderte sie nach hinten. Offensichtlich hatte ich damit nicht nur sie überrascht. Während um uns herum mehrere Zuschauer scharf einatmeten, sah ich Natalias Geisterkörper durch den Raum fliegen und gegen die Stepptanztür krachen. Wow! Irgendwie war eine Art Kraftstrom durch mich hindurchgeweht und hatte das verursacht.

Mein Blick glitt zu Remi. Konnte es sein, dass das an unserer Berührung lag? Wenn ich als Geistlenkerin einen Geist berührte? Würde ich dann mächtiger werden? So wie ein Superheld?

»Alice?« Ich würde mich nicht aufhalten lassen, ignorierte das ganze Gelaber, das Mr Irving, Coral und Mo Buhari auf mich abfeuerten.

Freundlich wedelte ich in Alice' Richtung. Meine Hand ganz nah an der Öffnung des Glaskastens. »Komm mit mir.« Ich musste einfach mein Vertrauen darauf setzen, dass es wie bei Dear Hanna sein würde. Dass ich Alice in einen normalen Geist verwandeln konnte. Was auch immer ihr in den letzten Minuten ihres Lebens zugestoßen war, dass sie sich zu einem Poltergeist entwickelt hatte – ich würde ihr helfen, das zu verarbeiten. Wieder Liebe zu spüren. Ganz so wie gestern Abend.

Tatsächlich berührten ihre Geisterfinger gleich darauf meine. Sie streckte sich. Alice vertraute mir!

Sanft zog ich den Geist durch das Loch. Wie bei einer Katze verschmälerte sich ihr Körper, als er durch die kleine Öffnung gezogen wurde, passte auf wundersame Weise hindurch. Aber ich hatte ja auch schon Geister durch Schlüssellöcher türmen sehen.

Sobald sie draußen war, schloss ich sie in meine Geisterarme.

Alice ließ es zu. Etwas wie ein Schluckauf schüttelte sie.

»Warum bist du so nett zu mir?«, wisperte sie an meinem Ohr.

»Wie gesagt, ich will dir helfen. Und alles anders machen als diese Bande hier.« Ich löste mich von ihr, hielt sie auf Armlänge von mir weg, immer noch darauf bedacht, gleichzeitig Remi nicht loszulassen. Dieses Band war wichtig. Ich brauchte jetzt mehr Kraft als bei Dear Hanna. Weil uns weniger Zeit blieb, das war mir klar, glasklar.

Alice lächelte. »Ich kann nicht glauben, dass du die da wegen mir verhauen hast.« Sie nickte in Richtung Bethari und Natalia. Um uns herum verlangten immer mehr Geisterseher, ich solle dies oder das machen, aber da niemand außer Natalia fähig oder willens zu sein schien, aus seinem Körper zu schlüpfen, konnten sie mir nichts anhaben.

Grinsend drückte ich Alice' Hand. »Das war doch gar nichts.«

Geschmeichelt senkte sie den Kopf. Und da fing es an. Von ihrem Scheitel beginnend breitete sich ein blaues Leuchten aus. Über ihre Schultern und Arme, immer weiter nach unten.

Wir beide starrten mit Erstaunen darauf, obwohl ich auf genau so etwas gehofft hatte.

Sobald das Leuchten ihre Fußspitzen erreicht hatte, schwebte ein blau-weißer Geist vor mir. Genau wie es bei Dear Hanna abgelaufen war.

Unser Publikum keuchte.

»Alice!« Obwohl ich das schon einmal gesehen hatte, raubte es mir erneut den Atem. »Du … du!«

»Na und?«, schrie Bethari. »Sie kommt hier nicht raus. Der Geist bleibt hier, kapiert?«

Ich lächelte. Vielleicht hatten sie den Raum versiegelt, die Stepptanztür mit Siliziumspray eingesprüht, aber das würde uns nicht aufhalten.

»Dieser Geist wird frei sein.«

»Nein! Das ist ein wertvolles Untersuchungsobjekt«, beharrte Mo Buhari.

Waren hier eigentlich sämtliche Geisterseher durchgedreht?

Offenbar schienen alle derselben Meinung zu sein.

»Wertvolles Versuchsobjekt.«

»Unfassbar.«

»Hat das jemand auf Video?«

Alle plapperten durcheinander.

Nur Corals Stimme übertönte alles. »Stepptanztür, bleib verschlossen, das ist ein Befehl.«

Aha! Sie hielt sich also für besonders clever. Niemand hier freute sich für Alice. Niemand wollte sie ins Licht gehen lassen. Gut, das war momentan zwar sowieso eher schwierig, aber ihre Freiheit hatte sie verdient.

»Lass mich nicht allein«, flüsterte Alice mir zu. Zwar musste sie etwa sieben bis zehn Jahre älter als ich sein, doch auf einmal wirkte sie so ängstlich wie eine Fünfjährige, die nicht ohne ihre Mom im Kindergarten bleiben wollte.

»Keine Sorge, das würde ich niemals tun. Komm mit.« Auf irgendeine Art wusste ich, was zu tun war. Entschlossen zog ich Remi und Alice in Richtung Tür.

»Sie wird nicht aufgehen«, blaffte Natalia mich an. »Coral hat es befohlen. Sie hat das Sagen über die Türen in ihrer Schule. Nicht die Geistlenkerin.«

Wahrscheinlich unterschätzte sie mich wirklich haushoch, wenn sie dachte, ich würde an der Klinke rütteln wollen oder die Tür anflehen wie ein eingesperrtes Opfer.

Stattdessen flüsterte ich Remi meinen Plan zu, ließ seine Hand los, schlüpfte schnell in meinen Körper und lief dann den Geistern hinterher, die bereits neben der Tür schwebten. Auf dem Weg packte ich die Deodorantspraydose, die Bethari fallen gelassen hatte. Parker und Crowe setzten sich ebenfalls in Bewegung. Mein Begleitschutz wusste zwar nicht, was los war, vertraute aber allem Anschein nach darauf, dass ich es aus diesem versiegelten Raum herausschaffen würde.

Das Raunen wurde lauter, was mich aber nicht störte. Neben der Tür hob ich meinen Arm und sprühte das nach industriellem Kokosduft miefende Deo an die Wand, beschrieb dabei mit der Dose einen Kreis, bis ein runder Fleck von der Größe eines Basketballs entstand.

»Jetzt ist sie komplett durchgeknallt«, hörte ich Asmara sagen.

»Hier, fang.« Ich wandte mich zu ihrer Schwester um und warf das Deo. Natürlich stand Bethari viel zu weit weg, aber die Dose kullerte tatsächlich bis zu ihren Füßen.

»Ihr denkt, euer Geisterimprägnierspray ist sicher, hm? Wisst ihr, was ich glaube? Das Zeug ist superleicht abwischbar, wenn es eh schon nicht lange vorhält.« Mit meinem Ellenbogen wischte ich über den feuchten Fleck an der Wand. »Versucht es.« Ich nickte Remi und Alice zu. Ihre Gesichter leuchteten auf, dann schossen sie hintereinander durch den Deofleck nach draußen in den Flur. Remi zuerst, Alice ihm hinterher. Ohne zu zögern, hatten beide mir vertraut. Ein warmes Gefühl breitete sich in mir aus.

»Jetzt gibt es keinen Grund mehr, die Tür geschlossen zu halten, oder?«, fragte ich in ruhigem Ton an Coral Hattie gewandt.

Zunächst starrte sie mich an, als würde sie mich gerade zum ersten Mal sehen. So wirklich sehen. Manchmal staunte ich echt über die Kurzsichtigkeit der Geistbegabten. Das hatte wohl noch nie zuvor jemand versucht. Weil einfach noch nie jemand mit Geistern zusammengearbeitet hatte.

Letztendlich wedelte sie aber mit der Hand, als ob sie mir gestatten würde, mich zurückzuziehen. »Geh. Geh einfach.«

»Du hast es gehört«, sagte ich zur Stepptanztür und drückte ihre Klinke.

Gemeinsam mit Parker, Crowe, Remi und Alice machte ich mich auf den Weg zu Ayanas und Iras Zimmer.

Die beiden saßen gemeinsam mit Shana auf rosa-weißen Sitzkissen mitten im Raum.

»Hey.« Immer noch ganz beschwingt von den Ereignissen im Kellergeschoss strahlte ich sie an. Doch das verging mir schnell wieder, sobald ich in ihre Gesichter blickte. »Was ist los?«

Shana räusperte sich. »Wir wollten vorab testen, ob das Lagerfeuer und das Schamanenknochenpulver zusammen funktionieren. Aber leider … Es scheint, als wäre das Gleichgewicht zwischen den Welten so stark zerrüttet, dass das Feuer sich nicht blau gefärbt hat.«

»Tut mir leid«, wisperte Ayana, die aussah, als hätte sie Mühe, ihr Versagen einzugestehen.

»Hey, das ist nicht eure Schuld.« Ich versuchte wirklich, mein Lächeln aufrechtzuerhalten, aber die Tatsache, dass ich Nova nicht würde sehen können, traf mich mit einem Schmerz, der sich anfühlte, als hätte ich mir eine Reihe Reißzwecken in die Fußballen gerammt.

Da ich mich ein wenig neben der Spur fühlte, griff ich nach Parkers Oberarm. »Macht euch keine Sorgen um mich. Echt.« Ich räusperte mich. »Das hier ist übrigens Alice.« Ich wies auf das Geistermädchen, das schüchtern eine Hand hob und dann fortfuhr, ihre Haare zu dicken Strähnen zu drehen.

»Ihr hättet Seven eben sehen sollen!« Remi plusterte sich auf, im Begriff loszulegen und alles von vorn bis ins kleinste Detail auszuplaudern.

»Moment!«, ging ich dazwischen. »Ira, siehst du Alice?«

Ira schüttelte den Kopf. Ihre Lippen zitterten.

Ich beschrieb ihr kurz, wie der Geist aussah, und bat dann Remi, sich zurückzuhalten, da Ira nicht hören würde, was er erzählte.

Auf einmal kroch mir die Müdigkeit in die Knochen. Ich wollte mich so sehr bei meinen Freundinnen ausheulen wegen Nova und Octa und im Prinzip wegen allem. Allerdings nicht vor Parker und Crowe. Also ließ ich mich einfach neben Varla auf den Boden sinken und lehnte mich an sie. Sofort legte sie einen Arm um mich und schließlich auch ihren Kopf auf meine Schulter. »Was meint Remi denn? Was hast du eben getan?«

Offensichtlich wollte Crowe es sich nicht nehmen lassen, die Geschichte wiederzugeben. Mit reichlichen pantomimischen Gesten unterlegte er die Erzählung, was mir dann doch ein wenig peinlich war. Aber da das nicht mein größtes Problem darstellte, ließ ich ihn seine Nummer abziehen.

Als er geendet hatte, wollten mir alle ihr Erstaunen und so etwas wie Glückwünsche aufdrücken.

»Ist okay, Leute«, murmelte ich.

»Nein, ist es nicht.« Ira hatte seit mehreren Minuten ihre Augen aufgerissen, was schon ein wenig gruselig wirkte. »Ich kann das nicht glauben. Du … hast … wow! Einen Poltergeist in einen normalen Geist verwandelt?«

»Äh, danke.« Ich sah auf mein Handy. Es war fast dreiundzwanzig Uhr. Mist, Mist, Mist! Ich hatte so fest angenommen, dass ich heute Abend noch Nova sehen konnte, dass sich jetzt alles in mir zusammenzog. Was sollte ich machen? Zurück zu den Forschern gehen und Octa befreien? Nur wie? Ich brauchte eine Strategie, um sie dazu zu bewegen, den Glaskasten zu öffnen.

»Verstehst du? Du könntest unser Poltergeistproblem lösen.« Jetzt war es Shana, die mit wilden Gesten um sich warf.

»Wir werden sehen«, murmelte ich.

»Hey, du siehst müde aus.« Parker ließ sich neben mich auf den Teppich sinken. »Soll ich dich in dein Zimmer bringen?«

Jetzt schon? Kurz sah ich in die Runde. Gut, meine Freundinnen wirkten wie ausgebrannt, aber es war ein Samstagabend und diese blöde Bettruhe, die das Internat uns aufzwang, konnte mich mal. Ich kniff die Augen zusammen.

»Willst du reden?«, flüsterte Parker mir zu, während die anderen in ein Gespräch über Alice versunken waren. Bereitwillig schwebte Alice in der Mitte unserer Runde von links nach rechts und erzählte von ihrem grausamen Tod. Sie hatte sich offensichtlich mit der Mafia eingelassen und war gefoltert und dann in einem Fluss versenkt worden. Ehrlich gesagt wollte ich gar nicht genauer zuhören. Aber jetzt wurde mir die Sache mit den Betonschuhen klar. Und warum sie nach ihrem Tod zum Poltergeist geworden war.

»Hm, ja«, murmelte ich in Richtung Parker.

»Wollen wir uns im Geheimraum treffen? Ich bereite einen Mitternachtssnack für uns vor und schicke dir einen Jäger, der dich abholt.«

»Oh, ist das etwa ein Date?«, flüsterte ich zurück, als Varla neben mir keuchend darüber ihre Bestürzung kundtat, was Alice widerfahren war.

Der Geist freute sich offenkundig über so viel Aufmerksamkeit und flitzte von Varla zu Shana und wieder zurück.

»Absolut.« Parker verbarg seine Antwort hinter einem Huster. »Halb zwölf?«

Ich tat so, als würde ich intensiv gähnen müssen, und streckte mich. »Ja, Leute, ich glaube, das ist mein Stichwort. Remi, kannst du Alice die Schule zeigen? Parker, du bringst mich auf mein Zimmer?« Ich erhob mich, winkte in die Runde, wobei ich sogar Crowe mit einschloss. Immerhin hatte er mir von Octa erzählt. Vielleicht war es an der Zeit, ihm langsam ... entgegenzukommen. »Dann bis morgen beim Frühstück, Leute. Werde echt spät kommen wegen meiner Therapiesitzung.«

Varla schüttelte den Kopf, als könnte sie nicht fassen, dass ich da immer noch hinwollte. Aber irgendwie hatte ich die Hoffnung, dadurch mehr Kontrolle zu gewinnen, also ... Ich zuckte mit den Schultern und wandte mich zum Gehen. Außerdem würden sie mich danach mit Warren sprechen lassen.

»Warte.« Crowe schloss zu mir auf, was mich zurückweichen ließ. »Du musst noch zu Mrs Lebron für die zweite Plasmaration. Ich bringe dich hin.«

»Lass nur.« Parker hielt mir die Tür auf. »Ich mach das. Du solltest dir etwas zu essen holen und dann schlafen gehen. Ehrlich, Crowe, du siehst total ausgemergelt aus.«

Das stimmte. Crowe wirkte ein wenig in sich zusammengesunken, seit ... nun ja, seit ich nicht mehr mit ihm redete, vermutlich. Seine ehemals breiten Schultern wirkten wirklich nicht mehr so stämmig wie früher.

Crowes Augenlider zuckten, als er mir einen Blick zuwarf, der etwas von einem getretenen Hund hatte.

Am liebsten hätte ich ihn auf seine Medikamente angesprochen, entschied mich aber im letzten Moment dagegen. Das hier war nicht der richtige Zeitpunkt dafür und außerdem hatten wir zu viel Publikum.

»Also mich wirst du so schnell nicht los.« Remi verschränkte die Arme vor der Brust. »Sicherlich brauchst du im Krankenflügel Unterhaltung? Wie gut, dass ich die komplette Playlist von *The Greatest Showman* gerade erst wieder aufgefrischt habe.« Remi tat so, als würde er sich selbst mit der Faust auf den Kopf klopfen.

Irgendwie schafften Parker und ich es dennoch, uns ohne Begleiter davonzustehlen, und zwar über die hintere Treppe, weswegen wir niemandem mehr begegneten. Kaum hatten wir einen ruhigen Flur erreicht, zog Parker mich an sich.

»Was für eine Folter, dich den ganzen Abend nicht küssen zu können.« Er vergrub seine Hände in meinen Haaren, was mein Herz losgaloppieren ließ. Plötzlich fühlte ich mich wieder wie dreizehn. Wie zum ersten Mal verliebt. Und vielleicht gerade weil in letzter Zeit die Welt um mich herum verrücktspielte, gab ich mich nur zu bereitwillig diesem Gefühl hin. Ich wollte etwas spüren. Etwas Positives. Ich wollte Parker spüren. Und den Gefallen tat er mir natürlich, denn er senkte seine Lippen auf meine. Erst ganz sachte und dann immer hungriger. Fast als ob er all die Küsse, die er sich heute hatte verkneifen müssen, nachholen wollte.

Irgendwann hielt ich ihn zurück. »Lass uns erst zu Mrs Lebron gehen. Dafür werden wir gleich noch genug Zeit haben und das in einer gemütlicheren Umgebung. Vollkommen ungestört.«

Mit rot geschwollenen Lippen lächelte mich Parker an. »Du und ich im Geheimraum. Allein. Das klingt zu gut, um wahr zu sein.«

Als er dann auch noch einen Kuss auf meine Stirn drückte, wollte mein Herz gar nicht mehr aufhören zu hüpfen.

»Kannst du dich eigentlich daran erinnern, was ich dir vor der brennenden Turnhalle gesagt habe?« Parkers Lächeln flackerte. Ein wenig so, als würde hinter seinen Augen ein Feuer brennen.

Nein, immer noch nichts. Nur seine Stimme an meinem Ohr. Also schüttelte ich den Kopf.

»Na, dann werde ich deine Erinnerungen gleich auffrischen, wenn wir uns sehen.« Dieses Mal küsste er meine Schläfe, griff gleichzeitig vorsichtig nach meinen wunden Händen.

»Du hast dich heute noch kein bisschen darüber beklagt.« Er musterte die gerötete Haut.

»Es gab Wichtigeres. Und eine Stunde habe ich sicherlich insgesamt als Geist verbracht.« Eine ziemlich lange Zeit, in der ich kein Stechen in meinen Fingern hatte spüren müssen.

»Na ja«, meinte Parker, brachte mich aber dann zum Krankenflügel, ohne Widerworte von mir durchgehen zu lassen. »Wir halten uns an Mrs Lebrons Plan. Ich schicke dir gleich einen Jäger, der dich abholt.«

Ja und Remi würde auch in den nächsten Minuten hier auftauchen. Mit an Sicherheit grenzender Wahrscheinlichkeit.

Mit einem letzten Kuss für mich entließ er mich in Richtung der Doppeltür, die zu Mrs Lebrons Reich führte. Und mein Herz klopfte wie wild, als ich ihm hinterhersah. Noch zweimal drehte er sich zu mir um, lächelte mich an. Komischerweise zog etwas in meinem Magen, als er sich wieder umdrehte und um die nächste Ecke verschwand. Eine ungute Vorahnung? Aber das war Unsinn. Das hier fühlte sich zwar wie ein Abschied an, würde aber nicht von Dauer sein. Er wollte ein Date für uns vorbereiten und gleich würde ich ihn wiedersehen. In einer halben Stunde. Ein Date um Mitternacht unter der Treppe. Gerade so viel Romantik, wie ich es zu schätzen wusste.

KAPITEL 19

Tatsächlich schwebte keine dreißig Sekunden später Remi neben mich, als mir Mrs Lebron gerade die Plasmaschale reichte.

»Ahhhh, ist das etwa mein Bruder?« Mit aufgerissenen Augen deutete Remi auf das Plasma vor mir.

»Remi, du hast keinen Bruder.« Dennoch verzogen sich meine Mundwinkel zu einem Lächeln.

Selbst Mrs Lebron kicherte. »Etwas makaber, aber Se habens schon drauf, nich wahr? Alleinunterhalter des Jahres?«

»Den Titel hat er schon zweimal gewonnen.« Ich grinste, während Remi geschmeichelt abwinkte.

Eleonor gesellte sich zu uns, offensichtlich angelockt von Remi in seiner Entertainment-Bestform.

Das Unterhaltungsprogramm schien noch kein Ende gefunden zu haben, denn jetzt beugte sich Remi nach vorn und pikste mit einem Finger in die blaue Masse. »Ich werde dich Schwibbel Schwabbel nennen. Du wirst mein kleiner Schwabbel sein und ganz alleine mir gehören!«

»Hör auf.« Ich musste so heftig kichern, dass die Schale auf meinem Schoß schwankte.

»Dieses Screaming tut ihm nich jut, würd ich sache.«

»Streaming«, verbesserte ich automatisch.

»Entschuldigt bitte!« Gespielt entrüstet hob Remi beide Hände. »Ich muss für meinen Netflixmarathon trainieren. Und das härter als jeder Sterbliche.« Remi tat so, als würde er sich die Ärmel hochkrempeln.

Parker schickte Emerson und Leah-Belle, um mich abzuholen.

Immer so besorgt. Andererseits war ich erst vor Kurzem besessen Amok gelaufen, daher konnte ich ihm das nicht wirklich verübeln. Mit einem Lächeln besah ich mir meine Hände, die wie neu wirkten. Mrs Lebron und der Schwibbel Schwabbel hatten ganze Arbeit geleistet. Außerdem würde ich mir etwas überlegen in Bezug auf das Geisterplasma, das hatte ich mir geschworen. Das hier würde das vorerst letzte geraubte Geisterplasma sein, das mich heilte. Wenn ich Poltergeister zu normalen Geistern machen konnte, dann konnte ich auch die Folter an Geistern unterbinden, um Plasma zu gewinnen.

»Bist du bereit? Parker meinte, er trifft uns unten an der großen Treppe.« Emerson hatte also keine Ahnung vom Geheimraum, aber das war auch ein Geheimnis, das nur die Zwillinge, Remi und ich bisher teilten.

Ein Date, ein Date, ein Date, donnerten die Worte durch meinen Kopf. Den ganzen Weg über bis nach unten in den Flur. Ein Date mit Parker im Geheimraum. Warum fühlte sich das so aufregend an? Schließlich hatte ich ihn schon Dutzende Male irgendwo getroffen. Parker, meinen Parker. Jede Zelle meines Körpers schien zu vibrieren wie eine Stimmgabel. Unser erstes offizielles Date. Was er sich dafür wohl hatte einfallen lassen? Komischerweise fiel es mir gar nicht schwer, den Schalter in meinem Kopf umzulegen. Den halben Abend hatte ich mich auf das Geisterdrama konzentriert und Parker praktisch links liegen gelassen. Und jetzt betätigte ich den Schalter. Jetzt wollte ich wenigstens für eine Stunde an nichts anderes denken als an ihn.

Ich verabschiedete mich von Emerson an der Treppe mit den Worten, dass Parker mich dort gleich abholen würde. Zwar schaute sie zuerst etwas zweifelnd drein, aber sobald ich Leah-Belle näher zu mir winkte, die uns beiden sofort eine Kassette ans Ohr presste über die Gerüchte zu Dear Hanna, nahm Emerson Reißaus.

Nachdem sie im zweiten Stock verschwunden war, schwebte Leah-Belle mit einem Zwinkern in meine Richtung davon.

Erst als ich mir ganz sicher war, dass mich niemand aus irgendeiner der Ecken im abgedunkelten Foyer beobachtete, drückte ich das Panel, das die verborgene Tür aufspringen ließ. Allein das Geräusch verursachte einen Adrenalinstoß in meinem Brustkorb, als stürzte ich mich in einer Achterbahn eine Abfahrt hinab.

Im Geheimraum brannte lediglich die Entenlichterkette. Gut, für Kerzen herrschte hier auch zu wenig Luftzirkulation. Zwischen den Kissen standen eine Schüssel Popcorn sowie zwei Coladosen. Okay, ein wenig mehr Snacks hätte ich mir schon erhofft, allerdings machte Parkers Anblick das wieder wett. Er trug sein schwarz-rot kariertes Hemd und seine neue Brille. Die wirkte zwar, als sei sie ihm um eine Nummer zu klein, aber das sah auch wieder so niedlich an ihm aus. Er lehnte an der Wand, dort, wo das Licht ihn nicht ganz erreichte und stattdessen lange Schatten auf sein Gesicht warf. Und er starrte mich an. So intensiv, als wäre ich alles, was ihn in diesem Leben interessierte. Und genau das ließ mein Herz einen Takt überspringen. Mein Magen flatterte. Oh, ich wollte mein ganzes Leben lang genau so angesehen werden. Von Parker. Jeden einzelnen verdammten Tag!

Parker streckte eine Hand nach mir aus. Und das war das Zeichen, das mich blinzelnd aus meinen Träumen riss. Ich zog die Tür hinter mir zu und überwand die Distanz zwischen uns in Rekordzeit. Flog geradezu über die Sitzkissen am Boden. Mein Körper kribbelte, als hätte ich mich in Geisterplasma gestürzt und nicht in Parkers Arme. Parker, ach, Parker! Er hob mich hoch und als er mich an sich drückte, spürte ich seinen Herzschlag an meiner Brust. Konnte es sein, dass sein Herz noch schneller schlug als meins? Als hätte er diesen Moment herbeigesehnt wie nichts anderes. Sein Mund fand meinen und ich schloss die Augen. Selbst meine dauerangespannten Muskeln schienen aufzuseufzen und sich zu entspannen.

Parker knabberte an meinen Lippen, schien meinen Mund zu erforschen, fuhr über meinen Rücken, als hätten wir uns tagelang nicht gesehen. Seine Wange streifte meine, was mich vor lauter Glück nach Luft schnappen ließ. Da er keine Anstalten machte, mich wieder auf dem Boden abzusetzen, schlang ich meine Beine um seine Hüften. So war es bequemer. Von mir aus musste dieser Kuss niemals enden.

Parker unterstützte das, schob seine Hände unter meine Oberschenkel und hielt mich. Das Gefühl ließ mich schweben. Vielleicht fühlte sich high sein genau so an. Wenn ja, dann war Parker meine Droge. Mein süßer Parker. Der mich schon vom ersten Tag an gemocht hatte, aber damals seine Gefühle verborgen hatte.

Dafür schien er ihnen jetzt freien Lauf zu lassen. Ich spürte seine Hand auf meiner Hüfte. Kurz zuckte ich zusammen, aber irgendwie fühlte es sich auch gut an und wenn Parker jetzt einen Schritt weiter ging, warum nicht? Wir hatten lange genug auf uns gewartet, nicht wahr? Was zwischen uns war, konnte man sowieso nicht mit anderen Beziehungen vergleichen. So gesehen hatten wir einiges nachzuholen.

Parker vertiefte den Kuss, fuhr mir durch die Haare, küsste meinen Hals.

Ich kam mir vor wie der Mittelpunkt seines Universums und dieses Gefühl war schlichtweg berauschend. Wie nach Hause kommen. Parker … Für ihn war ich die Nummer eins. Sein Mittelpunkt. Immer schon hatte er auf mich achtgegeben, mich nie aus den Augen gelassen. Wenn ich mir einer Sache sicher sein konnte, dann dass er mich immer voll und ganz akzeptieren würde. Parker würde mich nie enttäuschen. Ganz im Gegensatz zu Darcys und meiner Beziehung. Ganz im Gegensatz zu dem, was immer Crowe und ich gehabt hatten.

KAPITEL 20

Ich hätte ewig mit ihm an die Wand gedrückt dastehen können. Einen nicht enden wollenden Kuss zwischen unseren Lippen. Genau so. Ich eng an ihn geklammert wie ein Äffchen, sein Gesicht zwischen meinen Händen.

Irgendwann fuhr Parker mir über den Rücken, schob dann eine Hand unter meine Bluse. Okay? Irgendwie verspannte ich mich. Ging das nicht doch etwas schnell? Wollte ich jetzt schon überall berührt werden? Aber sofort schalt ich mich in Gedanken. Warum konnte ich mich eigentlich nicht fallen lassen? Musste ich alles zerdenken? Das hier war mein Parker. Ich senkte den Blick.

Parker hatte aufgehört, mich zu küssen. Seine Lippen erkundeten dafür sanft meinen Hals, was sich wie die Berührung eines Rosenblatts anfühlte, während seine Hände den untersten Knopf meiner Bluse öffneten.

Ich hielt mich an seinem Hals fest und befahl mir, nicht so prüde zu sein. Das hier war der romantischste Ort an dieser Schule und ich hatte meine Arme und Beine um den tollsten, liebsten und attraktivsten Jungen der Welt geschlungen.

Voller Ungeduld riss er an meiner Bluse. Die nächsten Knöpfe wollten sich anscheinend nicht lösen lassen. Kein Wunder, denn ich spürte, wie Parkers Finger zitterten. Er keuchte an meinem Hals. Etwas überrascht sah ich dabei zu, wie er ohne viel Federlesen den Stoff einfach auseinanderriss. Knöpfe flogen zur Seite, klackerten über den Boden, doch das schien Parker egal zu sein. Seine Finger glitten über meinen Bauchnabel. Ich spürte, wie er sich an meinem Hals festzusaugen schien. Okay, wir sollten aufhören, oder nicht? Irgendwie fühlte es sich falsch an. Viel zu erzwungen und nein, jetzt konnte ich mich so ganz und gar nicht mehr entspannen. Und irgendetwas schien nicht zu stimmen. Ja, mit einem Mal heulte das Monster der bösen Vorahnung in meinem Inneren laut wie eine Sirene auf. Etwas stimmte hier ganz und gar nicht. Dieses Verhalten passte überhaupt nicht zu Parker. Gerade als ich ihn von mir wegschieben wollte, als seine Hände immer höher glitten, klickte etwas hinter mir.

Ich wandte den Kopf, so weit es ging. Wir hatten Besuch bekommen. Und da im Türrahmen mit einem Tablett mit Essen und einer roten Rose in einer Vase bewaffnet stand … Parker? Moment mal. Ich blinzelte.

Der Parker in der Tür blinzelte. Dann fiel das Tablett zu Boden. Porzellan zersprang, Süßkartoffelpommes flogen durch die Luft. Mit einem Schrei machte ich mich von dem falschen Parker los. Mein Gehirn kombinierte innerhalb einer halben Sekunde. Deshalb war mir in den letzten Minuten alles so komisch vorgekommen. Crowe. Ich hatte Crowe geküsst, der sich als Parker ausgegeben hatte. Hastig wickelte ich die offene Bluse um mich. Nein! Das konnte gerade nicht geschehen sein!

»Parker, ich …«

Doch da hatte er sich schon umgedreht und war verschwunden. So schnell es ging, stapfte ich über die Kissen hinweg, um ihn aufzuhalten. Natürlich stolperte ich und musste mich am Türrahmen abstützen.

»Parker, warte. Ich dachte, er wäre du!« Mist, verdammter! Meine Beine gaben nach. Intuitiv wusste ich, dass das nicht so leicht wiedergutzumachen sein würde. Auch wenn ich es nicht mit Absicht getan hatte. Aber wie musste der Anblick auf Parker gewirkt haben? Würde er dieses Bild je wieder aus dem Kopf bekommen? Wahrscheinlich stand er unter Schock.

Keuchend rang ich nach Luft. Ich fühlte mich, als wäre ich einen Marathon gelaufen. Eine Hand legte sich auf meine Schulter. Sofort schlug ich sie weg.

»Das ist alles deine Schuld«, würgte ich hervor. »Geh weg.«

»Aber es hat dir doch gefallen.«

Ich wirbelte herum, stockte aber im letzten Moment. Irgendwie hatte ich erwartet, einen triumphierenden Crowe vor mir zu sehen. Zufrieden mit sich, dass er schon wieder gewonnen und Parker verloren hatte. Doch das war nicht der Fall. Crowe biss sich auf die Unterlippe. Schwammen seine Augen in Tränen oder spiegelte sich lediglich das Licht der Entenkette ungünstig in ihnen? So oder so, diesen traurigen Crowe konnte ich nicht von mir wegschubsen oder ihm gegen die Brust schlagen. Ich brachte es einfach nicht über mich.

»Ich dachte, wenn du mich küsst, wirst du erkennen, dass du mich willst. Dass wir füreinander bestimmt sind«, brachte er leise hervor. »Du und ich. Und nicht mein Bruder.«

»Das sind wir ganz und gar nicht.« Nur mit Mühe gelang es mir, meine Stimme zu senken. »Geh jetzt. Ich will dich nicht mehr sehen. Geh!«

»Bitte tu das nicht. Du bedeutest mir alles. Parker darf dich mir nicht wegnehmen.«

»Geh!«

»Aber du kannst nicht allein nachts durch die Schule …«

»Remi!«, schrie ich in den dunklen Flur. Es war mir egal, ob ich damit alle aufweckte oder deswegen nachsitzen musste. »Leah-Belle!«

Crowe versuchte es noch mal mit einer fadenscheinigen Entschuldigung bei mir. *Seven, es tut mir leid* – hier, *dir hat es gefallen, das hat man gemerkt* – da.

Doch etwa fünf Sekunden später schossen zu meiner Erleichterung zwei Geister auf uns zu. Leah-Belle aus Richtung der großen Treppe und Remi aus Richtung Speisesaal.

»Bringt mich auf mein Zimmer.« Ich zog mich am Türrahmen hoch, trat nach Crowe, als der sich bücken und mir aufhelfen wollte. »Geh mir endlich aus den Augen!«

»Tu das nicht«, flüsterte Crowe. »Lass uns bitte in Ruhe reden.«

Remi schaute verwirrt. »Was hat dieser … ehhh … was ist mit deiner Bluse passiert, Seven Eleven?« Seine Stimme klang ganz kieksig.

Anklagend deutete ich auf Crowe, der endlich einen Schritt von mir wegmachte.

»Hey, das ist nicht so, wie es aussieht.« Er hob beide Hände, als wollte er meinen besten Freund beschwichtigen. »Seven wollte das.«

»Seven wollte das?«, äffte ich ihn nach. Über uns hörte ich bereits Schritte die Treppe herunterpoltern.

»Raus.« Hastig machte ich einen Schritt nach vorn und schloss die Geheimtür, trat das Tablett und die Essensreste in Richtung Treppenstufen. »Los, zur hinteren Treppe. Schnell.« Ich raste los. »Du nicht, Crowe.« Seine Schritte erstarben hinter mir. War mir total egal, was er jetzt machte, und wenn er nachsitzen musste, war diese Strafe so was von gerechtfertigt.

Den ganzen Weg über rannte ich, als könnte ich dadurch meinen Gedanken entkommen. Parkers Blick mir wieder und wieder ins Gedächtnis zu rufen, schmerzte so unglaublich, als würde ein Vampir sämtliches Blut aus meinen Adern saugen. Mitten durch mein Herz.

Wie hatte ich Crowes Scharade nur nicht durchschauen können? War ich wirklich so bescheuert und darauf hereingefallen? Wenn man es mit genügend Abstand bewertete, musste Parker mir das doch verzeihen, oder? Ja, ich war dumm gewesen – und naiv. Aber andererseits war es auch echt dunkel im Geheimraum gewesen und Crowe hatte in den letzten Tagen deutlich abgebaut, weswegen er Parker ähnlicher sah als sonst. In meinem Zimmer schlüpfte ich zuerst aus meinen Schuhen und kickte sie gegen die Wand. Zu meiner Verwunderung war Alice schon da und schwebte über meinem Schreibtisch. Sie musste sich den fast vollen Mond angesehen haben.

»Oh, nein, Seventina, was hat man dir angetan?« Alice riss den Mund auf.

Schniefend warf ich mich auf mein Bett, noch ehe die Tür hinter mir zugefallen war. Ich konnte jetzt nicht sprechen. Alles in mir wand sich um einen einzigen Gedanken. Wie konnte ich dieses Desaster rückgängig machen? Sollte ich Parker schreiben? Ihm alles erklären? Mit einer Hand fuhr ich mir übers Gesicht, das tränenfeucht und sicher voll verschmierter Mascara war.

»Was genau ist denn passiert?«

Als ich meinen Kopf zur Seite drehte, bemerkte ich drei meiner liebsten Geister, die mich mit besorgtem Blick musterten. Sie schwebten so nah an meinem Bett, als wären sie meine kleinen Geschwister, die es verstörte, wenn ihre große Schwester weinte. Das Licht brauchte ich nicht anzuschalten. Sie erleuchteten mein Zimmer wie drei Vollmonde. Seufzend drehte ich mich halb auf die Seite, immer darauf bedacht, die Bluse mit den abgerissenen Knöpfen irgendwie zuzuhalten.

»Ihr werdet das nicht glauben. Ich kann es selbst eigentlich immer noch nicht ... Crowe ...«

Remi ballte eine Hand zur Faust. »Was hat dieser Mistkerl jetzt schon wieder angestellt? Ich werde ihn bis ans Ende seiner Tage heimsuchen, ihm als sein größter Albtraum jede Nacht erscheinen, seine Unterhosen verstecken, seine Zahnbürste in die Toilette tauchen ...«

»Shhht.« Leah-Belle stieß ihn die Seite. »Lass Seven erzählen.« Ihre Stupsnase zuckte.

Und das tat ich. Einfach alles sprudelte aus mir hervor. Hastig und ohne dass ich etwas auslassen konnte. Alles wollte aus mir raus.

»Was soll ich jetzt machen?« Ich hob den Kopf, nachdem ich geendet hatte.

Sowohl Leah-Belle als auch Alice hatten beide Hände vors Gesicht geschlagen. Remi starrte mich nur mit offenem Mund an.

Oh-oh. So schlimm war es also?

Ich stöhnte. »Bitte sag jetzt nicht, dass mein Leben so was von Beverly Hills 90210 ist.«

»Eigentlich wollte ich das mit *Keeping up with the Kardashians* vergleichen«, sagte Remi.

Toll. Einfach toll. »Ich glaube, jetzt habe ich das Leben von beiden Zwillingen zerstört.« In mir zerriss etwas. Wahrscheinlich würde ab sofort nichts mehr sein, wie es war. »Beide Irving-Brüder werden einen Therapeuten brauchen, nicht wahr?«

»Ja, mein Schatz.« Remi schwebte ganz nah neben mich, tat so, als würde er sich auf meine Bettkante hocken. »Aber das ist nicht deine Schuld.«

Schniefend schoss ich aus meinem Körper und warf mich in seine Arme. War es doch.

Remi hielt mich und das tat so verdammt gut. Er hielt mich bis zum allerletzten Moment und tröstete mich, tätschelte meinen Rücken. Erst als mein Körper mit so viel Verzweiflung nach mir schrie, dass ich wusste, dass er bald seine Funktion ohne seine Seele einstellen würde, glitt ich zurück. Dunkelheit schien mich zu empfangen.

»Schlaf jetzt«, meinte Remi. »Es ist spät und morgen sieht die Welt schon anders aus. Wir überlegen uns eine Strategie, wie wir Parker zurückgewinnen können, okay? Vielleicht weiß ja Tante Karen Rat?«

Das bezweifelte ich dann doch stark. Meine Single-Tante hatte genauso viel Erfahrung mit Männern wie mit Haifischtauchen.

Leah-Belle, die ihren Kopf durch die Tür gesteckt hatte und ihn nun wieder zurückzog, deutete in Richtung Flur. »Da liegt dieser blonde Geisterjäger. Dieser Finne.«

Oh, dann hatte Parker wohl Kyle geschickt, um auf mich achtzugeben. Oder eher, um die Schule vor mir zu beschützen. Und offensichtlich musste die Siliziumschicht an meiner Tür erneuert werden … Das würde ich heute noch in Angriff nehmen. Ich hatte alles im Griff. Eigentlich war ich in der Lage, alles zu bewältigen. Auch das Chaos um mich herum, das sich mein Leben nannte.

Mit etwas Mühe rang ich mir ein Lächeln ab. Die drei Geister sahen mich so mitleidig an, dass es ein bisschen schmerzte. »Danke. Danke euch allen. Ich hab euch lieb.« Es rutschte mir so raus, war aber absolut ernst gemeint.

Daraufhin leuchteten Alice und Leah-Belle um die Wette. Im wahrsten Sinne des Wortes.

»Warte, Remi«, hielt ich meinen besten Freund zurück. »Ich brauche zuerst noch deinen Rat. Was soll ich tun? Soll ich mich zu Parkers Zimmer schleichen?«

Warum ich so verzweifelt klang, wusste ich selbst nicht. Ich schloss die Augen.

Nachdem Remi so getan hatte, als würde er mich mit der

Schulter anstupsen, stieß er ein Seufzen aus. »Nein, Darling. Tu das nicht. Gib ihm Zeit. Gib dir Zeit. Ihr solltet in Ruhe reden. Mit etwas Abstand.«

Auf einmal klang Remi so erwachsen. Blinzelnd öffnete ich die Augen, bemerkte, wie Remis Hand neben meiner Wange schwebte. »Ich bin immer für dich da, Seven. Okay? Das meine ich ganz ernst.«

Sobald auch er mich verlassen hatte, kehrte das Schluchzen zurück. Ich warf mich auf meine Kissen und heulte. Schluss mit der Selbstbeherrschung. Ich wollte zu Parker, wollte schreien, aufstampfen, mit Dingen werfen. Stattdessen schrie ich in mein Kissen, damit Kyle nicht dachte, ich hätte mir das Hirn nun komplett frittiert.

Parker! Ich hatte alles kaputt gemacht. Er würde mich nicht mehr ansehen können nach diesem Abend. Wie hatte ich nicht merken können, dass Crowe sich als Parker verkleidet hatte? Ob er mir je glauben würde, dass ich nichts mehr für Crowe empfand? Wahrscheinlich nicht, solange wir mit Crowe auf dieselbe Schule gingen. Ich wischte mir die Tränen aus den Augenwinkeln. Warum nur? Warum hatte Crowe uns so hintergehen müssen?

Am nächsten Morgen, einem Sonntag, sah ich klarer. Ich würde nicht zur Therapiestunde gehen. Die Hatties konnten mich mal. Sie hatten Octa vor mir versteckt. Diese elenden, Tee trinkenden Hexen! Jetzt wurde mir auch der Zusammenhang mit dem Zimt bewusst. Varla hatte gesagt, diejenigen, die Octa in ihrer Gewalt hätten, würden einen Zimtgeruch verströmen. Und die Hatties tranken diesen stinkenden Zimttee. Warum war ich da nicht früher drauf gekommen?

Mein neuer Tagesplan sah also wie folgt aus: Ich würde Octa befreien, mit Warren sprechen und dann in die Stadt fahren. Dieses Aufzugritual durchziehen, um die Geisterwelt wieder ins Gleichgewicht zu bringen. Vielleicht würde ich damit sogar Parker beeindrucken können und Nova und Sylva sehen. Ja, das wünschte ich mir mehr als alles andere. Ich musste einfach alles wieder zurechtrücken können.

Aus meiner Schreibtischschublade kramte ich einen schwarzen Filzstift hervor, tippte damit nachdenklich auf die Schreibtischplatte, während ich den Spickzettel aus meiner Tasche zog. Besser, ich war doppelt abgesichert, wenn ich mich auf den Weg in die Anderswelt machte. Die samtene Spitze des Stifts kitzelte auf meiner Haut, als ich mir die Reihenfolge der Stockwerke auf den Unterarm schrieb. Nur zur Sicherheit. Gerade als mein Blick auf Novas Stickerbogen fiel, der ebenfalls in der Schublade lag, hörte ich Gemurmel im Flur vor meinem Zimmer.

»Hey, hey, hey, schönstes Mädchen im Internat!« Remis Stimme von der anderen Seite meiner Zimmertür riss mich aus meinen Gedanken. »Klopf, klopf!«

Eilig schob ich sowohl Zettel als auch Stickerset in meine Blazertasche, ehe ich mit meinem besten bemühten Lächeln im Gesicht die Tür öffnete. Zu meiner Überraschung hatte er schon wieder Leah-Belle und Alice im Schlepptau, die mich ebenfalls anlächelten. Und erstaunlich hell leuchteten. Hinter ihnen ließ sich Kyle gerade von seiner Schwester auf die Beine ziehen.

»Hey, Seven. Emerson übernimmt die nächste Schicht.« Er nickte mir zu, ließ dabei seine Rückenmuskulatur knacken. Seinen Kopf drehte er von rechts nach links. »Ich geh pennen. O Mann.«

Konnte ich dem armen Jungen nicht verdenken. Dennoch sah ich ihm ein wenig wehmütig nach. Vor Kurzem noch hatten sich Parker und Crowe geradezu darum geprügelt, die Wache vor meiner Tür übernehmen zu dürfen.

Im Speisesaal entdeckte ich Ira und Shana, die an einem Tisch die Köpfe zusammengesteckt hatten.

Als ich mit den Geistern im Schlepptau durch den Gang auf sie zumarschierte, setzte das Raunen ein. Durch die Gesprächsfetzen und die Blicke meiner Mitschüler, die sie mir zuwarfen, schloss ich, dass alle von gestern Abend gehört hatten. Dass ich Alice befreit hatte. Dass sie ein Poltergeist gewesen war.

»Wink mal bitte den Glotzern«, bat ich Alice.

Sie tat, um was ich sie gebeten hatte, und schlagartig verstummte die Schülermasse um uns herum. Gut so.

»Hey, Ira, Shana. Habt ihr Platz für mich und meine Freunde?« Über meine Schulter hinweg deutete ich auf die drei Geister, bereute es jedoch sofort. An Iras traurigem Blick konnte ich ablesen, dass sich nichts geändert hatte. Sie sah niemanden außer mir vor sich.

Emerson, die uns in einigem Abstand gefolgt war, fragte, ob sie mir einen Kaffee mitbringen sollte.

»Gern, und du kannst dich, wenn du willst, mit an unseren Tisch setzen.« Ich lächelte sie an.

»Äh … und das ganze Frühstück über angestarrt werden wie ein pink leuchtender Geist?« Sie schob sich eine Haarsträhne hinters Ohr. An ihren Fingern glitzerten heute ziemlich viele Designerringe. »Nein, danke. Aber dein Kaffee kommt sofort.« Sie zwinkerte mir zu.

»Will sicher noch ein paar TikTok-Videos drehen, ehe sie dich zum nächsten Termin bringen muss«, bemerkte Ira, die Emerson hinterhersah. »War Kyle eigentlich die ganze Nacht bei dir?«, schob sie betont beiläufig hinterher.

»Ja, aber vor meiner Tür im Flur.« Ich hob beide Augenbrauen. Wie auch immer. Ich ließ mich neben Ira fallen und legte meine Hand auf ihre.

»Es tut mir so leid. Aber wir kriegen das hin. Das Gleichgewicht wird wiederhergestellt und du wirst wieder Geister sehen können. Ich habe einen Plan.« Aufmunternd drückte ich Iras Faust.

Doch Ira starrte auf einmal wie versteinert in ihr Müsli, rührte einen kleinen Wirbel in die Milch. Wahrscheinlich fiel es ihr schwer, noch Hoffnung zu haben.

»Sie werden mich von der Schule werfen. Die Hatties geben mir noch bis Weihnachten, ich weiß es. So wird es kommen. Als Unbegabte habe ich hier nichts mehr verloren. Varla hat es gesehen.«

Mist! Eine Vision? »Wir werden das verhindern. Okay?« Fieberhaft dachte ich nach, wollte gleichzeitig nicht zu viel verraten, falls uns jemand zuhörte. »Ich werde gleich in den Keller zu Octa gehen und danach etwas ausprobieren. Wenn ich Alice zurückholen konnte, dann sicher auch Octa und auch deine Fähigkeiten.«

Alice nickte heftig. »Seven wird dich retten, Ira. So wie sie mich errettet hat.«

Gut, da trug sie etwas dick auf. Aber irgendwie stimmte es schon. Ich hatte sie berührt und aus ihrem tristen Poltergeistdasein zurückgeholt … Moment mal. Ein Gedanke durchzuckte mich. »Remi, komm mal her!« Wieso war ich da nicht schon früher drauf gekommen? Entgeistert starrte ich auf Iras Hand.

»Ja?« Offensichtlich hatte Remi den Zusammenhang noch nicht begriffen. Zugegeben, ich war auch erst vor zehn Sekunden darauf gekommen.

Ohne mehr zu erklären, schlüpfte ich aus meinem Körper. Aus Alice' Japsern, die sie ausstieß, schloss ich, dass sie kapierte, was ich vorhatte.

Während meine Menschenhand nun neben Iras lag, drückte ich meine Geisterhand auf ihre Faust, rutschte ein wenig in ihre Haut hinein und winkte mit der freien Remi zu mir. »Haltet euch an mir fest.« Remi tat es und auch Alice streckte eine Hand aus, mit der sie meine Schulter berührte. Im gleichen Moment spürte ich den Ruck. Wenn ich etwas in Ira auslösen wollte, ihre Gabe zurückbringen, musste ich ihr etwas geben, wünschen, kanalisieren. So wie Alice gestern Abend. »Wenn wir zusammenarbeiten … die Geistlenkerin und die Geister … ich verstehe es auch noch nicht so ganz …«

Iras Mund klappte auf, was mich etwas aus dem Konzept brachte. Gleichzeitig wurde sie von einer unsichtbaren Macht zurückgerissen und gegen ihre Stuhllehne gepresst. Obwohl kein Windzug durch den Speisesaal wehte, flatterten ihre Haare in der Luft.

Dann war der Spuk vorbei. »Kannst du Remi und die anderen Geister jetzt sehen?«, flüsterte ich.

Mit großen Augen nickte Ira.

Da ich schon bemerkt hatte, wie sie in Richtung Alice und Leah-Belle geschielt hatte, wusste ich es bereits, bevor sie geantwortet hatte.

»O Ira!« Shana fiel ihr um den Hals. Und ich begriff langsam.

Geister und Menschen. Irgendwie war ich die Verbindung zwischen ihnen. Stärker als alle Geisterplasmadosen zusammen konnte ich etwas bewirken. Allerdings … ich biss mir auf die Unterlippe. Wie lange würde das anhalten? Das Ungleichgewicht war der eigentliche Grund, weswegen die schwächeren Geisterseher aufhörten, Geister zu sehen. Diese Ursache musste ich wieder geradebiegen, damit langfristig alles wieder normal wurde.

»Ach du Scheiße. Ich hab alles auf meinem TikTok-Video.« Emerson stellte mit viel Schwung zwei Kaffeetassen vor mir auf dem Tisch ab, die übereinandergestapelt waren. Aus der oberen schwappte das braune Gold auf die Tischplatte.

In diesem Moment gesellte sich auch Varla zu uns, ließ sich auf einen Stuhl fallen. Ihre riesigen Manga-Augen fixierten mich. »Ich glaube, alle hier werden gerade wach. Du bist viel mehr, als sie erwarten konnten.«

Um mein geschmeicheltes Grinsen zu unterdrücken, biss ich mir auf die Lippen. Zurück in meinem Körper starrte ich auf meine Hände. Nach dem Frühstück würde ich Octa befreien und dann … die Geisterwelt aufsuchen. Wer wusste schon, was ich noch imstande war, zu erreichen? Ich hatte noch so viel zu lernen. Flüsternd erklärte ich meinen Freunden, was ich als Nächstes vorhatte.

»Das … nein, Seven.« Shana schüttelte ihren Kopf so heftig, dass die rosa Spitzen Iras Wangenknochen streiften. »Das klingt viel zu gefährlich.«

»Ich kenne niemanden, der das bisher versucht hat«, sagte Ira. Sie konnte ihren Blick gar nicht mehr von den Geistern abwenden und wirkte daher nicht ganz bei sich.

»Tut mir leid, aber ich muss das tun.«

»Sie ist die Geistlenkerin«, vollendete Remi meinen Satz.

Emerson beobachtete mich aus dem Augenwinkel, filmte dabei aber ihre pastellfarbenen Turnschuhe von ihrem Platz am Nebentisch. Was das für ein TikTok-Video werden sollte, wusste ich zwar nicht, aber ich stellte auch keine Fragen. Stattdessen bemühte ich mich, leise zu sprechen. Besser Emerson bekam nichts davon mit, was ich vorhatte. Sie würde es den Hatties petzen oder noch schlimmer: Dian Ortez. Und die Erwachsenen würden mich ab da an von allen Hochhäusern fernhalten, das konnte ich auch ohne Visionen voraussehen. Nein, ich brauchte eine Ablenkung, einen Plan. Lächelnd schweifte mein Blick zu Leah-Belle, Alice und Remi, die Shana fasziniert dabei beobachteten, wie sie eine Erdbeere in ihren Mund wandern ließ. Glücklicherweise hatte ich die allerbesten toten und lebenden Freunde, die man sich vorstellen konnte.

Kapitel 21

Man sagte, in der Geisterwelt würde man Szenen aus seinem Unterbewusstsein gezeigt bekommen. Gedankenverloren starrte ich in meine Kaffeetasse. Was, wenn das die Gelegenheit war, in Ruhe mit dem Poltergeist zu sprechen, der so gern meinen Körper übernahm? Mit der Zungenspitze befeuchtete ich mir die Oberlippe. Das hatte sicher noch nie jemand versucht, oder? Und vielleicht war genau das meine Chance. Andere Wege gehen. Ein neues Zeitalter einläuten.

Es interessierte mich kein bisschen, was mir die Forscher zuriefen. Auch ihre Drohung, die Hatties zu benachrichtigen, juckte mich nicht. Zielstrebig steuerte ich das Regal mit dem Hammer an. Hinter mir schwebten Remi, Leah-Belle und Alice. Das Schlusslicht unseres Octa-Rettungskommandos bildeten Shana, Ira, Varla und Emerson. Letztere filmte alles mit ihrer Handykamera, was mich nicht störte. Schließlich war bereits ein Video von mir und Dear Hanna im Umlauf. Also was sollte es schon? Neuer Gesprächsstoff für die Pausen zwischen den Unterrichtsstunden.

Den Hammer drehte ich mit links. Heute mit vollkommen gesunden Händen drückte ich gegen die Geheimtür.

Gleichzeitig trat eine der Drillinge vor Wut gegen einen Metallstuhl, der mit einem Geräusch an die nächste Wand rutschte, als schabten Fingernägel über Betonritzen.

»Ihr zeigt mir besser, wie man den Glaskasten öffnet«, rief ich über meine Schulter, während ich den düsteren Gang entlangmarschierte. Ein bisschen kam ich mir wie bei einer Militäroperation vor.

»Sonst was?« Drillingsfußgetrappel folgte uns.

Schwer atmend blieb ich vor Octas Gefängnis stehen. »Ich nehme sie mit, ob es euch gefällt oder nicht.«

Die Sukarno-Schwestern verschränkten alle drei ihre Arme vor der Brust. Hinter ihnen quetschte sich Mo Buhari in den Schacht, schwieg jedoch. Gerade so passten wir alle in diesen Winzraum.

Gut, anscheinend wollten sie es nicht anders.

Mit den Armen verschaffte ich mir Platz, drehte mich und trat mit vollem Schwung gegen den Glaskasten, der nach hinten kippte und letztlich auf dem Boden aufschlug.

»Bist du von allen guten Geistern verlassen?« Mr Buhari japste. »Das ist ein Poltergeist.«

Natürlich zersprang das Glasgefängnis. Der kleine Geist wurde mit nach hinten gerissen, eine siliziumbehandelte Scherbe, so groß wie eine Untertasse fiel durch ihren Brustkorb. Aber ansonsten schien es ihr gut zu gehen.

»Ein Poltergeist?« Ich hob beide Schultern. »Wieso hat mir das keiner gesagt? Ich dachte, ihr haltet hier ein Baby-Lama.«

Obwohl ich die Situation herunterspielte, war mir bewusst, dass es damit noch nicht vorbei war. Vor uns schwebte Octa auf einmal über dem Boden. Frei. Ein Poltergeist ohne Gefängnis. Etwa zwei Atemzüge lang geschah nichts. Sie schien immer noch wie weggetreten. Und alle anderen wie erstarrt. Doch dann, gerade als ich aus meinem Körper schlüpfen und sie berühren wollte, stieß Octa ein Fauchen aus. Mit ausgestreckten Händen schoss sie auf mich zu.

Mist, damit hatte ich überhaupt nicht gerechnet.

»Seven!« Ira stieß mich zur Seite, bekam dadurch Octas scharfe Fingernägel übers Gesicht gezogen, die eigentlich für mich bestimmt gewesen waren.

»Autsch!«

»Octa.« Warnend starrte ich sie an, doch ehe ich irgendetwas tun konnte, setzte der Poltergeist schon zu einem weiteren Angriff auf mich an. Ob sie noch nichts davon gehört hatte, dass kein Poltergeist mich töten, sondern gewöhnlich nur für ihre Zwecke benutzen wollte?

»Octa!« Dieses Mal schrie ich. Und mit meinem Schrei begann ich zu leuchten. Nein, nicht ich, wurde mir sofort klar, sondern die Schutzrunen auf meiner Haut glühten bläulich weiß auf, was in der dunklen Umgebung besonders hervorstach.

Zeternd und jammernd zog sich Octa nach oben in den Schacht zurück, als hätte sie sich an mir verbrannt. Dabei hatte sie mich kaum berührt.

Mit einer Hand tastete ich meinen Nacken ab, verrenkte mir fast den Hals, um einen Blick darauf werfen zu können, dort, wo das Glühen herkam. Langsam verblasste es. Kurz schwelgte ich in der Erinnerung an den Moment, in dem Parker mir die Runen zwischen die Schulterblätter und an den Haaransatz tätowiert hatte. Es schien so verdammt lange her zu sein.

»Wir müssen sie einfangen.« Ich sprang geradezu aus meinem Körper. »Haltet euch aneinander fest«, bat ich meine Geisterfreunde, die sofort reagierten. Jeder schien zu wissen, was zu tun war. Mit Remi an der Hand schwebte ich nach oben. An ihm hing Alice und Leah-Belle bildete den Abschluss unserer Kette. »Schneidet ihr den Weg ab.« Eigentlich unnötig zu erwähnen. Alle Geister wussten, was zu tun war und was ich vorhatte.

»Octa.« Ich versuchte meine Worte so beruhigend wie möglich klingen zu lassen. »Lass mich dir helfen.«

Mit großen Augen verfolgte Octa, wie ich näher kam. Mit dem Rücken prallte sie von der Decke ab, ohne jede Möglichkeit zur Flucht. Um sie nicht noch länger zu quälen, beeilte ich mich, streckte ihr eine Hand entgegen. »Weißt du noch, wer ich bin? Ich verspreche, ich werde dir helfen, alles für dich tun, damit es dir besser geht. Wir werden denen, die dir das angetan haben, eine gerechte Strafe zukommen lassen, in Ordnung? Du wirst deinen Frieden finden.«

Octa kiekste.

»Ich bin für dich da, Kleine. Solange du mich brauchst.« Ich lächelte.

Octa starrte mich einfach nur an. Ihre Lippen bewegten sich und mit einer Hand griff sie nach einem ihrer Zöpfe. Sie fixierte mich, betrachtete meine ausgestreckte Hand ausgiebig.

Ein paar Sekunden lang ging das so. Aber dann zeigte sich ein Funkeln in ihren Augen. Als würde sich in ihr Vertrauen aufbauen. Vertrauen zu mir.

Zögerlich streckte sie einen Finger in meine Richtung.

Ich griff danach, hielt ihre Hand. Endlich.

Ehe ich mich darauf vorbereiten konnte, ging es schon los. Die Magie setzte ein, die neuerdings geradezu explodierte, wenn ich meine Geisterfreunde berührte und Poltergeister begannen, mir zu vertrauen. Ein einzigartiges Schauspiel.

Octa riss die Augen auf. Wie es schon bei Alice geschehen war, färbte sie sich vom Kopf abwärts heller und heller.

Ich ließ Remis Hand nicht los und Octas auch nicht. Das hier war Magie.

»Seven?« Ihr Stimmchen klang brüchig. »Sevens Geist?« Unsicher glitt Octas Blick von mir zu meinem Körper weit unter uns. Sie war wieder ganz sie selbst, weshalb die Anspannung der letzten Minuten von mir abfiel wie eine bröselige Gesichtsmaske.

Aus dem Augenwinkel bemerkte ich, dass Emerson uns immer noch filmte. Alle anderen Lebenden starrten wie eingefroren zu uns nach oben.

»Schon gut.« Sanft entzog ich ihr und Remi meine Hände, breitete stattdessen meine Arme aus und ließ Octa hineinschlüpfen. Tief in mir spürte ich, dass sie jetzt eine feste Umarmung brauchen konnte. Ohne zu zögern, kuschelte sich Octa an mich. Wie immer fühlte es sich an, als würde sich ein mit Schmirgelpapier überzogener Gummiball an mich pressen.

Unten bestürmten mich die Forscher mit Fragen, kaum dass ich zurück in meinem Körper war. Der Wuschelkopfforscher, der mich schon an meinem zweiten Tag an der Schule drangsaliert hatte, war hinzugekommen. Eine Meisterleistung in diesem Miniraum. Ich achtete nicht auf sie, sah mich stattdessen um. »Octa, weißt du, wo sie Warren Parkwich gefangen halten?«

»Den anderen?« Arti japste, als hätte sie nicht geahnt, was ich plante. Oder kannte sie nicht den Zusammenhang zwischen uns? Hatte sie vergessen, dass er derjenige war, der mich vor sechs Jahren hatte töten wollen, und durch die Manipulation der Poltergeister stattdessen Nova umgebracht hatte? Der dadurch ein Poltergeist geworden war, weil meine Mom ihn ohne Vorwarnung im Gerichtssaal erschossen hatte? Allerdings war eine Erklärung das Letzte, was ich vor den Forschern ablegen wollte.

»Die Hatties befragen ihn gerade im Raum unter uns.« Bethari deutete grinsend nach unten. »Geh nur. Für diese Aktion werden sie dich sofort nachsitzen oder noch besser Küchenarbeit verrichten lassen. Sie interessiert es übrigens kein bisschen, ob du die Geistlenkerin bist, wenn es um Strafarbeiten geht.«

Das würden wir zwar noch sehen, aber andererseits verspürte ich aktuell keine Lust, den Hatties gegenüberzutreten. Zwar wollte ich Warren ausquetschen … doch … ich sah auf die Uhr. Wenn ich jetzt in die Stadt fuhr, konnte ich bis zum Abendessen ungesehen zurück in die Schule gelangen. Und wenn es so ablief wie geplant, würde ich Nova heute noch in meine Arme schließen können. So wie die kleine Octa, die mich so verdammt an meine Schwester erinnerte. Ich biss die Lippen aufeinander, warf Remi einen Blick zu, der mich ermutigend anlächelte.

Tu es, formten seine Lippen.

Und ich tat es. Ignorierte alle, die sich mir in den Weg stellten. Wie eine Armee folgten mir meine Freunde. Die Lebenden und die Toten. Bis zur Tür der Vergangenheit. Emerson war zurückgefallen, diskutierte noch nahe der Karate-Tür mit den Forschern, was mir sehr gelegen kam.

»Könntest du mir einen Gefallen tun?«, fragte ich die Tür der Vergangenheit, sobald wir hindurch waren. »Bitte bleib für fünf Minuten geschlossen, ja?« Ich wollte keine Verfolger, keine Emerson und keine Geisterforscher, die sich an unsere Fersen hefteten oder sonst irgendetwas unternahmen, wenn sie merkten, dass ich vorhatte, das Schulgelände zu verlassen.

»Für dich auch für zehn, beste Geistlenkerin, die die Welt je gesehen hat«, sagte die Tür.

Mit einem Lächeln nickte ich ihr zu. »Danke.«

»Bitte deckt mich«, bat ich meine Freundinnen. »Sagt, mir ist schlecht.«

Ira hielt mich zurück, ließ mich nicht einfach so die Treppe erklimmen. »Nein, wir kommen mit. Es ist viel zu gefährlich.«

»Ihr könntet den Aufzug sowieso nicht betreten, aber ich glaube, Geister schon.« Ich nickte in Richtung meiner halbdurchsichtigen Freunde.

»Aber das wird auffallen, wenn du sie alle vier mitnimmst«, beharrte Shana.

»Okay, dann bleibe ich hier und sorge bei den Forschern für Ablenkung.« Leah-Belle atmete auf. Wahrscheinlich war ihr das sogar recht.

»Kein Problem. Danke für deine Hilfe bis hierher.«

Ich sah auf die Uhr. »Ich bestelle mir ein Taxi. Bitte, einer von euch muss Emerson abfangen und ihr sagen, ich hab mich bereits hingelegt, okay?«

»Ich könnte mich in dein Bett kuscheln und dich spielen.« Wie ein eifriges Hündchen grinste Shana mich an.

»Das kann sie wirklich gut. Faulenzen.« Mit dem Daumen deutete Varla auf Shana.

»Und könntet ihr ein kleines Ablenkungsmanöver bei den Hollywoodschaukeln starten?«, bat ich meine Freunde. »Nur um sicherzugehen, dass niemand seine Aufmerksamkeit der Auffahrt widmet, über die ich verschwinden will.«

Also schlich ich mich zwei Minuten später aus der Eingangstür, versuchte mich in den Schatten zu bewegen und keinen Lärm auf dem Kies zu machen. Mein Herz klopfte. Wenn ich noch Parker an meiner Seite gehabt hätte, wäre er jetzt mit mir gekommen? Oder hätte er versucht, mir meinen Plan auszureden? Der Gedanke trocknete meine Kehle aus, weswegen ich ihn schnell beiseitewischte. Ich musste mich konzentrieren.

Als sich die Eingangstür der Schule öffnete, gelang es mir gerade so, hinter einen Busch zu springen. Die Geister folgten meinem Beispiel. Und so lugten wir gemeinsam vorsichtig zwischen den Zweigen hindurch. Fast erwartete ich, dass jemand, vielleicht Emerson, uns hinterhersprinten würde. Doch es war Crowe, der mit hängenden Schultern über den Kiesweg schlich. Den Blick zu

Boden gerichtet nahm er den Weg in den Garten. Exakt dorthin, wo er mich vor wenigen Wochen nach meiner Ankunft an der Schule geschleppt hatte. Er hielt eine gelbe Plastikdose in der Hand. War das Fischfutter? Ich erinnerte mich daran, dass er behauptet hatte, sich um die Fische im Schulteich zu kümmern.

Selbst Remi schwieg, als wir diesen traurig zusammengesunkenen Crowe betrachteten, bis er um die nächste Ecke verschwunden war.

Danach hielt uns niemand mehr auf. Wie ein Geheimagent es vermutlich nicht tun würde, schlich ich in gebückter Haltung die Auffahrt hinunter. Eigentlich war es schon fast zu einfach. Das Tor ließ sich per Knopfdruck öffnen, verursachte noch nicht mal ein Geräusch, als es aufschwang. Bevor ich das Schulgelände verließ, warf ich einen letzten Blick zurück. Alles schien ruhig, nur rechts neben der Schule brach gerade ein Radau aus.

»Es geht los«, flüsterte Remi.

Ich lächelte und damit ließen wir die Monster-High hinter uns.

Weil ich nicht wollte, dass der Taxifahrer bis direkt vor die Schule bretterte, lief ich ihm gemeinsam mit meinen Freunden entgegen. Dabei konnte ich immer noch nicht fassen, wie einfach das gewesen war.

Als der Kiesweg in den breiteren Weg überging, blieb ich stehen, lehnte mich an einen Baumstamm. Eventuell war es dumm gewesen, einfach so abzuhauen. Ohne Jacke und Rucksack. Immerhin hatte ich mein Handy und die Anleitung, die ich brauchte, auf einem Notizzettel in meiner Blazertasche. Ich schob den Ärmel meines Blazers nach oben, um mich zu versichern, dass mein Back-up noch an Ort und Stelle war. Ja, das Gekritzel auf meinem Arm hatte den Tag bis hierhin einigermaßen überstanden. War nur ein bisschen blasser geworden seit heute Morgen.

»Da ist wer«, meinte Alice, die wie ein Schraubverschluss in der Luft herumwirbelte und die Augen aufriss.

Hoffentlich der Taxifahrer.

Tatsächlich knackten Zweige nicht weit entfernt. Ungebetener Besuch. Zu meinem absoluten Missfallen schlängelte sich Crowe durch ein paar tief hängende Zweige auf uns zu.

Remi knurrte ihn an und ich bemerkte, wie Octa nach Alice' Hand griff, als hätte sie Angst vor ihm.

Ich stemmte die Hände in die Hüften. »Bist du es wirklich oder nur verkleidet?«

»Autsch, das tat ein bisschen weh. Aber gut, das hatte ich verdient.« Crowe hob beide Hände, als wollte er mir zeigen, dass er unbewaffnet war und in Frieden kam. Mit einem schüchternen Lächeln auf den Lippen näherte er sich mir.

»Bleib stehen. Das ist nah genug«, herrschte ich ihn an, als nur noch der schmale Weg uns beide trennte.

Neben mir verschränkte Remi die Arme vor der Brust. »Kannst gleich wieder abhauen. Dich hat niemand herbestellt, Cruella de Vil.«

Natürlich achtete Crowe nicht auf meinen besten Freund. »Ich bin hier, um dich vor einem schlimmen Fehler zu bewahren. Was du vorhast, ist zu gefährlich. Vor allem allein. Lass mich dir helfen.«

»Du hast uns belauscht«, stellte ich fest. Darin war er eindeutig viel zu talentiert, denn auf diese Weise musste er auch von Parkers und meinem Date unter der Treppe erfahren haben, das er dann geschickt sabotiert hatte. »Außerdem bin ich nicht allein.« Mit einer ausladenden Handbewegung wies ich auf meine drei Geisterfreunde. Was dachte sich Crowe überhaupt?

»Wie hast du das eigentlich bewerkstelligt? Wie bist du an Parkers Klamotten gekommen? Was für eine Brille war das?«, kam es mir über die Lippen, bevor ich mich stoppen konnte.

Natürlich wusste Crowe, was ich meinte, auch wenn es sich für einen Außenstehenden kryptisch angehört haben musste.

»Hab das Schloss an der Küchentür blockiert, muss Parker einiges an Zeit gekostet haben, um da rauszukommen. Dann habe ich mir sein Shirt geholt und Sabrinas Lesebrille geborgt.« Seine Stimme war so leise, dass ich mich konzentrieren musste, um alles zu verstehen.

In meinem Kopf schoben sich einzelne Bilder zu einem großen Ganzen zusammen. Der arme Parker! Manipuliert und ausgenutzt von seinem Zwillingsbruder. Sabrinas Brille! Ausgerechnet.

»Egal, was du jetzt sagst, ich fahre nach Baden-Baden.« Meine Stimme wurde kalt. »Und da du mir nach gestern Abend eindeutig etwas schuldig bist, wäre es nur fair, wenn du dafür sorgst, dass mir niemand folgt. Erzähl Parker und den anderen Wachhunden, dass du mich nicht gesehen hast. Zuletzt auf dem Weg in mein Zimmer, klar?«

»Eigentlich wollte ich noch einmal in Ruhe mit dir reden. Dir alles erklären.« Crowe befeuchtete sich die Lippen. »Bitte, du bedeutest mir alles. Lass mich …«

Ich bedeutete ihm alles? Am liebsten hätte ich laut aufgelacht. Ja, sicher.

»Ich will das nicht hören.« Entschlossen hob ich eine Hand, um seinen Redefluss zu stoppen. »Crowe, du brauchst professionelle Hilfe und ich werde dich dabei unterstützen, sie zu finden. Aber ich bin nicht die, die du brauchst. Das hättest du nur gern. Zuerst musst du mit dir selbst klarkommen. Und dann kommt das richtige Mädchen. Vertrau mir.« Und genauso meinte ich es auch.

Crowe biss sich auf die Unterlippe. »Darf ich?« Er meinte wohl: näher kommen.

Stöhnend schloss ich die Augen. »Aber nur zwei Schritte.«

Zwei große Schritte später stand Crowe fast direkt vor mir. Etwas mehr als eine Armlänge trennte uns noch.

Ich bemerkte den Schmerz in seinen Augen. Aber Crowe trauerte lediglich um seine Vorstellung von uns, das wusste ich. Im Grunde brauchte er mich nicht. Und zunächst mal musste er selbst heilen.

»Es gibt noch mehr Mädchen da draußen«, sagte ich leise.

Crowe sah auf. Seine Pupillen vergrößerten sich. »Mädchen wie dich?«

Ich lächelte. »Nein, sicher nicht. Aber rein statistisch gesehen gibt es für jeden Menschen sechs Personen auf der Welt, die perfekt zu einem passen. Sechs große Lieben. Falls ich deine erste gewesen sein sollte, warten also noch fünf weitere da draußen auf dich. Ist das nicht ein beruhigender Gedanke?« Das zumindest sagte Tante Karen immer.

»Auf der ganzen Welt, sagst du? Hört sich nicht gerade einfach an, die zu finden.«

Mit einem schwachen Lächeln auf den Lippen hob ich eine Hand und berührte beinahe seine Wange. Nur eine Fingerlänge trennte uns noch und ich zögerte, diesen letzten Abstand zu überbrücken. Besser nicht. Langsam ließ ich die Hand wieder sinken, was Crowe mit einem traurigen Hundewelpenblick quittierte.

Ich atmete tief ein. »Niemand hat davon gesprochen, dass es einfach wird.«

Kapitel 22

Der Taxifahrer wunderte sich wohl ein bisschen, dass ich ohne Jacke und Gepäck ein Stück vor dem Tor mitten auf dem Waldweg winkte, um ihm verständlich zu machen, dass ich ihn gerufen hatte. Der Gute sah natürlich nicht, dass ich keineswegs allein war. Tatsächlich rieb er sich über seinen kahlen Hinterkopf, sobald ich eingestiegen war, und warf einen Blick in Richtung Schule.

Remi tat so, als würde er sich auf den Beifahrersitz setzen und dort »mitlenken«, während Octa und Alice sich links neben mich auf die Polster »quetschten«. Na ja, zumindest annähernd. Die Wartezeit bis zum Eintreffen des Taxis hatte ich genutzt, um Octa auf den neuesten Stand zu bringen und meinen Plan noch einmal zu erläutern. An ihrem festen Blick konnte ich ablesen, dass selbst die kleine Octa entschlossen war, mir bei meiner Misssion beizustehen.

Jetzt nannte ich dem Taxifahrer so selbstbewusst wie möglich unsere Zieladresse. Das Hochhaus in Baden-Baden nahe dem Bahnhof. Dem einzigen Gebäude der Stadt, das mehr als neun Stockwerke zählte. Das Babo-Hochhaus. Da ich nichts mehr sagen konnte, während wir fuhren, ohne als verrückt abgestempelt zu werden, besah ich mir die Fahrt über den Nadelwald und die Stadt. Beides erinnerte mich an die Märchen, die Mom mir früher vorgelesen hatte. Vor langer Zeit. Noch bevor Nova auf die Welt gekommen war.

An unserem Ziel zahlte ich per Smartphone-App und stieg aus.

Erst in diesem Augenblick wurde mir so richtig bewusst, was ich tat. Was gleich passieren würde. Ich legte den Kopf in den Nacken. Das Hochhaus wirkte alt und ich hatte gelesen, dass aktuell die letzten Bewohner auszogen, ehe es renoviert werden würde. Und es war exakt elf Stockwerke hoch und damit das einzige Hochhaus weit und breit.

Die Geister sahen mich an. Der Taxifahrer, der sich offensichtlich wunderte, was ich hier wollte, ebenfalls. Ich winkte ihm zu, worauf er endlich den ersten Gang einlegte und davontuckerte.

»Interessanter Baustil«, sagte Remi mit schief gelegtem Kopf.

Das traf es ganz gut. Ein Flügel des Hochhauses schien nur aus Glas und Metall zu bestehen. Er ging in einen eher quadratischen kleineren Teil über, der aus Stein gebaut war, weshalb das Gebäude von oben sicher wie ein Schwert wirkte. Oder wie eine Kerze in einem rechteckigen Kerzenständer.

Vor dem Hochhaus las ich mir noch einmal die Anleitung des Rituals durch. Ich durfte keinen Fehler machen. Mein Handy zeigte nur noch achtundzwanzig Prozent an, aber das musste reichen. Und für Notfälle hatte ich noch den Notizzettel mit der Anleitung für das Ritual in meiner Blazertasche und die Zahlen auf meinem Unterarm.

»Und jetzt?« Remi sah sich um. »Ist verschlossen, oder?«

Ja, war es. Achselzuckend fuhr ich einmal mit der Hand über sämtliche Klingelknöpfe. Drei Sekunden später summte der Türöffner.

»Du bist so clever.« Alice seufzte.

»Ja, Seven hätte sich auch nie mit der Mafia eingelassen und dafür Schuhe aus Beton kassiert.« Remi grinste, konnte sich offensichtlich nicht beherrschen und musste ihr das aufs Brot schmieren.

Zu meiner Verwunderung begann Alice zu kichern, knuffte Remi dann in die Seite. »Wahnsinn, du bist so lustig.«

Ich richtete meinen Blick auf mein Handydisplay, um die ersten Schritte des Rituals durchzugehen. Den Aufzug allein betreten … Das würde ich ja im Prinzip.

Innen wirkte das Hochhaus wie ein Gefängnis. Schwere Metalltüren, in der Farbe von Eierschalen gestrichen. Wahrscheinlich vor mehr als fünfzig Jahren. Auch die Wände wirkten leicht gelblich. Zwei Doppelmetallfahrstuhltüren lagen direkt vor uns.

»Wir nehmen den rechten«, sagte ich bestimmt, weil ich es für ein gutes Omen hielt.

»Und du bist ganz sicher, dass du das machen willst?«, piepste Octa.

Ich drückte auf den Aufzugsrufknopf, der grün leuchtete. »Wir müssen es tun. Es steht so viel auf dem Spiel, aber ich bin euch nicht böse, wenn ihr lieber hier unten auf mich warten wollt. Ich bin die Geistlenkerin – wenn einer diesen Job übernehmen muss, dann ich. Vielleicht kann ich das Gleichgewicht zwischen den Welten wiederherstellen.« Ich biss mir auf die Unterlippe. Das wäre zu schön, um wahr zu sein. Energisch drückte ich ein weiteres Mal auf den Rufknopf. »Dann werden Geister wie ihr wieder ins Licht gehen können. Außerdem muss ich Sylva finden. Für Varla.« Und ich wollte Nova sehen. Dringend. Nova. Das erinnerte mich an etwas. Ich sah mich um. Seit ein paar Stunden schon trug ich den Stickerbogen mit mir herum. Novas Glitzeraufkleber. Mit zitternden Händen zog ich ihn aus meiner Blazertasche. Neben mir an der Wand zeigte ein Glasschild mit den zwei schwarzen Buchstaben EG an, dass wir uns im ersten Stock befanden. Ich pulte eine glitzernde Wolke, die einen Regenbogen kotzte, von Novas Stickerbogen und klebte sie neben den Buchstaben G. In Deutschland war das alles etwas anders als in den USA, das wusste ich. Das bedeutete auch, dass ich die Anweisungen aus der Anleitung umrechnen musste. Denn die besagte ja, dass man am Ende des Rituals im ersten Stock wieder aussteigen musste, was darauf hinwies, dass das Ritual auf der amerikanischen Zählweise basierte. Stockwerk vier war eigentlich der dritte Stock in Deutschland. Und der zehnte eigentlich der neunte. Himmel, hoffentlich kam ich nicht durcheinander. Andernfalls musste ich es mehrfach probieren.

»Pling.« Der Aufzug war da. Allerdings der linke und nicht der, den ich eigentlich hatte nehmen wollen.

»Seid ihr bereit?«, fragte ich meine Begleiter, stellte dann einen Fuß in die Lichtschranke.

Meine Geisterfreunde nickten. Remi hob sogar einen Daumen. Ansonsten sagte niemand etwas. Eine geisterhafte Ruhe lag über dem Flur.

»Im Ritual steht, man muss den Aufzug allein betreten, aber ihr schwebt ja hinein. Denke mal, so tricksen wir es aus.«

Ich schluckte und zupfte an meinem Kragen. »Kann's losgehen?«

Niemand sagte etwas, aber das hieß wiederum, dass auch niemand etwas dagegen hatte.

Nachdem Alice als Letzte in den Fahrstuhl geglitten war – und das mit aufgerissenen Augen –, drückte ich die erste Taste. Die für den dritten Stock.

Immer nur eine. Wie in der Anleitung vorgegeben. Mit zwei tiefen Atemzügen versuchte ich meinen Herzschlag zu beruhigen. Das hier war nichts im Vergleich zu dem, was Alice, Octa und einige andere Geister schon durchmachen mussten. Und wenn einer das schaffen konnte, dann ich.

Die Türen schlossen sich und ich konnte trotz aller positiven Gedanken nicht verhindern, dass mir dadurch ganz anders wurde. Es fühlte sich ein wenig so an, wie lebendig begraben zu werden. Eine unheilvolle Stille umgab uns.

Octa quiekte.

»Shh, du bist doch schon tot«, ermahnte Remi sie. »Die Einzige, die hier Angst haben muss, ist Seven.«

Na, vielen Dank auch.

Verbissen senkte ich den Kopf, um mich auf den Text auf meinem Handy zu konzentrieren. Dritter Stock. Die Nummernanzeige leuchtete weiß auf. Ein altmodisches Schaltpult. Hoffentlich würden wir nicht stecken bleiben. Nun ja, notfalls konnten meine Geisterfreunde Hilfe holen. Sie würden doch durch diese Wände nach draußen schweben können, oder nicht?

Die Türen glitten auf und gaben den Blick auf einen verlassenen Flur frei, der mal wieder gestrichen gehörte.

»Dritter Stock«, sagte Remi mit verstellter Ansager-Stimme.

Ich warf ihm einen Blick unter hochgezogenen Augenbrauen zu. Sicherlich witzig gemeint, doch dadurch fühlte ich mich noch mehr in eine Gruselshow versetzt.

Niemand rührte sich und ich wartete, bis die Türen sich geschlossen hatten, ehe ich meinen Finger auf die Taste für die neunte Etage presste. Der Aufzug ruckelte los. Ein bisschen fühlte es sich an, als säßen wir in dem stark renovierungsbedürftigen Teil einer Geisterbahn fest. Und als ob der Aufzug langsam seinen Geist aufgeben würde. Auch das noch!

In der neunten Etage öffneten sich die Türen. Remi tat so, als würde er seine Fingernägel in meinem Oberarm versenken. »Shhh«, sagte ich. »Entspann dich.« Entspann dich? Hatte ich das gerade ernsthaft zu meinem besten Freund gesagt? Während wir eine der heftigsten Mutproben überhaupt ablegten?

Auch im neunten Stock war weit und breit niemand zu sehen. Nur gelbe Tapete, Türen, ein Treppenhaus.

Zeit, in den fünften Stock zu fahren. Leider zeigte mein Handy nur noch fünfundzwanzig Prozent Akku an. Die Zeit wurde knapp.

Im fünften Stock wiederholte sich das Spiel. Die Geister und ich starrten die Aufzugtüren an, als können sie uns gleich verschlingen, aber dann glitten sie auseinander und präsentierten einen weiteren heruntergekommenen Flur.

Erst als sich die Aufzugtüren wieder geschlossen hatten, atmete ich aus.

»Okay, erster Stock.« Ich drückte den Knopf.

Hier öffneten sich die Türen zu einer Art Baustelle. Offenbar hatte man hier Trennwände bereits entfernt und die Stützpfeiler freigelegt. Vielleicht sollte das demnächst ein Restaurant werden?

Die Türen schlossen sich. Neun. Der Knopf leuchtete unter meiner Fingerspitze auf.

Hier war auch nichts Ungewöhnliches zu bemerken. Dennoch zögerte ich. Neunte Etage …

»Wenn wir alles richtig gemacht haben, steigt im dritten Stock nun diese Frau ein«, sagte ich, sobald sich die Türen geschlossen hatten.

»Gruseliiiiiig!«, presste Alice mit höherer Stimme als gewöhnlich hervor.

Im Ernst? Ich warf ihr einen Seitenblick zu.

Remi spitzte die Lippen und stieß ein Bimmelgeräusch aus. »Einmal dritter Stock mit gruseliger Frau? Kommt sofort.«

»Leute, bitte. Konzentration. Besser, niemand schaut sie an. Seht auf den Boden, okay? Erst wenn ich es sage, heben wir den Kopf. Und nicht mit ihr sprechen.«

»Du weißt ja, was du tust.« Alice' Stimme klang zögerlich.

»Das tut sie!«, antworteten Remi und Octa im Chor.

Mein Mundwinkel zuckte, dann drückte ich den Knopf.

Gespannt wartete ich auf den Ruck, das Zeichen, dass wir zum Stehen gekommen waren. Den Kopf gesenkt, besah ich mir meine Schuhspitzen.

Nicht nach oben sehen, Seven. Nicht hochsehen!

»Wir schaffen es«, flüsterte ich meinen Freunden zu. »Ich glaube an euch.«

Kratzend glitten die Türen auseinander. Irgendwie fauchend dieses Mal. Zwar wagte ich nicht, den Blick zu heben, doch ich meinte wahrzunehmen, dass ein stinknormaler leerer Flur vor uns lag. Bedeutete das, es hatte nicht funktioniert? Wenn die Frau hier nicht zustieg, würde ich auch nicht im neunten Stock aussteigen und die Geisterwelt betreten können, oder? Frustriert stöhnte ich auf, die Türen schlossen sich bereits und ich war im Begriff, den Kopf zu heben.

Mit einem Mal glitt eine Hand in die Lichtschranke, schob die rechte Metalltür sogar ein Stück zurück. Vor Schreck riss ich die Augen auf.

Octa quiekte.

Eine gräulich verfärbte Hand wie die einer Leiche erschien in meinem Augenwinkel.

Gerade so schaffte ich es, mich zu beherrschen. Weiter nach unten zu starren. Auch als die Türen sich kratzend bis zum Anschlag öffneten. Schritte. Rechts von mir schob sich eine Gestalt in die Aufzugkabine. Stille. Die Türen schlossen sich wieder. Immer noch Stille.

In mir schien etwas wie ein Erdbeben zu toben. Sich brodelnd von meinem Magen bis zu meinem Rachen nach oben zu bewegen. O nein, jetzt nicht … Ich hatte eindeutig zu wenig gegessen und natürlich musste genau in diesem Augenblick mein Magen rebellieren. Ich schloss die Augen, rief mir in Gedanken Remis Version von »Stop in the name of love« in Erinnerung. Etwas, das mich immer beruhigte. Einatmen, ausatmen.

Das Räuspern einer Frauenstimme ertönte. Es klang interessiert und fragend zugleich. Erst in diesem Moment erinnerte ich mich daran, dass ich den nächsten Knopf drücken musste. Was war dran? Ein Blick auf mein Handydisplay verriet es mir. Ach, richtig. Der letzte Schritt. Erdgeschoss. Ich presste gleich drei Finger auf den Knopf.

Bitte, bitte!

Während ich im Geiste ein Stoßgebet gen Himmel schickte, kniff ich die Augen zusammen. Wenn der Aufzug jetzt nach oben fuhr, hatte ich es geschafft. Bloß wenn er ganz normal nach unten ins Erdgeschoss tuckerte, dann war etwas schiefgelaufen.

Der Aufzug ruckelte. Ein bisschen, als wäre er lebendig. Wie ein Pferd in der Startbox beim großen Derby. Dann setzte er sich in Bewegung. Nach oben. Nach oben! Ich konnte mein Glück kaum fassen. Hätte am liebsten Remi umarmt, aber das ging nicht.

»Du suchst deine Schwester«, sagte eine rauchige Frauenstimme. »Genau wie ich.«

Was? Ich begann zu blinzeln und das wie verrückt. Diese Frau? Was wollte sie von Nova? Am liebsten hätte ich nachgehakt, ob sie wirklich meine Schwester meinte oder vielleicht eher ihre eigene, doch gerade so konnte ich den Impuls unterdrücken. Nicht ansehen, nicht mit ihr reden!

Und dann stoppte der Aufzug endlich.

»Der neunte Stock«, hauchte Remi.

Es war so weit. Vor wenigen Minuten hatten wir noch unsere Zeit in der Schule verschwendet und jetzt waren wir im neunten Stockwerk vor dem Tor zur Anderswelt angekommen. Unglaublich, wenn man es genau bedachte.

Mit zittrigen Fingern schob ich mein Handy in die Blazertasche und gleichzeitig einen Fuß zwischen die Aufzugtüren. Erst mit deutlicher Verzögerung fiel es mir auf. Etwas fehlte. Neben meinem Handy hätte doch jetzt …? Hektisch klopfte ich auf meinen Blazertaschen herum. Stickerbogen, Handy … mehr nicht.

»Suchst du das hier?« Neben mir raschelte es.

Allein das Geräusch ließ mich wie versteinert innehalten. Natürlich antwortete ich nicht. Ein ratschendes Geräusch ertönte und ich wusste sofort, was es war. Hitze und ein Glühen direkt neben mir. Die dämonische Frau hatte soeben meinen Spickzettel verbrannt. Ich schluckte. Hoffentlich wusste sie nichts von meinen Armnotizen. Rasch drückte ich die Kurzwahl für den Flugmodus auf meinem Handy. Immerhin würde uns das etwas mehr Zeit verschaffen.

»Wohin gehst du?«

Selbstverständlich antworteten wir auf diese Fangfrage der Dämonenfrau nicht. Kein Zucken unserer Schultern, nichts.

»Es macht euch doch nichts aus, wenn ich mich anschließe?«, fragte die Frauenstimme.

Nicht reagieren, Seven. Auch ein Kopfschütteln ist eine Antwort.

Verdammt, mein Zettel … Bloß: Umkehren konnte ich nun auch nicht mehr. Dafür war ich schon zu weit gekommen. Es musste einfach reichen. Die Reihenfolge der Stockwerke hatte ich, sollte mein Handyakku nicht mehr reichen, immer noch sowohl auf dem Arm als auch im Kopf, oder? Doppeltes Sicherheitsnetz.

Mit gesenktem Blick machte ich einen Schritt in den Flur. Es sah normal aus. Wie eben noch. Außer … Unter der Tür direkt gegenüber quollen Rauch und ein orangegelber Lichtschein hervor.

»Schöne Schuhe, kleine Alice.« Ich hielt inne. Hatte die Frau das gerade ernsthaft gesagt?

»Alice, sieh nicht hin. Fall nicht auf sie rein.« Ich starrte die Tür an. Was, sagte man, erwartete einen dahinter? Traumatische Szenen aus seinem Leben? Sah die Geisterwelt so aus? Würde ich Nova dort finden?

Parker

Schon eine Weile hatte er auf dem Boden gesessen und seinen Hinterkopf gegen seinen Sessel gerammt. Wieder und wieder. Einfach, um an etwas anderes denken zu können. An alles, außer an die Szene unter der Treppe vergangene Nacht. An Seven in Crowes Armen, seine Lippen auf ihren. Parker schloss die Augen, wippte weiter nach vorn und zurück. Übelkeit stieg in ihm auf. Das war dann wohl Crowes Retourkutsche und, verdammt, Parker hätte nicht gedacht, dass es so wehtun würde. Dass sich dieses Bild in sein Hirn eingebrannt hatte und einfach alles andere überlagerte. Wie lange noch würden seine Gedanken ausschließlich darum kreisen? Den ganzen Morgen über schon ging es so und die Nacht davor. Am liebsten hätte er seine Gefühle für Seven abgestellt. Dieser Augenaufschlag, den sie draufhatte und bei dem seine Knie regelmäßig weich wurden, gehörte verboten.

Und jetzt? Nachdenklich pulte Parker an seiner Nagelhaut herum. Sie hatte es nicht gemerkt. Dass es Crowe war, mit dem sie geknutscht hatte. Mehr noch, sie hatte zugelassen, dass Crowe seine Finger in ihre Bluse geschoben hatte. Parker verzog das Gesicht. Also hatte es ihr gefallen? Crowes Art zu küssen? Mochte sie dieses Bad-Boy-Getue? Womöglich war sie dafür doch anfälliger, als er angenommen hatte.

Parker rubbelte sich mit einer Hand über die Stirn. Er konnte nicht mehr klar denken.

Es klopfte. »Parker?«

»Emerson?« Parkers Kopf ruckte nach oben, denn Emersons Tonfall verhieß nichts Gutes.

Sobald er aufgesprungen war und die Tür geöffnet hatte, blickte er in zwei alarmierte Gesichter. Emersons und Kyles.

Offenbar damit sie zuerst etwas sagte, stieß Kyle seine Schwester an der Schulter an.

»Seven hat sich rausgeschlichen und wir glauben, Crowe hat etwas damit zu tun.«

Kapitel 23

»Ich will eigentlich nicht wieder dorthin«, wisperte Octa.

»Na, das fällt dir ja früh ein«, sagte Remi.

»Aber für Seven tue ich es«, fügte Octa noch ein wenig leiser hinzu.

Am liebsten hätte ich ihre Hand gedrückt. Einen Schritt vor der Tür hielt ich inne. »Wie wird es dahinter für uns aussehen?«

»Wie unser Unterbewusstsein es uns zeigt. Etwas nicht Verarbeitetes.« Remis Stimme klang auf einmal monoton. Nicht wie er selbst.

Unser Unterbewusstsein … Aus dem Augenwinkel konnte ich erkennen, dass Octas Gestalt flackerte. »Wir werden doch nicht getrennt werden?«

Okay, ich musste sie beruhigen. »Octa, ich verspreche, ich tue alles, damit wir zusammenbleiben. Falls nicht, rast du, so schnell es geht, wieder in diesen Flur und wartest auf mich, ja?«

Die Dämonenfrau stieß ein tiefes Lachen aus.

Doch davon ließ ich mich nicht beirren. Ich schlüpfte aus meinem Körper, winkte Octa zu mir. Sofort kam Octa meiner Aufforderung nach und ich zog sie in meine Arme.

»Alles wird gut.« Eine merkwürdige Umarmung, denn wir waren beide darauf bedacht, uns unter Kontrolle zu haben, den Dämon nicht anzusehen, keine Zeit zu verschwenden. Aber für meine kleine, unschuldige Octa würde ich mir immer Zeit nehmen.

»Lasst uns reingehen«, bat Remi. »Du kannst deinen Körper nicht für alle Zeiten verlassen, Seven Eleven.«

»Kann sie schon«, sagte der Dämon. »Wenn sie für immer in der Anderswelt bleibt.«

Wir ignorierten diesen Einwand. Schlussendlich wussten wir alle, dass wir jetzt gezwungen waren zu handeln – und zwar sofort. Ich würde Nova und Sylva schon finden. Und den Poltergeist-Anführer, der mich so gern schikanierte.

Also drückte ich die Klinke, die ich auch als Geist betätigen konnte. Natürlich.

Aber schon im nächsten Moment zuckte ich zusammen. Wir hatten die Tür noch gar nicht geöffnet, waren auch nicht über die Schwelle geschwebt und dennoch fanden wir uns in dieser Sekunde auf der anderen Seite wieder, als hätte man uns dorthin teleportiert. Immerhin waren meine Geisterfreunde noch bei mir. Zu meinem Leidwesen allerdings auch die Dämonenfrau. Ich konnte ihre Füße sehen, die schwarze Gestalt wahrnehmen, obwohl ich sie nicht direkt ansah. Ihr schwarzes, zerfetztes Kleid flatterte in einem Windzug, den ich nicht spüren konnte.

Ich blinzelte, konnte es nicht fassen. Andererseits hatte ich es irgendwie gewusst. Dass mein Unterbewusstsein mich genau hier ausspucken würde. Wir standen auf einem verschneiten Hügel, die Tür in unserem Rücken, die frei und ohne Wände einfach so aus dem Schnee aufragte. Vor uns lag der Rodelhang, dessen Ende hinter den Bäumen verschwand, die ihn links und rechts einrahmten. Der Ort, an dem ich meine kleine Schwester zum letzten Mal lebend gesehen hatte. Der Ort, an dem Warren sie mir genommen hatte. Eine Hand schob sich in meine rechte. Und links von mir strich jemand über meine geballte Faust. Octa und Remi. Ich war nicht allein. Lächelnd sah ich vom einen zum anderen.

»Danke«, wisperte ich tonlos.

»Oh, das ist …« Alice' Stimme klang ganz kratzig. »Das ist der Ort, von dem er mir erzählt hat.«

»Wer?« Da ich mich nicht traute, mich zu ihr umzusehen, starrte ich einfach weiter den Hügel hinab. Schnee begann vor meinen Augen auf uns niederzufallen. So friedlich. Trügerisch friedlich.

»Der, den sie hier verehren. Der Mächtigste unter ihnen«, flüsterte Alice. »Er sagte, hier haben sie dich erschaffen. Ausgetauscht gegen die beeinflussbare Auserwählte.«

Ja, die Geschichte kannte ich bereits im Großen und Ganzen. Ergeben schloss ich die Augen. »Lasst uns einfach loslaufen. Keine Zeit für Stillstand.«

Ohne den Schnee unter mir zu berühren, schwebte ich darüber.

»Nova?« Ich begann zu rufen. Mehrfach. In unterschiedliche Richtungen, immer darauf bedacht, der Dämonenfrau nicht direkt ins Gesicht zu schauen.

»Sylva!« Remis Rufen bereitete mir sofort ein schlechtes Gewissen. Es ging bei dieser Operation nicht nur um Nova.

Nach ungefähr einer Minute erreichten wir das Ende des Hangs, schwebten um die Kurve. Täuschte ich mich oder war es plötzlich viel düsterer geworden? Ich legte den Kopf in den Nacken. Außer dem fallenden Schnee und einem hellgrauen Himmel konnte man nicht viel erkennen. Zumindest keine Sonne. Aber die hatte ich auch nicht wirklich in der Anderswelt erwartet. Hier unten musste es geschehen sein. Hier hatte Warren Nova gepackt und entführt. Der Kloß in meinem Geisterhals fühlte sich flutschiger an, als er es für gewöhnlich tat.

»Nova! Sylva!« Was, wenn sie mich nicht hören konnten? Voller Verzweiflung drehte ich mich im Kreis. Von hier aus konnte ich die Tür auf dem Hügel nicht mehr sehen. Was, wenn sie nicht mehr zurückkehren würde? Ich brauchte sie doch. Wie würden wir ohne sie in die Menschenwelt zurückfinden? Aber Gedanken wie diese halfen mir in diesem Augenblick nicht. Besser, ich fokussierte mich auf den Plan. Ich musste Nova wiedersehen und auch Sylva zurückbringen. Egal was es kostete. »Bitte, ich tu alles, wenn ihr euch nur zeigt!«

Ein paar weitere Male schrie ich ihre Namen in alle Richtungen, bis ich irgendwo weit entfernt meinte, ein Flüstern zu hören. Ein Flüstern wie von Dutzenden Toten in einem Horrorfilm. Und die Stimmen schienen näher zu kommen.

Unwillkürlich rückten meine Freunde und ich dichter zusammen.

Dann erklang das leise Läuten einer Glocke. Oder bildete ich mir das nur ein?

»Seven?« Eine ungläubig blinzelnde Nova schwebte zwischen den Bäumen auf uns zu. Gefolgt von Sylva.

»Was macht ihr denn hier?« Sylva sah uns an, als hätten wir sie beim Duschen gestört. Nur langsam löste sie ihren Arm, den sie merkwürdig verdreht um ihren Brustkorb geschlungen hatte.

»Wir … äh … sind hier, um euch zu helfen.« Unser Aufeinandertreffen hatte ich mir irgendwie anders vorgestellt.

Ein Lächeln huschte über das Gesicht meiner Schwester. Wieder fiel mir auf, wie erwachsen sie wirkte. Trotz ihrer niedlichen Zöpfe.

Zaghaft öffnete ich meine Arme. Daraufhin hob sich Novas linker Mundwinkel und sie flog auf mich zu. »Schön, dich zu sehen, Seven.«

»Ja, wirklich nett«, echote Sylva, wobei es bei ihr eher vorwurfsvoll klang. »Toll, dass ihr auch endlich mal vorbeischaut, um mich abzuholen.« Sie stockte. »Mit einem Dämon im Schlepptau.«

Die Dämonenfrau hob eine Hand. »Stets zu Diensten.«

»Du machst nicht gerade den besten Job derzeitig, oder?«

Zuerst kapierte ich nicht, was Sylva meinte. Redete sie mit der Dämonenfrau?

Da niemand etwas sagte, fuhr Sylva fort: »Das Gleichgewicht? Ich stecke hier fest.« Mit ihren Händen tat sie so, als würde sie etwas abwiegen.

Und da verstand ich. Die Dämonenfrau bewachte den Übergang der Welten und musste auch irgendwie für das Gleichgewicht zuständig sein.

»Ich arbeite daran. Mit seiner Gnade.«

Mit seiner Gnade? Wen meinte sie? Ein ungutes Gefühl beschlich mich. Denn ich spürte ihren Blick auf mir. Oh, Mist!

»Ist er hier? Beobachtet er uns?« Ich richtete die Frage an Nova und Sylva, die den Durchblick zu haben schienen.

Meine Schwester lächelte mich traurig an. »Sie beobachten uns immer. Dich und mich.«

»Das Gleichgewicht muss gewahrt werden«, ergänzte der Dämon.

Na super! Wirklich ganz große Klasse.

»Können wir an einem anderen Ort reden?«, fragte Nova.

Oh. Ich sah mich um. »Natürlich.«

»Gut.« Nova wandte sich Remi zu. »Übernimm du. Du bringst uns sicher irgendwo hin, wo es cool ist.«

Remi öffnete und schloss den Mund mehrfach, bevor er sich räusperte. »Gut. Ihr alle denkt kurz an nichts, nur an ein Bildschirmrauschen, okay?«

Ungläubig starrte ich Remi an. So funktionierte das hier? Aber gut, ich hielt mich an seine Anweisungen.

Es dauerte mehrere Herzschläge, dann verschwand der Schnee unter unseren Füßen und wir fanden uns in einem Laubwald voller Nebel wieder. Ein Bach plätscherte wenige Yards entfernt.

»Na ja«, sagte Nova. »Keine große Verbesserung.«

»Moment mal.« Ich keuchte, hielt dann den Atem an. »Ich kenne diesen Schauplatz!« Aus zahlreichen Zeitungsausschnitten. Mit fahrigen Bewegungen strich ich mir mehrere lose Haarsträhnen aus dem Gesicht.

Remi! Ich fuhr zu meinem besten Freund herum, dessen Gestalt auf einmal ganz blass leuchtete. »Hier bist du gestorben?«

Remi brauchte nicht darauf zu antworten. Ich wusste es und nun auch alle anderen. Das Schimmern in seinen Augen war außerdem Antwort genug.

Ich starrte von Remi zum Bach und zurück. Traumatische Erlebnisse. Unser Unterbewusstsein brachte uns immer wieder dorthin zurück.

»Nein. Nicht jetzt.« Novas ersticktes Keuchen ließ mich zusammenfahren.

Ich fuhr herum. Natürlich war auch der Dämon hier, weswegen ich darauf achtete, wohin ich schaute. Wir hatten Besuch. Noch mehr von der unerwünschten Sorte und der Grund für die Nervosität in der Stimme meiner Schwester. Ein grauer Poltergeist schwebte neben Nova. Ein Mann, vielleicht so alt wie Tante Karen. Als Mensch hatte er sicher gut ausgesehen und ein wenig erinnerte er mich gerade wegen seines Schauspielerlächelns an Parkers und Crowes Dad. Breite Schultern und dunkles Haar.

»Für Gleichheit und Gerechtigkeit«, begrüßte die Dämonenfrau ihn. Mir war so, als hätte sie dabei beide Arme vor der Brust überkreuzt wie ein X und dabei die Daumen ineinander verhakt.

Also war er es. Der Poltergeist-Anführer. Der, der Nova von mir fernhielt und mich ab und zu besetzte. Der die Poltergeister auf mich gehetzt hatte, um mich zu quälen, damit er seine mentale Kontrolle anwenden konnte. Meine Finger formten sich, ohne dass ich es wollte, zu Krallen. Am liebsten hätte ich mich auf diesen Mistkerl gestürzt.

»Seventina Alexia Richard.« Sein Lächeln wurde breiter. Woher kannte ich diese Stimme? So voll und wohltönend. Ganz unerwartet für einen Poltergeist.

Sobald ich mich annähernd darauf eingestellt hatte, was hier passierte, tauchte von jetzt auf gleich der Gärtner zwischen den Bäumen auf und hinter ihm Olive. Sie hielten jeweils ihre geliebten Werkzeuge in der Hand. Der Gärtner seine Kettensäge und Olive die lange, grobgliedrige Kette, als wollte sie ein Auto damit an einem Kran befestigen.

»Woher kenne ich dich?«, fragte ich atemlos. Der Poltergeist-Anführer kam mir so vertraut vor. Und das hatte nichts mit seiner Besetzung zu tun.

Olive zischte, ließ ihre Kette knallen, doch der Gärtner warf ihr einen warnenden Blick zu. Sein dunkles Haar lag heute ordentlich gescheitelt an seinem Kopf und er lächelte mich an.

»Du kennst meine Stimme. Und ich kenne dich«, sagte der mir so unbekannte Mann. Unbekannt und doch irgendwie vertraut.

»Vor einigen Wochen sind wir uns das letzte Mal von Angesicht zu Angesicht begegnet. Wir haben uns immer hervorragend unterhalten, erinnerst du dich? Gut, wenn man davon absieht, dass ich dich für kurze Zeit auch durch die Augen einer deiner Mitschülerinnen beobachtet habe. Irgendwie musste ich ja aus kurzer Distanz deinen Körper übernehmen können.«

Was? Er redete und doch verstand ich nichts.

Wahrscheinlich bemerkte er meine Verwirrung, denn er neigte

den Kopf. »Du und ich? An der Klippe. Im Nationalpark. Ich habe immer diesen hübschen Parkranger besetzt, um dich davon abzuhalten, dir das Leben zu nehmen.«

Jared? Ich schluckte. Mein Hals war auf einmal ganz trocken. Er hatte durch Jared mit mir geredet? Das bedeutete, die ganzen tröstenden Worte, damit ich nicht sprang, die Unterhaltungen bei einem Kakao in der Hütte …

»Das warst du?« Ich riss die Augen auf. Ein Stich fuhr durch mein Herz, gefolgt von einem Ziehen in meinem Magen. Letzteres bedeutete wohl, dass ich nicht mehr viel Zeit hatte, um in meinen Körper zurückzukehren. Verdammt! All die Abende im Nationalpark …

»Das war ich. Langzeitbesetzungen verändern die Stimme des Lebenden, hast du sicher schon mal gehört. Gibt da ziemlich realitätsnahe Filme zu.« Er breitete die Arme aus, als wollte er einen Segen aussprechen. »Und wir brauchten dich. Lebend.«

Oh, wie unglaublich … manipulativ! Am liebsten hätte ich ihn gewürgt, aber ich blieb, wo ich war. Ich musste bedacht vorgehen.

Neben mir plusterte sich Remi auf, offensichtlich genauso über diese Neuigkeit empört wie ich.

»Und dann diese süße Französin, die nach mehr Macht strebt.« Er versuchte sich an einem französischen Akzent. Sabrina also. Die Rädchen in meinem Kopf drehten sich, während sich mein Geisterkörper leicht von links nach rechts neigte. Sie hatte er sich gekrallt, um mich zu beobachten. Ja, das passte zusammen. Sabrina war auch während meiner ersten Besetzung beim Treffen der 5. SU anwesend gewesen. Über sie hatte er mich besetzen können. Und sie hatte womöglich als Gegenleistung diese Sirenen-Gabe erhalten. Genug Plasma konnte so etwas auslösen, nicht wahr? Es konnte praktisch nicht anders abgelaufen sein.

»Wie auch immer«, zischte ich. »Ich möchte, dass ihr uns in Ruhe lasst, kapiert?« Anklagend deutete ich auf den Poltergeist-Anführer und dann über meine Schulter, wo ich den weiblichen Dämon vermutete. »Wir tun doch schon alles, um die Verbrechen, die die Geisterseher an Geistern begehen, zu stoppen. Seht ihr das nicht?«

»Oh, wir sehen es. Und wir sind froh, dass du dich entwickelst, wie wir es uns erhofft haben.«

»Tss.« Olive schnalzte mit der Zunge. »Meinem Jungen hat sie nicht geholfen. Das wart Ihr, Euer Gnaden.«

Dafür hatte ich keine Zeit. Dennoch presste ich meine Lippen aufeinander. »Wirklich, ich hatte vor, deinen Sohn aus seinem Glaskasten zu befreien.«

»Ja, bloß dann hattest du Wichtigeres zu tun. Er musste dich erst besetzen, um die Unseren zu befreien.« Olive nickte in Richtung ihres Anführers.

»Meine Liebe.« Der Poltergeist-Anführer hob eine Hand. »Wir vergeben Seven, denn sie hat viel für uns getan.«

Pfff. Und sie hatten mich immer mehr gequält und mich in mehr als eine furchtbare Lage gebracht.

»Wegen euch wären beinahe Parker und Crowe ums Leben gekommen und wer weiß, wer noch. Ihr habt mich besetzt und die Turnhalle in Brand gesteckt.«

»Wir mussten deinen Adrenalinpegel hochhalten und dich von deinen Freunden trennen. Aber du hast recht, es war falsch.« Seine – Jareds – Art zu sprechen, ließ alte Bilder in mir hochkommen.

»Ihr habt Houston gesteuert, ihn irgendwie mit Plasma bezahlt oder erpresst, richtig? Damit er Remi ausschaltet.«

Der Poltergeist-Anführer zuckte mit keiner Wimper. »Und wir ersuchen um deine Vergebung dafür. Für die drastischen Mittel, die wir gezwungen waren anzuwenden. Für unser Ziel. Nach allem, was du für uns getan hast, würden wir solche Schritte natürlich nicht wieder unternehmen.«

Das Ziehen in meinem Magen wurde stärker. »Drastische Mittel? Ihr habt mich gefoltert und andere verletzt oder sogar getötet.« James. Was war mit James, den ich unter dem Einfluss der Poltergeister getötet hatte?

Sämtliche Poltergeister sahen mir wie Statuen entgegen. Regungslos schwebten sie in der Luft.

»Es ist ja nicht so, als hättet ihr das mit Unseresgleichen nicht ebenso gemacht«, sagte der Poltergeist-Anführer ruhig. »Aber du hast recht. Das muss ein Ende haben. Wir brauchen eine tiefgreifende Veränderung.«

»Ich verstehe. Ihr wollt einen Putsch. Einen Umsturz. Und ich war und bin eure Marionette.«

»Bist du nicht«, flüsterte der Gärtner.

Neben ihm rollte Olive mit den Augen. Da sie sowieso schon riesige Glupschaugen hatte, wirkte sie so noch mehr wie ein Chamäleon, das eine Fliege im Auge behalten wollte.

»Ja, verdreh ruhig die Augen.« Der Gärtner verpasste ihr einen Stups in die Seite. »Vielleicht findest du dann dein Gehirn.«

Hatte er sie ernsthaft gerade aufgezogen?

Olive kicherte, doch das brachte mich leider auch nicht weiter.

In mir rasten die Gedanken. Wut, Angst und ein Gefühl von Ungerechtigkeit zerrten an mir. Aber wir hatten keine Zeit. Weder für gekränkte Egos noch für Rachefeldzüge. Nur mit Mühe gelang es mir, noch aufrecht zu stehen und das Ziehen in meinem Magen zu ignorieren. Auf irgendeine Weise konnte ich die Poltergeister sogar verstehen. Sie wollten ihre Knechtschaft beenden. Genau wie ihre bisher so grausamen Methoden. Immerhin etwas. Gut, in meiner Position als Geistlenkerin war es mir wohl bestimmt, gemeinsam mit ihnen ein neues Zeitalter einzuläuten. Und ich musste und ich würde die Sache über meine eigenen Bedürfnisse stellen, ohne jetzt und hier mit mir selbst zu hadern. Die Entscheidung fällte ich innerhalb weniger Sekunden und sofort wusste ich, dass es sich richtig anfühlte.

»Hört mal, wie gesagt, ich bin dafür, dass wir einen Neubeginn starten, eine neue Welt ohne Ausbeutung von Geistern erschaffen, aber ihr könnt mich nicht dauernd steuern wie einen Roboter. Kommt das noch einmal vor, kann ich leider nicht länger auf eurer Seite stehen. Was haltet ihr von einem Deal?« Egal, was vorgefallen war. Ich konnte vieles vergeben, wenn es aus den richtigen Gründen geschehen war.

Und warum vergibst du dann nicht deiner Mom?, hörte ich quasi mein Unterbewusstsein zu mir sprechen. Oh, bitte. Ich massierte mir die Nasenwurzel. Konzentration.

»Einen Deal?«, hakte der Poltergeist-Anführer nach.

»Eine Zusammenarbeit. Wir überlegen uns eine gemeinsame Lösung. Jeden Abend um Mitternacht treffen wir uns in meinem Zimmer und reden, okay? Aber keine Übernahme meines Körpers mehr.«

Olive stieß ein Lachen aus. »Du hast hier keine Forderungen zu stellen.«

Doch ihr Anführer hob eine Hand, sah mir so intensiv in die Augen, dass ich eindeutig Jared in ihm wiedererkannte. »Nein, nicht. Wir wären keinen Deut besser als diese Menschen, wenn wir sie wie Dreck behandeln.«

Wow! Dieser Satz und dieser freundliche Blick berührten etwas in mir. Vielleicht musste ich meine Ansichten über Poltergeister überdenken?

KAPITEL 24

Ich räusperte mich. »Vielleicht habt ihr schon von Alice und Dear Hanna gehört? Wie ich ihnen beigestanden habe? Zunächst mal: Ich bin grundsätzlich auf eurer Seite und will euch helfen, euren Frieden zu finden.« Vermutlich wiederholte ich mich gerade, aber ich wollte das unbedingt klarstellen. »Ich weiß, ihr habt traumatische Erfahrungen mit den Lebenden gemacht und seid wütend. Aber wir können zusammenarbeiten für unser gemeinsames Ziel.«

»Quatsch!«, japste Olive. »Ihr werdet nie aufhören, uns auszubeuten. Ihr braucht uns für eure blöden Übernahmen von irgendwelchen eurer Anführer.«

»Nein, brauchen wir nicht.« Ich sah sie ruhig an.

»Seven hat sich gegen die Weißkittel gestellt«, sagte Alice. »Anstatt mich zu foltern, hat sie mich von meiner Wut befreit.«

Danke. Ich warf ihr einen Blick zu, ohne es laut auszusprechen.

»Und? Dann werden sie diese Russin aktivieren, um Poltergeister in Menschen zu schicken.«

»Werden sie nicht.« Eine Idee zupfte an meinem Gehirn. Wieder mein Unterbewusstsein, das sich meldete. »Ich habe da einen Plan.«

»Sie hat einen Plan.« Der Poltergeist-Anführer tippte mit einem Zeigefinger gegen seinen Handrücken. »Das habe ich gehofft. Aber jetzt solltest du gehen. Dein Körper wird bald versagen und wir brauchen dich draußen mehr als hier.«

»Noch nicht.« Zwar schmerzte mein Brustkorb, doch ich musste es wissen. Eine vage Ahnung hatte sich bereits in mein Unterbewusstsein geschlichen. Es passte alles so gut. »Wieso sind wir hier? Was ist mit Remi geschehen?«

Der Poltergeist-Anführer lächelte. Ein wenig, als freute er sich, dass ich fragte. »Du und Remi habt mehr gemeinsam, als du bisher geglaubt hast. Ihr wart beide ausgesuchte Opfer von Warren Parkwich. Eure Schicksale waren miteinander verknüpft. Wir dachten zuerst, Remi könnte unser Auserwählter sein, und haben ihn beobachtet. Aber wir waren zu spät. Unsere Tests brachten nichts. Wir brauchten einen lebenden Auserwählten mit hoher Blutschuld, der sich nicht so leicht von den Geistersehern beeinflussen lassen würde. Einen mächtigen Geisterseher mit großem Herzen. Und dann fanden wir dich und deine Schwester und erkannten, dass wir dein Schicksal ändern müssen.«

»Was?« Remi kiekste. »Warum erinnere ich mich nicht daran?«

»Es gibt Mittel und Wege.«

Damit meinte er sicher mentale Kontrolle.

Remi! Ich griff nach der Hand meines besten Freundes. »Wenigstens wissen wir jetzt, was mit dir geschehen ist.« Andererseits … Ich öffnete den Mund.

»Sag jetzt nichts. Du musst zurück«, unterbrach mich der Poltergeist-Anführer. »Hätten wir dich lieber sterben lassen sollen?«

»Ja«, sagte ich.

»Nein«, sagte Nova gleichzeitig.

Sie hatten uns manipuliert, wahrscheinlich auch Mom, denn sie mussten dafür sorgen, dass ihre Auserwählte diejenige unter uns mit der höchsten Blutschuld war, um Geistlenkerin zu werden. Ihr Plan erschien glasklar vor mir.

»Geht jetzt. Wir sehen uns morgen um Mitternacht.« Der Poltergeist-Anführer winkte.

Einen Augenblick später schwebten wir wieder über dem Hügel, direkt vor der Tür. Eine Erinnerung daran, dass wir ganz sicher keine Freunde waren. Und das wollte ich auch gar nicht, nach allem, was er mir und meinen Freunden angetan hatte.

»Ich verstehe das nicht, ich verstehe das nicht, ich verstehe das nicht«, wiederholte Remi wieder und wieder.

»Erkläre ich dir auf der anderen Seite«, presste ich hervor. Alles in mir verkrampfte sich. Meine Geisterform schrie geradezu nach meinem Körper.

»Okay, bereit? Wir gehen. Alle.« Ich sah mich um. Hinter mir schwebten Remi, Octa, Alice und auch Nova und Sylva. Allerdings wartete auch der Dämon rechts neben der Tür.

»Nein, keine Chance«, fauchte die Dämonenfrau. »Drei Geister kamen, drei gehen. Das Gleichgewicht darf nicht noch mehr geschädigt werden. Hier könnte alles zusammenbrechen.«

Was? Das meinte sie doch nicht ernst? Man konnte diesen verfluchten Dämonen wohl nicht weiter über den Weg trauen, als man sie werfen konnte.

»Wir gehen alle.« Ich stellte mir vor, dass ich es allgemein in den Raum sagte und nicht zu ihr. Blieb nur zu hoffen, dass ich damit durchkam.

»Nein.« Die Dämonin schoss vor die Tür, weshalb ich eilig den Kopf senkte. »Nur drei. Und mir wäre es auch sehr recht, wenn Octa bleibt. Sie würde ich gern behalten.« Die Stimme der Dämonenfrau klang süßlich.

»Eww.« Octa zuckte zusammen, kiekste noch etwas, das ich nicht verstand.

»Ich werde Nova mitnehmen. Deswegen bin ich gekommen«, sagte ich ruhig wie zu mir selbst, sah die Dämonin natürlich nicht dabei an. Dieses Problem würde sich doch lösen lassen.

»Du hast kaum mehr drei Minuten, dann bleibst du sowieso hier. Als Tote. In diesem Fall ist es nicht mehr dein Problem.«

War es doch.

»Seven!« Nova klammerte sich an meinen Oberarm. »Bitte geh, ehe es zu spät ist. Ich möchte sowieso hierbleiben. Hier kann ich helfen. Die verwirrten Toten trösten. Weißt du, ich kann auf dieser Seite der Welten etwas bewegen.« Sie spulte die Wörter so schnell ab, als näherten wir uns einer Deadline. Was wir wohl auch taten.

»Du bist wirklich eine Auserwählte, Nova«, hauchte Octa. »Die Auserwählte in der Geisterwelt, während Seven die der Lebenden ist.«

Konnte man das so sehen? Während ich mir noch ihre letzten Worte durch den Kopf gehen ließ, fuhr Octa schon fort: »Du hast so ein Glück, Nova. Du bist etwas Besonderes und du hast eine

Schwester, die für dich kämpft.« Octa rubbelte sich über die Nase. Ich wusste, dass ihre Brüder wahrscheinlich ihren Tod verursacht hatten, und zwar in einem Keller, daher rührte mich dieser kleine Gefühlsausbruch von Octa sehr.

»Seven wird sich um dich kümmern«, sagte Nova leise.

»Genau.« Ich sah von Nova zu Octa. »Komm.« Ich hielt Octa eine Hand hin. Und nachdem ich den Kloß in meinem Hals halbwegs heruntergeschluckt hatte, wandte ich mich wieder Nova zu. Es fühlte sich an, als sei es das absolut Schwerste, das ich je in meinem Leben über die Lippen gebracht hatte. Alles in mir verkrampfte sich. Doch wenn meine Schwester wirklich bleiben wollte ... Sie war letzten Endes ein Geist, der gewissermaßen hierhergehörte. »Also gut. Aber du besuchst mich?«

»So oft es geht, sobald das Gleichgewicht wiederhergestellt ist«, versicherte sie mir. Der Blick aus ihren traurigen Augen brachte mich fast um. Genau wie das Ziehen an jeder Faser meines Körpers. »Ihr müsst die Person finden, die Geistern Plasma entnimmt. Eine große Menge.«

Aha, das bedeutete wohl, meine Theorie hatte sich bestätigt.

»Oh, was?« Ein Ruck durchfuhr Sylva. »O Mann, jetzt kapier ich das! Jemand hat mir Plasma abgezogen.«

Mein ganzer Körper bäumte sich auf, dennoch musste ich es wissen. »Wer? Die Hatties?«

»Nein, jemand, der es gegessen hat. Konnte nicht genau sehen, wer. Da war so ein Nebel um mich herum. Aber dann gelang mir die Flucht und ich habe nicht zurückgesehen. Bin gesprungen, hier gelandet und kam nicht mehr weg. Wieso erinnere ich mich jetzt erst daran?«

»Gleichgewicht.« Die Dämonin stieß einen Seufzer aus, so als seien wir offensichtlich zu dumm, um es zu verstehen.

Wer? Das Ziehen brachte meine Gestalt zum Flackern. Ich sah auf meine Hände. Klar denken fühlte sich auf einmal so schwer an, als würde ein Elefant auf meinem Kopf sitzen.

»Geh!« Nova riss die Augen auf.

»Ich muss Sylva mitnehmen«, presste ich hervor. »Für Varla.«

»Sie kann gehen, wenn du noch eine Minute hier stehst«, bemerkte die Dämonin. Obwohl ich sie nicht ansah, konnte ich das kalte Lächeln auf ihren Lippen erahnen. »Aber das wird ihm nicht gefallen.«

»Ich bleibe.« Ruckartig warf Alice beide Hände in die Luft. »Ihr anderen solltet verschwinden. Geht. Schnell.«

»Nein, das wäre nicht fair«, keuchte ich. Meine Füße verschwanden vor meinen Augen, lösten sich auf. Verflucht!

»Seven!« Nova deutete auf die Tür. »Berühre die Klinke und denk an die, die mitkommen sollen.«

»Denk an Sylva, Octa und Remi«, beschwor mich Alice. »Ich kümmere mich gern um Nova und die anderen. Vielleicht ist das meine Bestimmung.«

Bestimmung. Ich sah von Alice, die wie eine ältere Version von mir wirkte, zu Nova. In diesem Moment legte Alice eine Hand auf Novas Schulter. Meine süße, kleine Schwester, die für immer sieben Jahre alt bleiben würde, lächelte. »Wir besuchen dich beide, so oft es geht.«

»Einmal im Monat?«, fragte ich hoffnungsvoll. Meine Knie verschwanden.

»Wir versuchen es. Bitte, Seven, bitte«, flehte Nova.

Die Dämonin winkte, was ich gerade noch so aus dem Augenwinkel wahrnahm.

Also gut. Ich wandte mich um. *Remi, Octa, Sylva!* Dann berührte ich die Türklinke.

Wieder öffnete sie sich nicht, stattdessen wurde ich einfach in den Flur teleportiert. Kopfüber stürzte ich auf den staubigen Boden. Ich schnappte nach Luft, fing mich mit den Armen ab und knallte mit meinen Knien auf die Fliesen.

»Seven?« Octa, die mich so sehr an Nova erinnerte, schwebte neben mich. »Geht es dir gut?« Ihr besorgtes Stimmchen rührte mich.

Unwillkürlich rollte eine Träne aus meinem Augenwinkel. Ich hatte versagt und doch wieder nicht.

Mit bebendem Herzen drehte ich mich auf die Seite, sah mich um. Ich steckte in meinem menschlichen Körper, alles war an seinem Platz. Um mich herum im Flur verteilt schwebten Octa, Sylva und Remi.

Mit dem Handrücken wischte ich mir über die Augen. »Alice? Sie hat sich wirklich geopfert, hm?«

»Sie ist jetzt die neue große Schwester von Nova«, flüsterte Octa. »Das ist doch kein Opfer. Nova hat es gut. Alice wird auf sie aufpassen.« Ihr kleiner Körper zitterte.

Blinzelnd richtete ich mich auf. »Octa. Ich habe das eben ernst gemeint. Du bist nicht allein. Ich bin für dich da.«

Remi schwebte näher an uns heran, legte der kleinen Octa einen Arm um die Schultern. »Du hast es doch gehört. Seven ist deine neue große Schwester.«

Ich lächelte die beiden an. Bis mir etwas einfiel. »Oh, Mist.« Wie viel Akku hatte mein Handy wohl noch? Mit steifen Fingern kramte ich danach, zog es aus meiner Blazertasche. Irgendwie hatte ich es geahnt. Ein paarmal drehte ich das Gerät in den Händen. »Kann es sein, dass Smartphones die Reise in die Anderswelt nicht überleben?« Ich starrte auf mein Handydisplay. Es war schwarz. Verzweifelt tippte ich darauf herum. Aus. Kein Akku mehr.

Etwas ungelenk fuhr sich Remi mit der Hand über den Nacken. »Sieht wohl so aus.«

»Oh-oh«, sagte eine bekannte Stimme. Die Dämonin war zurück. »Wird schwierig, ohne Anleitung den Weg zurück in eure Welt zu finden.«

Ich presste meine Lippen aufeinander. Was sollte das? Sie brauchten mich lebend. Der Poltergeist-Anführer wusste es, sie wusste es, oder nicht? Was für einen Plan verfolgte dieser Dämon, der ganz offensichtlich über die Grenze der Welten wachte wie Kerberos der Höllenhhund in der griechischen Mythologie.

Meine Freunde folgten mir, während ich fieberhaft im Kopf versuchte, die richtige Reihenfolge der Stockwerke durchzugehen. Irgendetwas sagte mir, dass ich mein Ass im Ärmel nicht zu früh vor der Dämonenfrau preisgeben durfte.

Ich hatte mit dem vierten Stock oder besser dem dritten begonnen. Und geendet mit dem zehnten beziehungsweise dem neunten. Was kam dazwischen? Der Einstieg der Dämonenfrau in Stockwerk …? Welches war es noch gleich gewesen? Drei oder vier?

»Du schaffst das, Seven.« Ich spürte Remis Geisterhand auf mir. Und dann eine zweite Hand. Octas. Wirklich, ich spürte sie, obwohl ich mich in meiner Menschengestalt befand. Ob das daran lag, dass wir noch nicht wirklich zurück in der echten Welt waren? Entgeistert starrte ich zu ihnen hoch.

»Tu es. Wir haben die da im dritten Stock aufgegabelt.« Remi deutete in Richtung der Dämonenfrau. »Drück auf die Drei.«

Dankbar lächelte ich ihn an. Remi hatte so recht. Und gemeinsam konnten wir alles schaffen.

»Ihr seid die Besten«, murmelte ich, woraufhin die beiden noch strahlender zu leuchten schienen als ohnehin schon.

Dritter Stock. Entschlossen betätigte ich die dazugehörige Taste. Wir würden es schaffen.

KAPITEL 25

Die Reihenfolge bekam ich in etwa zusammen, bis zu einem gewissen Punkt. Wie ging es nach Etage fünf weiter? In den neunten Stock und danach ins Erdgeschoss oder war dazwischen noch ein anderes Stockwerk, das man besuchen musste? Zögerlich schwebte meine Hand vor den Knöpfen.

Remi musste meine Hilflosigkeit bemerkt haben, denn seine Finger zuckten, während er zuerst mich musterte und dann auf die Schuhe des Dämons schielte. Zuletzt blieb unser beider Blick an meinem Unterarm hängen. O nein, zu auffällig. Die Dämonenfrau durfte nichts von meinen Notizen mitbekommen. Jetzt waren es meine Schultern, die zitterten, was ich mit einem Schulterzucken zu überspielen versuchte.

Ich räusperte mich, was Remi glücklicherweise zu verstehen schien. Ganz so, als hätten wir uns abgesprochen, schoss er in diesem Moment nach oben in Richtung Decke der Aufzugkabine und schmetterte einen seiner Klassiker-Songs. »It's the final Countdown, nä nä nä näää, nä nä nä nä nä!«

Sylva verzog das Gesicht. »Ernsthaft? Und den gibst du dir jeden Tag, Seven?«

Ja, durchaus. Und während alle so schön mit Remis Auftritt beschäftigt waren, selbst die Dämonenfrau, die eindeutig ihren Kopf in den Nacken gelegt hatte, schob ich unauffällig den Ärmel meines Blazers nach oben, um die unteren drei Zahlen abzulesen. Tatsächlich hatte ich ein Stockwerk vergessen. Das dritte. Wie dumm von mir! Schnell drückte ich die Taste neun, was Remi sofort verstummen ließ. Sobald sich die Türen in der neunten Etage wieder schlossen, wählte ich die Drei. Puh, fast geschafft. Und dann öffneten sich endlich, endlich die Türen zum Erdgeschoss. Zeit, diesen unheimlichen Ort hinter uns zu lassen, vor allem die Dämonenfrau. Sie würde uns doch gehen lassen, oder? Wir hatten uns an ihre Regeln gehalten. Ich biss mir auf die Unterlippe. Oh, wie ich es leid war, mich ständig an irgendwelche Regeln in der Geisterwelt zu halten, die zu absolut nichts nütze waren!

»Seven, nein!«, kreischte Remi, als ich schnaubend ausatmete, die Türen mit einem leisen Knirschen einrasteten und ich einen Schritt nach vorn machte.

»Sieh doch, das Schild. Da klebt keine Regenbogen-Kotz-Wolke.«

Oh, er hatte recht. Ich rieb mir über die Stirn. Was hatten wir an welcher Stelle falsch gemacht? »Mist, wir haben den rechten Aufzug genommen, nicht? Aber gekommen sind wir mit dem linken. Wir müssen wieder hoch. Und alles noch mal von vorn abfahren.« Kopfschmerzen hatten von mir Besitz ergriffen. Mein Mund war so trocken wie eine Käsereibe. Warum hatte ich nur nichts zu trinken mitgenommen?

Genervt hämmerte ich gegen das Metallpanel über den Tasten. Der falsche Fahrstuhl! Nicht zu fassen.

»Das macht nichts. Einfach von vorn, Seven. Du kannst es«, feuerte Octa mich an. »Bleib ganz ruhig.«

Die Reihenfolge. *Erinnere dich!* Mein Blick zuckte zu meinem Unterarm, wo ich die Nummern der Stockwerke notiert hatte. Sofort schoss ein schwarzer Schatten auf mich zu. Oh Mist, hastig drehte ich meinen linken Arm auf den Rücken, als ich meinen Fehler bemerkte. Nur leider war ich wohl etwas zu spät dran für eine Vertuschungsaktion.

»Was hast du da, süße Geistlenkerin?« Die Dämonenstimme schickte brennendes Eis meinen Rücken hinab. Sie streckte eine Hand nach mir aus. Obwohl sie mich nicht berührte, fühlte sich mein Unterarm kalt an, begriff ich. Nicht einfach nur kalt, sondern nass.

Mit aufgerissenen Augen starrte ich darauf. Nein, nicht. Bitte nicht. Wasser tropfte aus meinem Ärmel. Aber es war doch Edding. Ich hatte die Reihenfolge mit einem Edding Stift aufgeschrieben, der nicht wasserlöslich war. Warum also wurde mir mit einem Mal schlecht, als ich nach dem Ärmel griff? Sobald ich ihn nach oben geschoben hatte, bestätigte sich meine Vermutung. Verschwommene Linien unter einem klebrigen Film Wasser. Wie hatte sie das angestellt?

Dieses Mal kostete es mich meine gesamte Willenskraft, nicht aufzublicken.

»Egal. Wir schaffen es dennoch«, sagte Sylva in ihrer motzigen Tonart.

Die Dämonenfrau kicherte. »Mir macht es so viel Spaß mit euch. Seit sicherlich zehn Jahren ist dieser Tag das Highlight schlechthin. Wie könnte ich euch da jemals wieder gehen lassen?«

Ja, würde sie das? Mein Blick fiel auf meine Fingerspitzen, die inzwischen blau angelaufen waren. Zu der schrecklichen Kälte kam mein Durst. Wie auch immer, ich, die Geistlenkerin, würde sich jetzt zusammenreißen. Fest entschlossen drückte ich die erste Taste, worauf sich der Fahrstuhl in Bewegung setzte. Drei, neun, fünf … Bei jedem Stockwerk kratzte mein Hals noch ein bisschen mehr.

»Na ja, ich weiß ja nicht«, erklärte die Dämonin, als wir zum zweiten Mal den dritten Stock erreichten. Unglücklicherweise brach mir daraufhin der Schweiß aus und ich drückte die Eins.

»Nein!«, keuchte Remi. »Falscher Stock. Wir hatten es fast geschafft!«

Am Ende brauchten wir drei Anläufe, um nach oben und korrekt wieder nach unten ins Erdgeschoss zu gelangen, aber wir schafften es. Und aller guten Dinge waren drei, nicht wahr? Nach dem letzten Pling lag ein dunkler Flur vor uns, allerdings konnte man den Aufkleber mit der kotzenden Wolke gut erkennen. Das hieß, wir waren zurück in der Realität.

»Beeindruckend«, sagte die Dämonenfrau.

Darauf erwiderte ich natürlich nichts. So kurz vor der Ziellinie durfte uns kein Fehltritt mehr passieren.

Gerade als ich nach draußen in den Flur treten wollte, schlossen sich die Aufzugtüren wieder. Zwar streckte ich eine Hand in die Lichtschranke, doch die Lichtschranke schien nicht zu greifen.

Remi kreischte, worauf ich meine Hand hastig zurückzog.

»Wie gesagt, ich würde den Spaß, den wir gerade miteinander haben, ungern schon enden lassen«, sagte die Dämonenfrau. Ihre schwarze Gestalt flackerte. Nein, das war eher die Beleuchtung der Kabine.

Ohne dass jemand eine Taste berührt hätte, setzte sich der Fahrstuhl in Bewegung. Dieses Mal nach unten.

Was? Nein! Ohne darüber nachzudenken, hämmerte ich mit der Faust gegen die Tastenleiste. Dreimal, viermal. Meine Freunde schrien durcheinander, bis sich eine der Tasten knackend löste. Der Plastikknopf mit der aufgedruckten Sechs sprang heraus. Nein, nein, nein!

Das Klackern der Plastiktaste ließ uns alle innehalten. Als führte sie ein Eigenleben, kullerte sie quer durch die Kabine.

Sie würde uns hierbehalten wollen, bei sich. In meinem Kopf drehte sich alles. Sämtliche Informationen, die ich über die Dämonenfrau und die Geisterwelt hatte.

In der Zwischenzeit murmelte die Dämonin etwas vor sich hin, geradezu glücklich. Und aus dem Gemurmel hörte ich eindeutig »Octa« heraus.

Offensichtlich hatte auch Octa das mitbekommen, denn nachdem sie einmal kurz aufgekeucht hatte, schwebte sie zitternd hinter mich. Das Licht in der Aufzugkabine flackerte heftiger, blieb ab und zu auch mal eine halbe Sekunde aus, während der Aufzug immer heftiger zu ruckeln begann.

Wir hatten nur eine Chance. »Stop«, befahl ich. »Dein Boss braucht uns. Du kannst uns nicht von der echten Welt fernhalten.«

Ich starrte die Dämonenfrau an, zum ersten Mal.

Der Anblick war mir nicht unvertraut. Es dauerte nur ein oder zwei Herzschläge, bis ich verstand, woher ich sie kannte. Es war genau die gruselige Frau, die ich mir immer vorgestellt hatte, wenn meine Mom mir Geschichten von einer Hexe vorgelesen hatte. Ein graues Gesicht mit spitzem Kinn, eingefallene Augen, um die sich mehrere Reihen an Falten zogen. Um die Gestalt herum flatterte ein zerrissener schwarzer Mantel in einem Windstoß, den ich nicht spüren konnte.

Jetzt verzogen sich die Lippen der Dämonin zu einem Lächeln. »Du hast mir geantwortet. Und mich angesehen.«

Ich erwiderte ihren Blick fest und ohne wegzusehen. Allerdings schwebte ich aus meinem Körper. »Falsch. Du hast mich schon viel zu lange angesehen. Dein Fehler.« Mit der linken Hand griff ich nach Octa. »Und du wirst uns jetzt gehen lassen. Wir haben noch zu tun.«

Die Augenlider der Dämonenfrau zuckten. Gerade als sie den Kopf in den Nacken warf und loskicherte, schoss meine Geisterhand nach vorn und berührte ihre Schulter. »Wir werden dir helfen, weniger allein zu sein. Aber du wirst uns gehen lassen.«

Remi schien zu begreifen, was ich plante, denn er legte blitzschnell eine Hand auf meinen Oberarm. Und in diesem Augenblick leuchtete mein Geisterkörper ungewöhnlich hell. Die Dämonenfrau kreischte, versuchte mich abzuschütteln.

Liebe, nicht Hass, rief ich mir in Erinnerung. »Ich stehe auf eurer Seite.«

»Loslassen«, jaulte die Dämonenfrau. Offenbar verfärbte sie sich nicht wie ein Geist, doch ich schien ihr Schmerzen zu bereiten.

»Sobald du uns nach oben gebracht hast.«

Jammernd und zeternd drehte sich die Dämonin in alle Richtungen, was für mich in meiner Geisterform jedoch kein Problem darstellte. Sie konnte mich nicht packen.

»Nach oben!«, erinnerte ich sie ein zweites Mal, wobei ich ihr fest in die Augen starrte. »Du wirst mit uns sowieso keinen Spaß haben, glaub mir.«

Remi räusperte sich daraufhin, was ich jedoch ignorierte.

»Also wirklich, du brauchst echte Freunde.« Sylva hatte das Wort ergriffen, zwar in ihrer oberlehrerhaften Art, aber besser als nichts. »Wenn du uns freiwillig gehen lässt, kommen wir auch freiwillig zurück, um dich zu besuchen. Wenn du etwas liebst, lass es frei und so.« Sie wedelte mit einer Hand in der Luft herum.

Die Dämonenfrau knurrte. Einen Moment später ruckelte der Aufzug, ehe er die Richtung änderte und nach oben fuhr.

»Wenn ihr dann endlich die Klappe haltet!« Obwohl sie uns anfauchte, bemerkte ich das winzige Schmunzeln auf ihren Lippen.

»Sie mag uns.« Remi stupste Octa mit dem Ellenbogen in die Seite. »Schau doch.«

»Mögen, hassen, gern zum Mittagessen verspeisen. Ist doch alles dasselbe, nicht wahr?«

»Das Gleiche«, korrigierte Sylva sie, wobei sie sich eine ihrer langen Haarsträhnen nach hinten über die Schultern strich.

Wieder stieß die Dämonenfrau ein Fauchen aus. Gleichzeitig öffneten sich die Aufzugtüren. EG. Kotzende Regenbogenwolke.

»Wir sind da«, sagte ich. Eine Neonröhre sprang flackernd an. Ging jedoch recht schnell wieder aus. Draußen schien die Welt in Dunkelheit gehüllt zu sein, wie man durch die Glasscheiben in der Eingangstür erkennen konnte.

»Ja, geht. Geht in euer Rattennest und lasst mich endlich in Frieden«, zischte die Dämonin.

»Auf bald.« Remi winkte und ich steuerte auf die Ausgangstür zu, in der Gewissheit, dass ich nicht zurückblicken würde. »Schau mir lieber nicht nach, Dämon. Sonst beschließe ich vielleicht, dich zu behalten. Hab dich echt lieb gewonnen.«

Hinter mir hörte ich sie, wie sie meinen letzten Satz nachäffte.

»Das war so cool«, hauchte Octa, die ganz nah an meiner Seite schwebte. Das Ende eines ihrer Zöpfe hatte sie sich zwischen die Lippen geklemmt. »Ich glaube, du passt nicht nur auf mich auf, sondern auf alle von uns.«

Kurz musste ich darüber nachdenken, verlangsamte meine Schritte. »Ja, da könntest du recht haben. Zumindest gebe ich mein Bestes.« Nachdem ich ihr zugezwinkert hatte, stieß ich die Tür auf, atmete die frische Nachtluft ein. Erst in diesem Moment begann ich wieder zu frieren. Zudem kehrte der unbändige Durst zurück, den das Adrenalin eben im Aufzug womöglich in den Hintergrund gedrängt hatte.

»Und jetzt?«, wollte Remi wissen. »Du hast kein Geld, kein

funktionierendes Handy und keine Verpflegung. Draußen ist es dunkel.«

Das sah ich selbst, drückte die Tür auf und atmete die frische Luft ein. Wie viel Zeit mochte vergangen sein? Da noch relativ viele Autos über die Kreuzung nicht weit entfernt bretterten, schätzte ich, dass es ungefähr acht oder neun Uhr abends sein musste.

»Ich wiederhole mich, Seven Eleven. Und jetzt?« Remi sah mich an. »Soll ich Hilfe holen?«

Gute Frage. Eigentlich wollte ich es allein schaffen, keine aufgeschreckten Hatties oder – noch schlimmer – Jäger zu mir schicken. Und was sollte ich denen erzählen? Ich schlenderte den Weg vom Hochhaus bis zur Straße vollkommen in Gedanken. In den Pfützen am Bordsteinrand spiegelte sich das Licht der Laternen.

Ein Mädchen, vielleicht dreizehn Jahre alt, war mit ihrer französischen Bulldogge auf dem Bürgersteig unterwegs und ich hielt an, um nicht in sie hineinzulaufen.

Obwohl ich damit rechnete, dass sie mich nicht beachten und, ohne etwas zu sagen, an mir vorbeiziehen würde, wandte sie auf einmal den Kopf in meine Richtung und keuchte.

»Was in aller Welt …?« Sie hielt an. Auch die Bulldogge starrte mich jetzt an. Nein, genauer gesagt blickten die beiden von Octa zu Remi und wieder zurück.

Ich besah mir die beiden, konnte aber nichts Ungewöhnliches feststellen. Okay, die beiden leuchteten heller als Sylva im Vergleich, aber das fiel nur mir auf, oder? Menschen konnten Geister nicht sehen. Und wenn sie eine Geistbegabte war, müsste sie alle drei Geister sehen, nicht nur zwei. Doch Sylva, die ein Stück weiter rechts von mir schwebte, schien dem Mädchen gar nicht aufzufallen. Interessant … In meinem Unterbewusstsein machte sich ein Gedanke breit.

»Siehst du die auch?«, fragte mich das Mädchen mit kieksiger Stimme.

»Wie viele Geister siehst du?«, fragte ich zurück.

Nach einem doch recht aufschlussreichen Gespräch mit dem Mädchen, das Sophie hieß, und ihrem Hund Faith war ich zwar schlauer, sah meine Theorie in gewisser Weise bestätigt. Blöderweise wusste ich immer noch nicht, wie ich zurück zur Schule kommen sollte. Einfach ein Taxi anhalten, wenn mal eins vorbeikam, und dann in der Schule die Taxirechnung zahlen? Leider war absolut kein Taxi in Sicht.

»Wie viele Tage sind es noch mal, bis man verdurstet?«, fragte ich Remi.

»Zwei«, antwortete der wie aus der Pistole geschossen. »Du würdest es gerade so zu Fuß in die Schule schaffen bis dahin. Wenn wir jetzt loslaufen.«

Das war hoffentlich nicht sein Ernst. Also sollte ich ihn doch losschicken, um die Hatties zu benachrichtigen?

Im nächsten Moment steuerte ein Auto auf uns zu. Es bretterte wie im Film mit quietschenden Reifen um eine Kurve und raste exakt in Richtung des Bürgersteigs direkt vor uns.

»Was?« Ich sprang aus dem Weg, ehe es frontal in mich reinfahren konnte. Perplex ging ich automatisch in die Verteidigungshaltung, die mir Parker beigebracht hatte. Wer war das? Ich hatte kaum Zeit, um mich zu sortieren und mich zu fragen, was das sollte. Eine schwarze Limousine? Zwar schirmte ich mit einer Hand meine Augen ab, konnte aber nicht erkennen, wer am Steuer saß. Gleichzeitig wurden die Fahrer- und die Beifahrertür aufgestoßen. Parker und Crowe sprangen aus dem Fahrzeug, das noch etwa eine Fußlänge rollte und dann mit dem Vorderrad gegen den Bürgersteig stieß.

»Gott sei Dank, Seven.« Parker sprintete auf mich zu, das Gesicht voller Sorge.

Crowe, der offensichtlich den Wagen gefahren hatte, ebenfalls.

Ich blinzelte, Parker blinzelte und dann hielt er inne. Stoppte einfach so mitten im Lauf. Und so erreichte mich Crowe zuerst, der mich ohne Umschweife in seine Arme zog. »Ich habe mir solche Sorgen gemacht! Wie ist es gelaufen?«

»Erzähle ich euch unterwegs. Bitte bringt mich erst mal zurück zur Schule.« Ich versuchte Crowe wegzuschieben.

»Warst du auf der anderen Seite?«, fragte Crowe, der keine Anstalten machte, mich loszulassen.

»Crowe, mach die Augen auf, sie hat Sylva bei sich«, hörte ich Parker sagen.

Entschlossen stemmte ich meine Hände gegen Crowes Brust und befreite mich so aus seinem Klammergriff.

»Sie ist total durch, seht ihr doch«, bemerkte Sylva. Mit einer Hand fuchtelte sie neben meinem Gesicht herum.

Na, vielen Dank auch.

Glücklicherweise folgten die Zwillinge meiner Bitte und noch besser war, dass Remi das Reden im Auto übernahm. Meine Kehle war so ausgetrocknet, dass ich sowieso nur noch krächzende Laute zustande brachte. Außerdem fühlte ich mich wie betäubt. Konnte nur noch an Nova denken. Meine Nova. Ich hatte sie zurückgelassen. Nachdem ich mit Mühe geschluckt hatte, lehnte ich meine Stirn gegen die kühle Glasscheibe.

»Das ist der Wahnsinn«, keuchte Crowe, als wir die Schulauffahrt erreichten. »Das hat noch nie jemand …«

»Ähem«, unterbrach Remi ihn. »Wie kommt ihr eigentlich an den Wagen und wie durch das Tor?«

Parker, der die ganze Fahrt über geschwiegen und nach vorn gesehen hatte, wandte sich zu Remi um. »Bayle hat das Sicherheitssystem der Schule gehackt und Crowe hatte ein paar illegale Fahrstunden letzten Sommer. Es schien uns die schnellste Lösung zu sein.«

»Die hinrissigste, meinst du wohl.« Remi runzelte die Stirn. »Aber was will man von euch beiden erwarten?«

Daraufhin wandte Parker den Blick wieder nach vorn. Irgendwie hatte diese Geste etwas Endgültiges. Als würde es das letzte Mal sein, dass er Remi und mir Beachtung schenken würde. Mein Magen drehte sich um. Warum konnte er mich nicht mehr ansehen? Wir mussten doch reden. Dringend! Was, wenn Parker mir von nun an bis ans Ende unserer Tage aus dem Weg gehen würde? Der Gedanke schmerzte zehnmal mehr als der Durst, der mir bereits den Verstand zu rauben drohte durch diese elenden Kopfschmerzen.

Doch dann bat ich die Jungs erst mal darum, mich in Ruhe zu lassen. Schließlich gingen Sylva und Varla vor. Also winkte ich nur meinen Geisterfreunden, mit mir zu kommen. Täuschte ich mich oder war die Schule an diesem Abend weniger beleuchtet als sonst? Alles kam mir düsterer vor. Als ich ein Geräusch vernahm, legte ich den Kopf in den Nacken.

Die Hatties beäugten mich durch das Fenster im ersten Stock und ich meinte auch, Geflüster vom Dach zu vernehmen. Dankbar dafür, dass das alles war, eilte ich, so schnell ich konnte, ins Innere der Schule, die Treppe nach oben bis zu Varlas und Shanas Zimmer. Ich musste Sylva zurückbringen. Besser, es stellte sich mir niemand in den Weg. Und schon gar keine von den Tee trinkenden Schwestern. Offenbar waren die meisten Schüler bereits zu Bett gegangen. Außer einer Handvoll Geister, fünf älteren Gentlemen, die ihren Hut zogen, als ich an ihnen vorbeimarschierte, begegnete uns niemand.

»Danke, Seven«, wisperte Sylva, als ich an Varlas Tür klopfte. »Danke für alles.« Wahrscheinlich war es das erste Mal, dass ich Sylva so zusammengesunken sah. Ungewöhnlich für die sonst so selbstbewusste große Schwester von Varla. »Du hast mich nicht zurückgelassen.«

»Gern geschehen«, krächzte ich.

Remi schniefte.

Aber da sich in diesem Moment die Zimmertür öffnete, war unsere Unterhaltung erst mal beendet, worüber ich zugegebenermaßen froh war.

»Da ist Sylva. Ich muss dir so viel erzählen«, japste ich, als Varla mir endlich gegenüberstand.

KAPITEL 26

In eine Decke gehüllt saß ich wenige Minuten später glücklich mit einer Flasche Wasser auf Varlas weißem Sitzsack. Remi nutzte die Gelegenheit, um ein zweites Mal brühwarm unser Abenteuer in der Geisterwelt runterzurattern. Er schien wieder ganz der Alte zu sein und irgendwie ließ mich der Gedanke vor Stolz platzen, dass Remi seine Plasma-Abhängigkeit hinter sich gelassen hatte. Remi, mein Remi. Zwischendurch tauschte ich immer mal wieder einen belustigten Blick mit Octa, vor allem an den Stellen, an denen Remi die Dämonenfrau imitierte.

Meine Freundinnen starrten abwechselnd geschockt von Remi zu mir.

»Ihr glaubt doch nicht ernsthaft, dass wir diesem Poltergeist-Boss trauen können?«, fragte Ira, als Remi bei dem Teil mit dem Deal angekommen war. »Was, wenn diese Poltergeister Sylva und auch die anderen Schüler getötet haben?«

Ich nahm einen Schluck Wasser, ehe ich antwortete. »Das glaube ich nicht. Sie haben auch mich nicht getötet und ich glaube eher, dass die Morde mit der Verschiebung des Gleichgewichts zusammenhängen. Was, wenn jemand Geistbegabte quält und sie genauso abrichtet, wie wir die Poltergeister konditionieren? Oder sie töten, um mächtige Geister und Poltergeister zu produzieren und dann von ihnen Plasma abzuziehen? So wie bei Sylva?« Sylva schwebte hinter Varla, die im Schneidersitz auf dem Boden saß, und hatte ihre Geisterarme um Varla geschlungen, obwohl sich die beiden nicht wirklich berühren konnten.

Varlas Glöckchen an ihrem Halsband zitterte. »Wie bitte? Sylva, was ist mit dir geschehen?« Ihre Augen schimmerten.

Als könnte sie dieses Gefühl nachempfinden, schluchzte Octa neben mir. Ohne zu überlegen, schlüpfte ich aus meinem Körper und nahm sie in meine Arme.

Diese Bewegung ließ Varla zuerst innehalten, ehe ihre Augen sich rot verfärbten. Ungehindert strömten ihr die Tränen über die Wangen.

O nein, sicherlich hatte ich es mit meiner Umarmung für Octa nur noch schlimmer gemacht. Wie gern hätte ich das Varla auch ermöglicht! Aber wir arbeiteten daran. Eines Tages würde sie Sylva berühren können.

Bald, formte ich mit meinen Lippen, begleitet von einem Lächeln, das hoffentlich aufmunternd auf Varla wirkte.

Tatsächlich nickte sie und schien sich zu beruhigen.

»Danke, Seven, wirklich. Was du heute für Sylva getan hast, ist nicht selbstverständlich.« Eine Weile sagte niemand mehr etwas, was mir nichts ausmachte, denn so konnte ich in Ruhe nachdenken und Varla betrachten, die mich nicht aus den Augen ließ.

»Also trauen wir diesen Typen?«, hakte Shana nach.

»Wir werden sehen, was sie uns morgen um Mitternacht zu sagen haben«, erwiderte ich.

»Hm, hm, Mitternacht.« Shana warf einen Blick auf ihr Handydisplay.

Draußen klopfte es. Kyles Stimme rief nach mir. »Seventina? Die Schulleiterinnen möchten dich sprechen.«

Oh, ja, das konnte ich mir sehr gut vorstellen. »Ich will aber nicht mit ihnen reden und ich bin hier wohl die Geistlenkerin!«, rief ich in Richtung Tür. »Kam das zu angeberisch rüber?«, flüsterte ich in Octas Ohr.

Octa kicherte, kaute dann auf einem ihrer Zöpfe herum und sah gespannt zwischen mir und der Tür hin und her.

Shana blinzelte mich an. »Du lässt die Hatties auflaufen? Sie wissen, dass du die Schule unerlaubt verlassen hast. Was, wenn sie dich von der Schule werfen? Oder noch schlimmer: dich wieder im Keller einsperren!«

»Quatsch, sie brauchen mich«, erklärte ich den anderen leise.

»Und ich möchte, dass sie darüber nachdenken, was sie in den letzten Jahren falsch gemacht haben.«

Shana gluckste. »Du klingst wie meine Oma aus Delhi, die mit meiner Mom schimpft.«

»Erzählst du uns jetzt, was mit Parker und Crowe war?«, fragte Ira. Daraufhin starrten sie mich alle aus großen Augen an.

»Okay, dann warte ich einfach hier draußen, bis du es dir anders überlegt hast!«, rief Kyle.

Das Thema Parker und Crowe holte mich von meinem kurzen Hochgefühl so schnell wieder runter, als hätte mir jemand eine Schere in den Hals gerammt. Eigentlich wollte ich nicht daran denken. Mir nicht in Erinnerung rufen, dass ich praktisch vorhersehen konnte, wie Parker mich von jetzt an meiden würde. Dass einfach alles, was wir gehabt hatten, durch ein paar Minuten mit Crowe zerstört worden war. Dennoch wollte ich, dass meine Freunde es von mir hörten und nicht durch andere Schüler oder im schlimmsten Fall von Crowe aus seiner Perspektive.

»Crowe und du – ihr habt rumgemacht?« Shana keuchte. Ihre Haare waren total verstrubbelt, da sie sich in den letzten Minuten ziemlich oft am Kopf gekratzt hatte.

Ich seufzte. »Doch nicht mit Absicht.«

»Und du hast geglaubt, Parker würde dir derart schnell an die Wäsche gehen?«, fügte Ira hinzu. »Der doch nicht!«

»Ihr wart nicht dabei.« Stöhnend vergrub ich mein Gesicht in meinen Händen. Dieser Tag! Was würde mir heute noch ins Gesicht springen?

Ganz zaghaft tippte mir Octa auf die Schulter, was ich spüren konnte, obwohl ich mich bereits wieder in meinem Körper befand. Schon seltsam, wie sensibel ich neuerdings für Geisterberührungen war. »Parker.« Gequält stieß ich seinen Namen aus. »Irgendwie kam es mir komisch vor, aber andererseits hat es sich gut angefühlt und ich dachte, ich sollte anfangen, weniger verklemmt zu sein.« Ich warf die Hände in die Luft. »Hört ihr das? Ich habe mich gut in Crowes Armen gefühlt! Obwohl ich mit Parker zusammen war. Was bin ich für ein schrecklicher Mensch!«

Varla wischte ihre Brillengläser an ihrem Blazerärmel ab. »Ich frage mich eher, warum Parker eure Beziehung geheim halten wollte.«

»Das … äh … hat seine Gründe, aber darüber kann ich nicht sprechen.« Fahrig deutete ich mit den Zeigefingern in unterschiedliche Richtungen. Glücklicherweise bohrte niemand nach, allerdings fixierten Ira und Shana sofort Remi, als könnte er mehr Informationen liefern.

»Ich weiß nichts, versucht's gar nicht erst.« Remi hob das Kinn.

Der nächste Tag verging relativ ereignislos. Den Hatties zeigte ich die kalte Schulter, erschien weder zur Therapiesitzung, noch nahm ich die Einladung für das Treffen der 5. SU an. Kyle und Emerson begleiteten mich abwechselnd überall hin, wo ich hinwollte. Allerdings wollte ich nur zum Unterricht und in mein oder Varlas Zimmer.

Natalia ging zwischen den Unterrichtsstunden auf den Fluren fleißig auf Stimmenfang für ihr Amt als Ballkönigin, zu der sie auf dem Winterball gekrönt werden wollte. Überall strahlte mich ihr falsches Lächeln von herumfliegenden Handzetteln an. Jedes Mal, wenn wir einen von diesen glänzenden Wahlkampfflyern auf dem Boden oder an Wände gepappt fanden, tat Remi so, als würde er auf ihr Gesicht spucken.

Im Unterricht behandelten mich einige Lehrer wie eine Aussätzige, an der sie, wenn sie nicht aufpassten, Gefahr liefen, sich mit einer fiesen Krankheit anzustecken.

Mr Pozharsky ließ es sich in seiner Vertretungsstunde nicht nehmen, meinen kompletten Stammbaum auseinanderzupflücken, bis hin zu Christoph Kolumbus, der angeblich zusammen mit einem meiner Vorfahren für schreckliche Verbrechen verantwortlich war. Und Mr Pozharsky wurde nicht müde zu erwähnen, dass meine Familie mütterlicherseits einige der schlimmsten Nazis hervorgebracht hatte. Das wirklich Seltsame daran war, dass er Morde an sich nicht so schlimm zu finden schien, denn ohne Morde keine überlegenen Geisterseher. Aber offenbar durfte man keine Vorfahren haben, die rassistische Verbrechen begangen hatten. Darin schien für ihn ein Unterschied zu liegen. Hörten sich diese elitären Geisterseher eigentlich selbst beim Reden zu? Irgendwann reichte es mir. Fünf Minuten bevor die Stunde zu Ende war, packte ich so laut und so auffällig wie möglich meine Sachen. »Sie haben absolut recht. Es wäre so schön, sich seine Vorfahren aussuchen zu können. Und in dem Fall würde ich bestimmt diejenigen vorziehen, die nur fünfzehntausend Bauern getötet haben, die sowieso verhungert wären.« Für einen Moment richtete ich meinen Blick in Richtung Natalia, die natürlich so tat, als würde ich nicht sie damit meinen. »Und jetzt gehe ich und spende, was immer meine Kreditkarte hergibt, an eine Menschenrechtsorganisation. Wenn Sie mich also entschuldigen würden?«

Und genau das tat ich. Mithilfe der Informationen von Mr Pozharsky verbrachte ich allerdings auch den Rest des Tages in der Bibliothek. Weinend in einer Ecke, während ich die Vergangenheit meiner Familie aufarbeitete. Mit spitzen Fingern fuhr ich über Fotos in Büchern, die meine Verwandten zeigten. Dabei verfolgte mich eine Frage immer wieder neben der, ob es mir gelingen würde, die Sache mit Parker wieder zu kitten. Konnte ich diese Blutschuld je wiedergutmachen? Ging das überhaupt?

Diese Gedanken beschäftigten mich in den Folgetagen immer noch mehr als alles andere. Sie waren das Hintergrundrauschen, wenn ich mich mit den anderen Problemen auseinanderzusetzen versuchte, zum Beispiel wie wir das gestörte Gleichgewicht wieder in Einklang bringen konnten. In der Öffentlichkeit setzte ich meine Maske auf und ging einfach allen außer meinen Freunden aus dem Weg.

Ab und zu ließ ich mich im Training blicken, wo ich ausschließlich mit Emerson und Kyle trainierte.

Parker ignorierte mich und ich ignorierte Crowe. So einfach war das.

Jede Nacht um Punkt zwölf Uhr erschien der Anführer der Poltergeister in meinem Zimmer. Auf die Minute und mit ernstem Blick.

In der vierten Nacht wurde es mir zu viel. Mit der Stirn voran lehnte ich mich gegen meinen Schrank.

»So kommen wir nicht weiter. Es gibt keinerlei belastbare Hinweise darauf, wer das Gleichgewicht stört. Oder besser gesagt: Es könnten immer noch die Hatties sein, aber eigentlich halte ich das für unwahrscheinlich. Sie hätten eine viel höhere Plasmamenge verschwenden müssen … Argggh, ich weiß doch auch nicht!«

»Du solltest deine Theorie den Deinen mitteilen.« Der Poltergeist-Anführer schwebte in der Mitte meines Zimmers, kritisch beäugt von Ira und Remi. Nur Shana, die auf dem Schreibtisch saß und an einer Zuckerstange lutschte, betrachtete uns, als würde sich vor ihren Augen eine Soap Opera abspielen.

»Mr Poltergeist«, begann sie zaghaft.

Er fuhr zu ihr herum. Kurz blieb mein Herz stehen, denn er holte aus und ich befürchtete schon, er könnte Shana schlagen, doch dann vollführte er einfach nur eine ausladende Handbewegung. »Nenn mich doch Dan.«

Dan? Mir hatte er das noch nie angeboten. Ich hob beide Augenbrauen.

»Deine Großmutter Kriti Kapoor war immer gut zu den Toten. Hat uns gut hinüberbegleitet. Wir stehen in ihrer Schuld. Viele, viele Geister.«

Okay? Dan war also ein Fan von Shana. Sehr aufschlussreich. Und er fühlte sich für alle Geister verantwortlich, aber das wusste ich bereits.

Ira, die sich auch eine Zuckerstange gegönnt hatte, zog sie sich schmatzend aus dem Mund und deutete damit auf Dan. »Willst du sie jetzt zum Weihnachtsball einladen, oder was?«

Daraufhin zuckten Dans Augäpfel offensichtlich unangenehm berührt von links nach rechts. »Bitte, ich könnte ihr Vater sein.«

»Wäre aber ein cooles Statement«, sagte Remi.

»Bitte strapazier diesen Waffenstillstand nicht mehr als nötig.« Dan warf Remi einen scharfen Blick zu, der schnell beide Hände hob.

»Dan, also«, ergriff Shana wieder das Wort, »du weißt, dass Seven dazu fähig ist, Poltergeister in normale Geister zu verwandeln? Wie wär's, wenn du der Nächste bist?«

Dan winkte ab. »Als Poltergeist ist man handlungsfähiger und ich habe geschworen, die Geister vor den Geistersehern zu beschützen.«

Eine Weile starrten wir ihn alle schweigend an. Ja, das hatte schon etwas Surreales, dass wir plötzlich auf ein und derselben Seite standen. Wer hätte gedacht, dass dieser Tag kommen würde?

»Gut, was wissen wir über die Pläne der Hatties?«, wechselte Dan das Thema.

»Ich glaube, sie versuchen sich an einem Plan B, um die Weltpolitik zu beeinflussen. Denn ehe ich nicht tot bin, können sie Natalia nicht dazu bringen, diesen Trick mit der mentalen Kontrolle bei Geistern anzuwenden. Die Geister würden ihr nicht gehorchen. Aber irgendetwas planen sie. Der amerikanische Präsident meint, der Konflikt im Nahen Osten könnte noch vor Weihnachten eskalieren. Da wollen sie sich mit aller Macht einmischen.«

Dan fluchte in einer anderen Sprache.

»War das Jiddisch?«, fragte Ira, doch Dan winkte ab. »Ich sage, wir testen die Hatties. Treiben sie in die Enge. Wenn sie doch hinter der Verschiebung des Gleichgewichts stecken, räumen wir sie sofort aus dem Weg, und wenn nicht, haben wir ihre Pläne mit Natalia immerhin hinausgezögert.«

Mir gefiel der Teil mit dem *aus dem Weg räumen* nicht.

»Jap, im schlimmsten Fall foltern sie Seven noch.« Remi nahm sich auch eine Zuckerstange und zog daran wie an einer Zigarette. »Was, wenn sie ihr Geisterplasma entnehmen, es Natalia geben oder Natalias Eltern zu ein, zwei Morden überreden, damit sie die Nummer eins wird? Alles für das höhere Gut natürlich.« Dann leckte er über die Zuckerstange. »Hm, lecker.«

Wir alle starrten ihn an.

»Was?« Er hob eine Hand.

»Die Zuckerstange.« Dan schwebte näher an Remi heran. »Das dürfte doch nicht möglich sein.«

Remi, der jetzt erst begriff, was passierte, ließ die rot-weiß gestreifte Zuckerstange fallen. »Warum kann ich das? Und warum schmecke ich den Zucker?«, kiekste er mit extrem hoher Stimme.

»Er leuchtet in letzter Zeit auch intensiver.« In meinem Kopf poppte ein Gedanke wie eine Mitteilung im Internetbrowser auf.

Einzelne Gedankenfetzen setzten sich zu etwas Größerem zusammen. »Ich glaube, Remi und Octa sind dadurch, dass sie immer bei uns sind, gestärkt worden. Vielleicht ist es die Anerkennung, die Zusammenarbeit …« Mir fiel die Begegnung mit dem Mädchen und der französischen Bulldogge wieder ein. »Außerdem können normale Menschen sie sehen.« Gut, das sollten wir wohl besser in den Griff bekommen, ehe wir jemanden zu Tode erschreckten. »Kann es daran liegen, dass bisher niemand den Geistern Aufmerksamkeit geschenkt hat? So etwas wie Liebe?« Mein Blick fiel wieder auf die Zuckerstange am Boden. »Ziemlich naheliegend, oder?«

Murmelnd stimmten mir die anderen zu.

»Remi, versuch's noch mal.« Ich deutete auf die Zuckerstange am Boden.

Sofort kam Remi meiner Bitte nach. Er angelte nach der Zuckerstange, doch jedes Mal glitten seine Finger hindurch. Mist, wie konnte man das steuern?

»Wie auch immer«, beharrte Dan. »Es ist Zeit, eine Falle aufzustellen.«

Eine Falle. »Hm, wenn wir die Hatties überführen wollen, dann müssen unbedingt mehr Ratsmitglieder und Politiker vor Ort sein«, warf ich ein. »Und die sind gerade abgereist.«

»Aber sie kommen wieder.« Octa lächelte mich an. »Ich habe gehört und gesehen, wie Coral Einladungskarten für den Winterball verschickt hat. An alle erwachsenen Geistbegabten.«

Varla richtete sich auf. »Großer Gott, was haben die Hatties vor?«

Kapitel 27

Kyle brachte mich und Remi zurück auf mein Zimmer. Es fühlte sich irgendwie seltsam an, neben ihm die dunklen Flure entlangzuschreiten und nicht mit Parker oder Crowe. Selbstverständlich bemühte sich Remi, gute Stimmung zu verbreiten, und sang die Ghostbusters-Titelmelodie, wobei er jedes Mal auf mich deutete, wenn er bei der Textstelle »Who you gonna call« angelangt war.

Komischerweise kam uns ein Junge aus dem Mädchenflur entgegen, als wir ihn gerade betreten wollten. Und nicht irgendein Junge, sondern Parker. Er schien genauso überrascht zu sein, uns am Treppenabsatz auftauchen zu sehen, und das, obwohl er Remi gehört haben musste.

Wie erstarrt hielt ich inne, nur zwei Schritte von ihm entfernt. Beinahe wäre er in mich hineingerannt.

Auch Parker blieb stehen, betrachtete mich mit aufgerissenen Augen, als ob ich ihn bei irgendetwas ertappt hätte.

Was war hier los? Zwar galoppierte mein Herz wie wild bei seinem Anblick, aber irgendetwas stimmte nicht. Was in aller Welt …? Mein Blick glitt zu Parkers Händen, in denen er ein gefaltetes Stück Papier hielt.

Sobald er meinen Blick bemerkte, schob er die Hand mit dem Brief hinter seinen Rücken. Zumindest vermutete ich, dass es sich um einen Brief handelte.

Ich schluckte. War das etwa …? Eigentlich konnte das nur eins bedeuten. Parker hatte einen Brief unter meiner Tür durchschieben wollen, sich aber dann dagegen entschieden. Warum kam er sonst aus meinem Flur? Meine Fingerspitzen begannen zu zittern. War es gerade noch kälter geworden als noch vor ein paar Minuten? Parker …

Als hätte er mich paralysiert, starrte ich ihn unverwandt an. Wahrscheinlich musste ich wie eine Irre aussehen. Parker …

»Tja«, seufzte Remi. »Wenn es doch nur einen Ort geben würde, an dem ihr ungestört reden könntet …« Mit geschürzten Lippen deutete mein bester Freund zum Fuß der Treppe.

Richtig. Um mich zu fangen, schüttelte ich bei geschlossenen Augen für eine Sekunde den Kopf. »Ja, also Parker …«

Schritte näherten sich. Coral und Mr Fernandez trippelten die Stufen zu uns nach oben. Ich wandte mich um. Ernsthaft? Coral besaß die Dreistigkeit, sich zu räuspern?

»Solltet ihr nicht längst in euren Betten liegen?«, fragte uns Mr Fernandez gut gelaunt.

»Ja, das sollten wir«, antwortete Kyle genauso gut gelaunt.

»Gerade haben wir eine äußerst wichtige Zusammenkunft mit unserer Geistlenkerin, danke der Nachfrage.« Remi wedelte mit einer Hand.

Daraufhin verfinsterte sich Corals Gesicht. Mir fiel auf, dass ihre Frisur an ihrem Hinterkopf einem Vogelnest glich. Ein Blick in Mr Fernandez' selbstzufriedenes Gesicht bestätigte meine Vermutung, was soeben zwischen ihnen abgelaufen sein musste. Wie auch immer.

Gerade öffnete ich den Mund, um Parker um ein Gespräch unter vier Augen zu bitten, da schob er sich schon an mir vorbei. Ohne ein einziges Wort. Nein, das konnte er nicht machen! Vollkommen durcheinander starrte ich ihm nach, wie er die Treppe nach oben nahm. In meinem Kopf wirbelten Gedankenfetzen umher, wobei ich kein Wort zusammenbekam. Ein bisschen fühlte ich mich wie ein ausgesetztes Haustier. Parker verachtete mich? Was hatte er mir mit seinem Brief mitteilen wollen?

»Bett. Sofort«, presste Coral hervor, woraufhin Kyle salutierte. Mit einem Zwinkern in meine Richtung ging er voraus und wie ein willenloser Zombie folgte ich ihm, fühlte mich innerlich taub und leer. Ach, Parker!

Beim Frühstück einige Tage später, bei dem mich wieder die Hälfte der Schüler anstarrte, als wäre mir ein zweiter Kopf gewachsen, traf ich eine Entscheidung. Ich sah Parker allein am Buffet, wo er auf sein Omelett wartete, das heute je nach Schülerwunsch zubereitet wurde, denn Thanksgiving hatte in der Schule Einzug gehalten und zu meiner Verwunderung waren fast alle Schüler noch hier. Wir hatten eine Woche frei und diese freie Woche würde bei der Rückkehr der verreisten Schüler mit dem Winterball gefeiert werden. Nur dass fast kein Schüler nach Hause geflogen war. Gut möglich, dass sie bis Weihnachten warten würden.

»Hey.« Vorsichtig näherte ich mich Parker, lehnte mich dann mit der rechten Hüfte gegen die Auslage, wobei ich gegen einen Teller mit Gurken stieß.

Parkers Blick wanderte zu den rutschenden Gurkenscheiben, aber nicht zu mir.

Toll, also konnte er mich immer noch nicht ansehen. Was er wohl dachte und sah? Ob er immer wieder mich und Crowe vor Augen hatte? Wahrscheinlich.

»Können wir reden?«

»Besser nicht, Seven. Wir haben schon so viel ruiniert, indem wir geredet haben. Ehrlich gesagt steht Crowe kurz davor, die Kontrolle zu verlieren, und ich will nicht, dass er uns zusammen sieht.«

Tief atmete ich ein. Das durfte doch nicht wahr sein! Konnte er mich wenigstens ansehen, wenn er mit mir sprach?

»Crowe, Crowe, Crowe. Du kannst doch nicht wegen ihm …«

»Er ist krank«, unterbrach mich Parker. »Verstehst du das nicht? Willst du dich jeden Tag fragen müssen, ob du etwas hättest tun können, wenn er erst vom Dach gesprungen ist?«

»Was? Aber …« Blinzelnd versuchte ich, die richtigen Worte zu finden. »Dann, dann suchen wir ihm Hilfe. Er braucht einen Therapeuten.«

Parker schnaubte, wandte sich dann dem Omelett zu, das ihm die Köchin mit den stets roten Wangen reichte. Selma. Selma, die taube Köchin. Deshalb sprach Parker also so offen.

Nachdem er sich bedankt hatte, zischte Parker mir aus dem Mundwinkel zu: »Unsere Eltern weigern sich. Kein Wort darüber. Bring Crowe nicht in diese Lage. Niemand darf etwas merken. Das würde ihn noch mehr runterziehen. Sein Ruf ist ihm heilig. Ich schaffe das schon.«

Er schaffte das schon? Allein? Und warum musterte er mich so, als wäre das meine Schuld? Als ob Crowe durch mich …

»Was zur Hölle erwartest du jetzt von mir?«, fauchte ich. Irgendwie fühlte es sich gut an, meine Gefühle für Parker in etwas anderes zu kanalisieren. In Wut. »Dass ich mit Crowe zusammenkomme, damit er sich nichts antut? Oder dass ich mit dir durchbrenne und wir Crowe den Ärzten in Alaska überlassen und seinen Ruf schützen, indem wir sagen, er rettet dort Robbenbabys und kommt im Sommer zurück?«

Parker starrte mich entgeistert an, blinzelte, als hätte ich ihm in den Magen getreten. »Ich habe dir wirklich nichts mehr zu sagen.«

Ich taumelte nach hinten. Der Satz traf mich härter, als eine Ohrfeige es getan hätte. Wie konnte er nur?

»Weißt du, was?«, zischte ich. »Du hättest eine Therapie noch viel nötiger als dein Bruder. Was tust du hier eigentlich? Ist das ein Aufopferungskomplex? Willst du damit irgendwelche Schuldgefühle kompensieren? Welchen Knacks haben dir deine Eltern verpasst, dass du …«

Parkers ausdruckslose Miene holte mich zurück aus meinem Rausch. Großer Gott, wie konnte ich derart übers Ziel hinausschießen? Was hatte ich getan? Mit dem Handrücken fuhr ich mir über den Mund. Sofort tat es mir leid, dass ich so weit gegangen war. Ich schielte in Richtung Parker. Hatte ich mit meinem Wutausbruch nun auch die letzte Verbindung zu ihm gekappt? »Entschuldige, das hätte ich nicht sagen sollen.«

Ehe ich mehr als diesen einen Satz aussprechen konnte, hatte sich Parker ohne ein weiteres Wort, ja ohne einen weiteren Blick an mir vorbeigeschoben.

Ich biss mir auf die Unterlippe. Wie hatten wir das nur hinbekommen? Wieso war alles so eskaliert? Diese trostlose Leere in mir schien mich von innen aufzufressen. Wie konnte man nur wenige Stunden zusammen sein und dann in diese Katastrophe schlittern?

Während ich zurück zu meinen Freunden taumelte, knetete ich meine Finger. Ließ sich das noch kitten? Hinter meinen Schläfen meldete sich ein pochender Schmerz. Sollte ich mich um Crowe kümmern, um Parker zu zeigen, dass sie mir beide nicht egal waren?

Völlig in Gedanken versunken, nahm ich mir ein Croissant, winkte meinen Freunden zu und erklärte, dass ich auf meinem Zimmer essen wollte. Emerson begleitete mich.

»Gehst du zum Ball?«, fragte ich sie, sobald die Tür hinter uns zugefallen war.

»Ja.« Sie verzog das Gesicht. »Mit Trent.«

Okay?

»Er hat mich zuerst gefragt und ich wollte nett sein.« Ohne Umschweife setzte sich Emerson auf meine Schreibtischplatte und drehte mit ihrem Fuß den Schreibtischstuhl hin und her. »Er ist eigentlich in Ordnung, nur super tollpatschig.«

»Wem sagst du das?« Ich schürzte die Lippen, dachte dabei an das Porridge, das er bei meinem ersten Frühstück an der Schule auf meinen Blazer gekippt hatte. Seufzend zog ich die Beine an, kuschelte mich in den Sessel und zupfte an meinem Croissant. Damals war noch alles in Ordnung gewesen.

Nachdem wir eine Weile über den Ball gesprochen hatten und ich die Croissantkrümel von meiner Bluse gewischt hatte, schlug Emerson vor, uns im Trainingskeller etwas auszupowern, wogegen ich heute überhaupt nichts einzuwenden hatte. So ein paar Schläge gegen einen Sandsack würden sicher eine therapeutische Wirkung bei mir erzielen.

Auf den Schulfluren war es verdächtig still.

»Mein TikTok von dir ist übrigens viral gegangen«, sagte Emerson wie aus dem Nichts. »Die anderen schauen es sich gerade in Dauerschleife an.«

Ja, klar.

Sie musste meinen zweifelnden Blick bemerkt haben, denn sofort stoppte Emerson auf der Hälfte der Treppe, zog ihr Handy aus der Blazertasche und hielt es mir unter die Nase. Ein Video lief darauf. Ein ziemlich verwackeltes Video, das den Speisesaal zeigte, in dem mehrere unserer Mitschüler über ihren Handydisplays hingen und offenbar irgendwelche Zusammenschnitte von mir und Geistern in Augenschein nahmen. Octa und ich, Dear Hanna und ich … Im Hintergrund sang eine Rockband: *It's the end of the world as we know it* in Dauerschleife. Zwischen den Schülern sah ich Remi hin und her flitzen, offenbar auf der Suche nach mir.

Gut, hier würde er mich auch so schnell nicht finden. Gerade wollte ich nach ihm rufen, da fauchte etwas. Verwundert sah ich mich um. Die Schatten waren lang an diesem düsteren Novembermorgen. Ein dunkler Flur wie aus einem Gruselhotel lag vor uns, aus dem etwas Graues auf mich zugeschossen kam. Ohne weitere Vorwarnung, einfach so. Alarmiert wirbelte ich herum, verstand sofort, was los war, ließ mich auf die Treppenstufen fallen, weswegen der Poltergeist über mich hinwegschoss. Warren. Warren Parkwich. Der Mörder meiner Schwester griff mich an. Jetzt und hier. Er musste aus dem Forschungslabor entkommen sein, denn anders konnte ich mir seine Anwesenheit nicht erklären. Vielleicht hatten die Drillinge ihn auch absichtlich freigelassen, damit er mir das Leben zur Hölle machen konnte.

Hastig schlüpfte ich aus meinem Körper.

Da drehte Warren auch schon und schoss auf mich und Emerson zu.

Emerson folgte meinem Beispiel, nur offensichtlich hatte ihr Körper keine feste Standposition auf den Treppenstufen. Meiner lag auf dem Bauch auf den Stufen, ihrer stand locker da, was Warren sofort ausnutzte. Er streckte eine Hand aus und schubste Emersons Körper nach hinten. Mit großen Augen verfolgte ich, wie sie seitlich auf der Treppe aufprallte, mehrere Stufen nach unten rutschte und dann hart im Foyer aufschlug.

Autsch!

»Nein!«, schrie Emerson noch, dann löste sich ihr Geist auf.

Ich verstand. Die echte Emerson war bewusstlos. Also war ich auf mich allein gestellt. Meine Gedanken rasten wie auf einer Achterbahn.

»Was willst du von mir? Weißt du nicht, dass ich auf der Seite der Geister stehe?«, herrschte ich ihn an. »Dan, der Poltergeist-Anführer, will nicht, dass mir etwas zustößt.«

»Pff.« Warren rubbelte sich mit der Hand über ein Einschussloch in seiner Stirn. »Is mir egal. Ich will beenden, was ich angefangen habe. Dann kann ich ins Licht gehen.«

Also war sein Ziel, mich zu töten? Etwas Unerledigtes zu vollenden? Aber ich stellte in dieser grausamen Welt schon lange keine Fragen mehr. So musste es sein.

Schon schoss Warren auf mich zu, streckte ein Hand aus, um mich zu würgen. Doch ich wich ihm aus, packte das Netz in meinem Nacken.

»Du kleine Mistkröte, ich hätte euch beide in jener Nacht mitnehmen sollen.«

Das war sein Problem? Ich stieg weiter nach oben, warf das Netz, doch dieses Mal war Warren es, der auswich. Dafür machte er einen Schlenker und griff nach meinem Geisterfuß. Er umschlang ihn, ließ allerdings sofort wieder von mir ab, als hätte er sich verbrannt. Ein weißes Glühen breitete sich über meine Schultern aus. Die Schutzrunen!

Der Gedanke verlieh mir neuen Auftrieb. Ich brauchte keine Hilfe, nicht mal dieses Netz. Heute leuchtete ich heller als sonst. Ungefähr so wie der Polarstern. Und der wies allen den Weg. So wie ich, oder nicht?

»Du solltest dorthin gehen, wo du hingehörst.« Ich zog sowohl ein Schwert als auch den Dolch aus meinem leuchtenden Geisterkörper. »Jeder gehört irgendwo hin. Und dein Platz ist in der Hölle.«

Wie ich es im Training gelernt hatte, nutzte ich die Schwachstellen meines Gegners. Warren schwebte so vor mir, dass seine Seiten ungeschützt waren. Ein Stich und noch einer in den rauchigen Körper. Es ging so schnell, dass der Poltergeist nur mit Verzögerung registrierte, was ich getan hatte. Aber da war es schon längst geschehen. Insgesamt würde es zwölf Stiche brauchen. Vielleicht war es vorbei, eher er begriff, was ich vorhatte.

Doch ganz so einfach machte es mir der Poltergeist nicht. Der Mörder meiner Schwester holte aus, knurrte und fuhr mir mit seinen spitzen Geisterfingernägeln übers Gesicht. Dort, wo er mich berührte, brannte meine Wange. Gleichzeitig zischte der Dämon, als hätte er sich an mir verbrannt.

»Das ist für Nova.« Ich drehte mich, nutzte den Schwung und stach ihm mit dem Dolch in den Hals. »Und das für Remi.« Wie ich es einmal in einem Kung-Fu-Film gesehen hatte, rammte ich dem Geist mein Schwert in den Bauch.

Warren taumelte in der Luft rückwärts, die Augen weit aufgerissen, doch ich blieb dran. Sieben, acht, neun, zehn, elf. Nur noch ein Treffer! In diesem Moment bäumte sich Warren auf. In der Luft drehte er sich, warf sich auf den Rücken und trat mir beide Klingen nacheinander aus der Hand. Mist, vor meinen Augen fielen sie zu Boden, wo sie sich auflösten. Jetzt musste ich darauf warten, bis sie sich unter meiner Haut erneut materialisierten, oder nach den Ersatzwaffen angeln. Selbstverständlich ließ mir Warren diese Zeit nicht. Er trat nach mir, hielt selbst plötzlich ein Messer in der Hand. Nein, das war eine riesige Machete, wie ich feststellen musste. Oh-oh. Schnell brachte ich etwas Abstand zwischen uns, als er mich schon angriff. Verflucht! Eilig zog ich mir mein zweites Schwert vom Rücken, doch was sollte ich damit gegen eine so breite Machete ausrichten?

»Finger weg von meiner besten Freundin!« Ich hörte Remis Stimme, bevor ich ihn sah. Remi kam von unten zu uns geschossen, tackelte Warren, wobei er versuchte, ihm in den Hals zu beißen.

Der Poltergeist konnte nicht damit gerechnet haben, weshalb Remi ihn kalt erwischte. Beide schlugen hart auf den Treppenstufen auf, fielen nicht hindurch, denn wir befanden uns direkt über dem Geheimraum, der mit Geisterabwehrspray imprägniert war.

Und schon war ich zur Stelle. Ehe Warren Remi mit der Machete erwischen konnte, rammte ich ihm mein Schwert in die Stirn. Genau in eins der Einschusslöcher, die meine Mom dort hinterlassen hatte. Mit Remis Hilfe, der den Mistkerl auf den Stufen fixierte.

Geschafft. Mit einem Geräusch, als würde Luft aus einem Luftballon entweichen, löste sich Warren vor unseren Augen auf, was Remi mit einem aufgeregten Japsen kommentierte.

Mehrere Herzschläge starrte ich auf den Punkt in der Luft, der nun absolut geistfrei vor mir lag. Der erste Geist, den ich aus der Welt der Lebenden geworfen hatte. Parkers Erklärung für dieses Phänomen hallte in meinen Ohren wider: *Zwölf Stiche, und der Geist geht dorthin, wo er hingehört. Ins Licht. Vollständig.*

Wie das Licht wohl für einen Poltergeist aussah? Betrat Warren vielleicht in diesem Moment die Hölle? Ob ich das auch anders hätte lösen können? Nein, er hatte keinen Frieden gewollt und außerdem Nova und Remi auf dem Gewissen. Manchmal war das der Weg und ich musste ihn gehen. Mit allen Konsequenzen. Er war kein lebender Mensch mehr gewesen. Und ich war nicht meine Mom. Ich konnte und würde mich gegen Selbstjustiz entscheiden. Immer. Aber hier hatte es sich um Notwehr gehandelt. Also schluckte ich alle Gewissensbisse herunter und auch den Teil in mir, der in Jubel ausbrechen wollte.

»Das war unglaublich«, hauchte Remi.

Womöglich, aber damit konnte ich mich jetzt nicht aufhalten. Emerson brauchte mich, also glitt ich zurück in meinen Körper und rief nach Eleonor, während ich prüfte, ob Emerson noch atmete. Hoffentlich hatte sie sich nichts gebrochen. Sie war ziemlich hart mit dem Kopf aufgeschlagen. Besser, ich bewegte sie nicht.

»Warum schreist du denn so?«, wisperte Emerson, noch während ich meine Wange vor ihre Nasenlöcher hielt. Sie schielte etwas, wirkte aber ansonsten fit wie Remi an seinen freien Tagen.

Grinsend zog ich mich von ihr zurück. »Hab gehört, das ist immer noch die beste Methode, um eine schlafende Geisterjägerin zu wecken. Oder wäre dir ein Kuss lieber gewesen?«

KAPITEL 28

Fünf Tage später stand ich vor Iras Kleiderschrank, um mir ihr Ballkleid vom letzten Jahr zu leihen. Sie drückte mir ein purpurfarbenes Kleid in die Hand, knöchellang, mit einem Samtband um die Taille, das seitlich in einer Schleife endete. Wahrscheinlich würde ich wie eine Pflaume darin aussehen.

»Du hast bestimmt drei Kilo verloren«, meinte Ira mit schief gelegtem Kopf.

Und wenn schon. »Hatte einfach so viel anderes zu tun außer essen.« Ich zuckte mit den Schultern.

»Okay, wir brauchen zwei fabelhafte Kleider, die sowohl Parker als auch Kyle aus den Socken hauen.« Ira nickte energisch, während Shana so tat, als müsste sie sich in ihre High Heels übergeben, die sie gerade polierte.

»Hast du denn noch mal mit Parker gesprochen?«, fragte Ira wie nebenbei und bearbeitete gleichzeitig die Schleife mit einer Schere. »Bisschen Couture neu erschaffen«, murmelte sie.

»Nein.« Ich starrte auf meine Fußnägel, von denen der blaue Lack größtenteils abgeblättert war. »Parker spricht nicht mehr mit mir.«

»Was den Vorteil hat, dass wir zu viert mit Varla zum Ball gehen. Wie vier Räder an einem Wagen.«

Ich warf Ira einen Blick zu. »Mit unseren speziellen Dates natürlich«, fügte sie schnell hinzu.

»Das wird der Kracher.« Ira hob ein ziemlich zerfetzt wirkendes Kleid hoch. »Und jetzt deins, Shana. Her damit.«

Ich betrachtete das Umstyling der Kleider mit hochgezogenen Augenbrauen. »Mir kommt gerade eine Idee.«

»Wieder mit Geisterplasma die Kleider aufpeppen?« Ira schenkte mir einen zweifelnden Blick vom Boden aus, wo sie sich in die Hocke begeben hatte.

»Schwachsinn. Das wäre wie eine Blutbank auszurauben«, antwortete Shana, bevor ich es tun konnte.

»Ganz genau.« Ich lockerte meine Nackenmuskulatur und begann dann, meinen Plan genauer zu erklären.

Der Ball fand am darauffolgenden Wochenende im Speisesaal statt, denn die Turnhalle wurde immer noch renoviert. Und wow, das Dekorationskomitee hatte ganze Arbeit geleistet. Von der Decke hingen so viele glitzernde Schneeflocken und alles war in Weiß, Hellblau und Silber gehüllt. Auf dem Buffet entdeckte ich sogar Schwäne aus Eis und überall standen silbergraue Kübel, in denen blaues Geisterfeuer brannte. Ein wahres Winterwonderland. Meine Erwartungen waren eindeutig übertroffen worden. Und dennoch war das die Kulisse, die ich mir in etwa ausgemalt hatte für unseren Showdown.

Automatisch suchte ich nach Parker, scannte mit meinen Blicken die Menge ab. Gerade lief ein langsamer Song und die Halle war schon gut gefüllt. Doch ich konnte ihn nirgends entdecken.

Dafür erlangten Varla, Ira, Shana und ich nun die Aufmerksamkeit der anderen Gäste. Dank unserer Balldates. Und durch unsere Aufmachung.

»Bereit?«, wisperte Varla.

Wir nickten. Meine Hand fuhr zu dem kleinen Knopf in der versteckten Tasche in meinem hellblauen Kleid. Und schon sprangen die LED-Lichter an. Es hatte uns zwei Tage gekostet, die LED-Lichterketten daran zu befestigen. Aber es hatte sich gelohnt. Auch der Kauf dieser eisblauen Ballkleider. Denn jetzt leuchten Shana, Ira, Varla und ich wie unsere Geisterfreunde. Wie unsere Balldates. Und ich fühlte mich gut in dem Kleid, das Ira für mich ausgesucht hatte. Hellblau, mit breiten Trägern, die hinter meinem Nacken zu einer Schleife zusammenliefen, und mit einem ausgestellten Rock. Durch die blauen LED-Lichter war es natürlich noch schöner anzusehen.

Unsere Mitschüler und auch einige Erwachsene in der Nähe verstummten, die Blicke fest auf uns gerichtet. Gemeinsam mit Remi machte ich den Anfang. Ich hatte meine Hand in seine gelegt, die er wie ein Gentleman aus dem achtzehnten Jahrhundert in die Höhe hielt.

Hinter uns folgte Varla mit Octa an ihrer Hand. Ich konnte kaum fassen, wie hell beide leuchteten und wie sehr Octa über das ganze Gesicht strahlte. Dann kamen Ira und Leah-Belle und als Schlusslicht Shana mit Ruben, den sie so lange bequatscht hatte, bis er eingebrochen war und zugestimmt hatte, sein neues Zuhause für diesen Abend zu verlassen. Sylvas Anwesenheit hätte ihren Mörder vorgewarnt, dass wir ihm oder ihr auf der Spur waren, daher hatte sie sich uns nicht angeschlossen. Noch nicht.

Raunen ertönte um uns. »Geister als Ballpartner?«

»Was sind das für Kleider?«

»Sie leuchten genauso hellblau wie die Geister.«

Jap, wir läuteten definitiv hiermit ein neues Zeitalter ein. Gut so. Mein Lächeln wurde breiter, meine Schritte gleichzeitig federnder.

Außerdem begleiteten uns natürlich Kyle und Emerson. Emerson trug einen Verband über dem linken Auge. Fast hätte sie ein Auge verloren nach dem Zusammenstoß mit Warren, aber nur fast. Wir hatten die Voraussagung der Medien gerade noch mal abgewendet. Mrs Lebron und ich hatten sie schnell genug in den Krankenflügel gebracht und zu meiner Überraschung hatte sie erklärt, keine Plasmabehandlung erhalten zu wollen.

Neben Emerson geriet Trent ins Stolpern, denn er starrte mein Kleid an statt den Boden vor sich. Aus dem Augenwinkel bemerkte ich, wie er versuchte, sich an Emersons Kleid festzuhalten, das mit einem Ratschen an einer Stelle riss.

Tatsächlich waren auch Erwachsene beim Winterball anwesend, die ich noch nie gesehen hatte. Dazwischen bekannte Gesichter. Ich entdeckte Parkers und Crowes Eltern und auch die Mutter der Drillinge, Mrs Sukarno.

Ich nickte meinen Freunden zu. Sie wussten, was zu tun war.

Die Falle auslegen, dann in Position gehen. Also mischten wir uns unter die Gäste.

Der Bass des nächsten Lieds wummerte in meinem Ohr, während ich mich in Richtung Bühne schob. Ungünstigerweise eilten die Hatties von links auf uns zu und Crowe näherte sich von rechts.

»Abtauchen«, wisperte ich Remi zu. Uns blieb nur die Flucht nach vorn.

Eilig schlängelte ich mich mit ihm hinter die Bühne.

»Das war knapp.« Ich lehnte mich mit dem Rücken gegen den schwarzen Vorhang, der das Gerüst der Bühne bedeckte.

»Das war jetzt ein bisschen wie bei Cinderella und ihrer Flucht kurz vor Mitternacht.« Remi grinste von einem Ohr zum anderen.

Erst da bemerkte ich, dass wir nicht allein waren.

Parker stand uns schräg gegenüber am Fenster, eine Cola in der Hand, und starrte mich an. Sein Blick glitt über mich. Kurz fühlte ich mich unwohl in meinem auffälligen Ballkleid mit Herzausschnitt. Aber dann reckte ich das Kinn. Sollte er mich doch ansehen. Ich sah fantastisch aus. Das fand ich zumindest.

Parker musterte mich immer noch. Irgendwie verträumt, bis Remi sich räusperte.

»Würdest du aufhören, Seven mit deinen Blicken zu belästigen?« Und dann fügte er im Flüsterton hinzu: »Findest du nicht auch, dass Seven und ich wie Zwillinge aussehen?« Wieder zeigte Remi sein strahlendstes Lächeln.

»Wie bitte?« Parker blinzelte, wandte sich dann meinem besten Freund zu, wirkte allerdings, als hätte er nicht richtig zugehört.

»Es war schön, dich zu sehen«, sagte ich, »aber jetzt müssen wir los.«

»Auf Mission. Versuch gar nicht erst, uns aufzuhalten.« Remi warf sich in die Brust, was ich mit einem genervten Augenaufschlag quittierte. Ernsthaft?

Natürlich unterzog Parker uns sofort einer Musterung mit seinem kritischen Parker-Blick. »Was habt ihr vor?«

Na toll, das war abzusehen gewesen.

»Wenn du die Klappe hältst, darfst du mitmachen«, meinte Remi großspurig.

Parker wollte, und da ich keine Lust auf Diskussionen hatte, nahm ich ihn mit auf meine Position.

»Und dir geht es wirklich gut?«, fragte Parker nah an meinem Ohr, damit ich ihn über die Musik hören konnte. Wir bewegten uns auf die indonesischen Drillinge und ihre Mom zu. Die vier waren augenscheinlich in ein Gespräch darüber vertieft, ob sie Alkohol konsumieren durften oder nicht, was sich aus ihren Gesten eindeutig ablesen ließ.

»Wegen Warren? Ja. Frag lieber mal Emerson.« Die letzten Tage war mir Parker aus dem Weg gegangen. Woher kam dieses plötzliche Interesse?

»Sie hat ihren ersten Poltergeist kaltgemacht. Damit kann Seven zu Recht angeben.« Remi war ganz offensichtlich stolz auf mich. Dafür schenkte ich ihm ein dankbares Lächeln.

Und dann war es so weit. Das Licht ging aus, die Musik, einfach alles. Ayanas Werk.

Gemurmel machte sich breit und etwas klirrte, als wären Gläser zu Bruch gegangen.

Schon im nächsten Moment schwirrte Sylva in den Saal. Natürlich wurde sie sofort erkannt. Zwei Mädchen schrien sogar auf, sobald sie sie bemerkten. Shana, Varla, Ira, die Hatties, Mr Chase und die anderen Lehrer beobachteten Sylvas Auftritt, aber mein Fokus lag auf der Reaktion von Mrs Sukarno. Während ihre Töchter japsten, sich an den Händen hielten, verdüsterte sich ihr Gesicht.

»Seht ihr das?«, flüsterte ich Parker und Remi zu. »Sie ist nicht überrascht, sie wusste es.«

Scharf sog Parker Luft in seine Lunge. »Du hast das geplant?«

Ich nickte. »Varlas Vision. Das rote Tuch. Hat den Kreis der Verdächtigen eingeschränkt. Die Hatties oder Mr Chase hätten es aber auch sein können. Mrs Sukarno war in der letzten Ballnacht heimlich an der Schule. Ich glaube sogar, dass sie anfangs mit den Poltergeistern gemeinsame Sache gemacht, aber Dan, der Poltergeist-Anführer, sie inzwischen fallen gelassen hat. Oder dass sie nach dem Brand nicht mehr mit Dan arbeiten wollte, weil er ihre Töchter in Gefahr brachte. Er rückt nicht richtig mit der Sprache raus, mit wem und bis wann er mit seinen Partnern zusammengearbeitet hat. Scheint sich immer noch loyal gegenüber seinen Verbündeten zu verhalten. Aber Varla hat deutlich gehört, wie Mrs Sukarno vor der brennenden Turnhalle sagte: So war das nicht *abgemacht*.« Konnte ich nicht endlich die Klappe halten? Innerlich verpasste ich mir eine Ohrfeige. Wir wussten, dass sie inzwischen nicht mehr mit Dan arbeitete. Punkt. Aber das hatte sie nicht weniger verdächtig gemacht. Ganz offensichtlich hatte Mrs Sukarno ohne das Wissen der Poltergeister eigene Pläne verfolgt. »Was machen wir jetzt?«

Gerade als mehrere Handytaschenlampen angingen und *Sylva*-Schreie laut wurden, machte Mrs Sukarno einen Schritt rückwärts. Sie wollte abhauen! Ob sie glaubte, Sylva würde sie identifizieren können? Wie auch immer.

»Wir müssen sie aufhalten.«

Gemeinsam mit Parker und Remi stürzte ich nach vorn.

»Sie war es. Die Mutter der Drillinge hat Sylva umgebracht. Hat wahrscheinlich die anderen Schüler auch auf dem Gewissen. Remi, sag allen Bescheid. Sie läuft zum Bedienstetenausgang.« Remi salutierte.

»Das ist supergefährlich, was ihr plant. Warum habt ihr nichts gesagt? Ihr hättet die Jäger einweihen sollen.« Parkers Stimme klang vorwurfsvoll.

»Wir mussten vorsichtig sein, wem wir vertrauen. Irgendwer von den Jägern hätte die Hatties informieren können.«

Parker brummte etwas.

In diesem Moment stolperte ich über den Saum meines Kleides, aber Parker war sofort zur Stelle und stützte mich.

»Danke.« Komischerweise verschwamm auf einmal die Welt um mich herum. Alle Geräusche wurden leiser. Parker war mir so nah, starrte mich so besorgt an wie vor der Nacht unter der Treppe. Ich biss mir auf die Lippen, rappelte mich wieder auf. Es würde nicht mehr so sein wie vor dieser Nacht. Nie mehr. Und ich durfte unsere Verdächtige nicht aus den Augen verlieren.

»Komm«, flüsterte ich. »Schneller.«

Wir bogen in den dunklen, schmalen Flur ein, die Tür war gerade erst hinter Mrs Sukarno ins Schloss gefallen. Am Ende des Gangs rüttelte sie an der Klinke. Verschlossen. Mrs Sukarno schien uns noch nicht bemerkt zu haben, warf sich gerade mit der Schulter gegen die Tür. Allerdings ohne Erfolg.

»Wie eine Maus in der Falle.« Remi kam hinter mir in den Flur geschossen. Offenbar hatte er seinen Job schon erledigt. Gemeinsam mit ihm beleuchtete mein Kleid die Umgebung so intensiv, dass wir unsere Anwesenheit nicht länger verschleiern konnten.

Mrs Sukarno wandte sich zu uns um.

Doch schon im nächsten Moment waren wir nicht mehr allein. Hinter uns polterten noch mehr Menschen in den Flur. Meine Freunde sowie die Hatties, Dian, Mo Buhari und Mr Chase.

»Sie war es.« Ich nickte in Richtung von Mrs Sukarno. »Sie hat Sylva umgebracht. Und wahrscheinlich auch die anderen Schüler.«

»Was?« Coral klang ganz und gar nicht so, als ob sie mir glauben würde. »Warum sollte sie das tun?«

Ja, warum? Ich biss mir auf die Lippe. *Komm schon, Seven. Füge die Puzzleteile zusammen.* Beweise. Unser Publikum brauchte Beweise. »Sie … hat Jägerfähigkeiten«, stieß ich als Erstes hervor. »Varla hat es gesehen.«

»Unmöglich.« Dian seufzte. »Hast du dir den Kopf gestoßen, Seven?«

»Lasst sie ausreden«, beschwor Parker unser Publikum.

»Wie kann man Kräfte entwickeln? Mrs Sukarno ist eindeutig darauf aus, dass sie und ihre Töchter in die Begabten-SUs eintreten können, richtig?«

Coral schnaubte. »Bist du sicher? Dazu hat sie doch erst zweihundert Anträge gestellt.« Sie neigte den Kopf. In ihrem weißen Kleid mit den silbernen Pailletten wirkte sie wie die Schneekönigin aus dem Märchen. Eiskalt und wunderschön.

Ich ließ mich nicht beirren, kratzte mich nachdenklich im Nacken. »Mrs Lebron sagte, manche Geistbegabte essen Geisterplasma, um besondere Fähigkeiten auszubilden. Und die Poltergeister haben angedeutet, dass sie mit ihnen zusammengearbeitet hat.«

Parkers Kopf ruckte herum.

»O mein Gott«, sagte Olivia.

Coral keuchte, ließ dabei ihre Clutch-Handtasche fallen.

»Sie hat so viel Geisterplasma gezapft, dass dadurch das Gleichgewicht gestört wurde.« Meine Stimme klang viel gefasster, als ich mich fühlte. »Ich bin mir sicher, dass sie es war. Wegen ihr ist alles durcheinandergeraten.« Wegen ihr war Sylva kein lebendes Mädchen mehr, sondern ein Geist.

»Doch nur für mich und meine Babys«, jammerte Mrs Sukarno.

Vor unseren Augen krümmte sie sich zusammen. Aber irgendetwas stimmte daran nicht. Sie war keineswegs jemand, der schnell aufgab, das wussten wir. Also hob ich eine Hand. »Vorsicht.«

Dummerweise hörten Dian und Bayle nicht auf mich. Sie stürzten auf Mrs Sukarno zu, offensichtlich, um sie festzunehmen.

Wie ich es geahnt hatte, dachte Mrs Sukarno gar nicht daran aufzugeben. Mit einem Mal schoss sie aus ihrer gebeugten Haltung nach vorn, griff sich ein Bild von der Wand, das eine historische Schwarz-Weiß-Aufnahme der Schule zeigte, zerbrach das Glas, indem sie den Bilderrahmen gegen die Wand schlug. Ehe Bayle ganz bei ihr angekommen war und wusste, was geschah, packte sie ihn schon. Geschickt nutzte sie seinen Schwung, drohte ihm zunächst mit der spitzen Glasscheibe, die sie aus dem Rahmen gebrochen hatte, drehte ihn mit dem Rücken zu sich und hielt ihm die Scherbe wie ein Messer an den Hals.

Die Drohung war unmissverständlich, weswegen Dian Ortez abbremste und die Hände hob. »Sukirah, das willst du doch nicht wirklich tun.«

Mrs Sukarno bleckte die Zähne. »Ihr schließt diese Tür hinter mir auf. Dann lasse ich ihn gehen.«

Der Gang hinter mir hatte sich inzwischen dermaßen gefüllt, dass ich schon geschubst wurde. Fieberhaft dachte ich nach. Bayle, der Mrs Sukirah um einen Kopf überragte, aber nur halb so breit wie sie war, schielte in Richtung seines Halses, verharrte aber ansonsten wie zu einer Schaufensterpuppe erstarrt. Offensichtlich wagte er es nicht, sich zu befreien. Bayle, Bayle, Bayle … Wie konnten wir die Situation drehen? Er war ein Geisterjäger, aber das brachte uns auch nicht weiter. Aus seinem Körper zu schlüpfen würde ihn nicht retten.

Hinter mir schwoll ein Tumult an.

»Lasst uns durch!«, hörte ich Bethari kreischen. Ihre Drillingsschwestern und sie waren also auf dem Weg hierher … Auf einmal kam mir meine erste Begegnung mit Bayle wieder in den Sinn. Damals, als Crowe mich kurz nach meiner Ankunft an der Black Forest High geküsst hatte.

»Bayle!« Ich zuckte zusammen, hatte nicht damit gerechnet, meine eigene Stimme so laut zu hören. »Wo ist dein Handy?« Dann salutierte ich und konnte nur noch hoffen, dass er verstand.

Zunächst fand Bayles Blick meinen, wirkte allerdings verwirrt.

»Weg da!« Asmara schien sich den Weg freizuboxen. »Mom!«

Jetzt oder nie. Ich gestikulierte in Richtung Bayle, salutierte ein weiteres Mal, indem ich mir die Handkante gegen die Schläfe drückte.

Von einer Sekunde auf die andere schienen Bayles Augen zu strahlen.

Mrs Sukarno reckte das Kinn, offenbar auf der Suche nach ihren Töchtern, und exakt so eine Ablenkung hatten wir gebraucht.

Mit einer schnellen Bewegung zog Bayle sein Handy hervor.

»Was?«, schnappte Mrs Sukarno. »Willst du etwa telefonieren? Das wird dir auch nichts nützen.«

Doch Bayle ließ sich nicht beirren, sondern hob das Gerät auf Höhe von Mrs Sukirahs Schläfen. Dann fuhr er mit den Fingern darüber. Das Gerät klappte sich wie ein Frisbee aus der Zukunft auf und schlug ihr damit aus heiterem Himmel hart direkt gegen den Kopf.

»Autsch!« Sie zuckte zusammen, war so abgelenkt, dass Bayle Zeit hatte auszuholen, um ihr die Glasscherbe aus der Hand zu schlagen.

Zwanzig Minuten später, nachdem Mrs Sukarno in den Keller gesperrt worden war, um dort auf ihre Verhandlung zu warten, tanzte ich auf der Bühne mit Remi und meinen Freundinnen. Tatsächlich war das der allererste Schulball in meinem Leben, den ich genießen konnte. Zumindest nach dem großen Showdown mit Mrs Sukarno. Immer noch konnte ich kaum fassen, dass mir die Erwachsenen geglaubt hatten. Gut, ich war die Geistlenkerin und die damit einhergehende Autorität kam mir in diesem Fall gelegen. Um mich herum wirbelten meine Freundinnen in ihren blauen LED-Lichtscheinen. Jetzt, da der Speisesaal fast komplett im Dunkeln lag, abgesehen von der Discokugel und den Lichterketten an der Decke, wirkten die Kleider fast unwirklich magisch. Um uns herum schwirrten unsere Geister-Balldates.

»Es ist so weit. Remi, Octa.« Ich nickte meinen Freunden zu, berührte mit meinen Fingerspitzen die meiner Geisterfreunde, wonach die beiden noch intensiver zu leuchten begannen. Remi schwebte nach oben, ihm dicht auf den Fersen war Octa, die ebenfalls die Decke ansteuerte. Eine Sekunde später raschelte es. Ein Raunen erfüllte den Saal, sobald sich das riesige Segeltuch hinter der Scheinwerferleiste nach unten ausgerollt hatte. Die Botschaft hatten wir in fetten schwarzen Buchstaben geschrieben und Akzente wie Schatten in Leuchtfarbe hinzugefügt. Ich sah nicht hin, wusste aber ganz genau, was alle anderen zu lesen bekamen.

**WER DIE TOTEN LIEBT,
LIEBT AUCH DIE LEBENDEN**

Das neue Motto, das ich mir für meine Amtszeit ausgedacht hatte. Gespannt blickte ich in die Gesichter meiner Lehrer, Mitschüler und die der anderen Erwachsenen sowie Geister, um ihre Reaktionen zu scannen. Und tatsächlich bemerkte ich, wie die Gäste diskutierten. Über mein Statement, über diese ungewöhnliche Vereinigung, die sich ihnen auf der Bühne bot. Irgendwie konnte ich beinahe ihre Gedanken hören. Vor allem die der Eltern, die mich heute zum ersten Mal sahen. Einige von ihnen schienen derselben Meinung wie ich zu sein. Das konnte ich an ihrer Mimik und der Körpersprache ablesen. Dass Geister unsere Freunde sein konnten. In der Art. Andere nicht.

Die indonesischen Drillinge hatten natürlich den Ball längst wutentbrannt verlassen, aber das würde ich schon regeln. Gut, ich hatte ihre Mutter überführt, aber für ihre verbrecherischen Taten konnten weder sie noch ich etwas. Mrs Sukarno musste Geister erschaffen und ihnen Plasma abgezogen haben, um selbst Fähigkeiten zu entwickeln. Was ja auch geklappt hatte.

Doch Arti, Asmara und Bethari verurteilte ich nicht dafür. Sie hatten von all dem nichts geahnt, so viel war klar. Und wenn jemand wusste, dass man für die Taten seiner Familie nicht verantwortlich gemacht werden konnte, dann war ich das. Was ich allerdings in letzter Zeit gelernt hatte, war, dass man sich selbst neu erfinden konnte, egal welche Blutschuld man durch seine Vorfahren aufgeladen bekam im Leben.

Irgendwann scheuchte uns Bayle von der Bühne. »Zeit für die Krönung.«

Na toll! Sicherlich Crowe und Natalia. Am besten, ich verdrückte mich zum Buffet und sah mir die Snacks genauer an statt Natalias Bühnenshow.

»Nein, du bleibst.« Bayle hielt mich zurück, zwinkerte mir zu. Ohne Zweifel hatten die letzten Stunden keinesfalls an seinem Ego gekratzt. »Kleine Planänderung. Online-Abstimmung ist gerade durch.«

Ich verstand gar nichts mehr, aber da schleppte Trent schon Parker zur Bühne. Was sollte das? Natalia war die einzige aufgestellte Kandidatin für den Job der Ballkönigin gewesen.

»Du hast die Abstimmung manipuliert!«, keuchte ich.

»Jap, endlich sind diese Hände mal zu etwas nützlich.« Bayle kicherte über seinen eigenen Witz und präsentierte mir seine superlangen Finger.

Aber ich fand das weniger komisch. Und Parker auch nicht, wenn ich seinen Gesichtsausdruck richtig interpretierte. Warum quälte mich das Schicksal so? Gut, im Prinzip stand die Option im Raum zu verkünden, dass sie mich alle mal gernhaben konnten, aber wollte ich wirklich als Geistlenkerin eine Spielverderberin abgeben?

»Klopf, klopf.« Bayle nahm sich das Mikro vom DJ-Pult und tippte es mit dem Zeigefinger an. »Kurze Unterbrechung. Gleich könnt ihr weiterknutschen. Ja, ich hab euch gesehen, Mason und Ellory. Ayo, kannst du kurz aufhören, Varla anzuschmachten, und mir deine Aufmerksamkeit schenken?« Bayle zwinkerte dem Publikum zu.

Während Trent Parker neben mich schob, stand ich wie versteinert da. Was hatte Bayle sich nur gedacht?

»Diese beiden schmucken Schüler sind unser Winter-Königspaar. Parker und Seven. Schöner hätte ich's mir nicht aussuchen können!«

Meine Güte, jetzt gab Bayle aber Gas!

Hörte ich da von irgendwoher Natalia nach Luft schnappen?

Ich schielte in Richtung Parker. Wenn er mich wenigstens einmal ansehen würde. Doch Parker blickte stur geradeaus, als hätte ihn die Discokugel hypnotisiert.

Wie ein Marktschreier spulte Bayle in der Zwischenzeit seinen Text herunter, wobei ich ihm nur mit halbem Ohr zuhörte. Parkers Körper schien so heiß zu brennen wie die Sonne, was mich ins Schwitzen geraten ließ.

»Musik an und tanzen.« Er tippte auf seinem DJ-Pult auf ein paar Tasten, worauf ein langsamer Popsong erklang. Trent schaffte es irgendwie, mich und Parker aufeinander zuzuschieben. Auf einmal gar nicht so tollpatschig, das musste ich ihm lassen.

»Das Lied ist sicher schnell vorbei«, hauchte ich. »Spiel einfach mit.« Irgendwie war alle Luft aus meiner Lunge gewichen. Mehr als das konnte ich Parker plötzlich nicht mitteilen, war stattdessen von dem starren Blick gefangen, mit dem er mich bedachte.

Fast hätte ich nicht damit gerechnet, doch Parker tat zu meiner Überraschung genau das, um was ich ihn gebeten hatte. Obwohl ich schon befürchtete, er könnte von der Bühne springen, einfach um mir zu entkommen.

Stattdessen legte er seine Hände um meine Taille und ich schlang meine um seinen Hals. Seine eisblauen Augen, die in diesem Licht mit meinem Kleid um die Wette glitzerten, sahen knapp über mich hinweg. Wahrscheinlich brauchte er Zeit, um alles, was geschehen war, zu verarbeiten. Und die würde ich ihm geben, keine Frage.

»Es tut mir so leid«, sagte ich nach einer Weile. »Wirklich, mir liegt nichts an Crowe und ich stehe auch nicht auf Machos, wenn du das denken solltest.« Hoffnungsvoll schielte ich zu ihm nach oben. »Glaubst du, du wirst mir irgendwann verzeihen können?« Parker schwieg, weswegen ich seufzte. »Du kannst den Anblick von Crowe und mir nicht vergessen, hm? Aussichtslos?«

»Ich kann nicht …«, begann Parker nach einer Weile, während der er mich nur angestarrt hatte, ohne auf irgendeine Art zu reagieren.

Mir rutschte das Herz in die Hose. Er würde mir also niemals vergeben.

»Ich kann so nicht weitermachen«, korrigierte er sich. »Dich jeden Tag sehen. Crowe sehen. Aber unser Vater hat zugestimmt, Crowe morgen bis zum zehnten Januar in eine Klinik einzuweisen, wo er professionelle Hilfe erhalten wird. Über die Weihnachtsferien sozusagen. Verlängerte Ferien. Niemand wird etwas mitbekommen.«

Oh, wirklich? Und war das da ein Lächeln auf seinen Lippen?

Parker lehnte seine Stirn gegen meine. »Kannst du mir verzeihen, dass ich so ein Sturkopf war? Ich weiß, dass ich nachtragend sein kann, und diese Eigenschaft möchte ich auch wirklich ablegen. Was ich aber mehr weiß als alles andere, ist, dass ich ohne dich nicht leben kann. Die letzten Tage waren eine Qual.«

So konnte einfach nur Parker reden. Und wie schön sich die Lichter meines Kleides in seinen Augen spiegelten. Ein magischer Moment, den ich so lange wie möglich auskosten wollte. Andererseits konnte ich Parker auch nicht für alle Zeiten auf eine Antwort warten lassen.

Daher wisperte ich nach ein paar Sekunden: »Ich verzeihe dir alles.« Was wohl sein Stichwort war, denn augenblicklich lächelte er so breit, als hätte er den Jackpot gewonnen. Parkers Lippen senkten sich auf meine, und er küsste mich ab da bis zum Ende des übernächsten Lieds ununterbrochen. Wow! Mein Gesicht schien mit meinem Kleid um die Wette zu glühen, so fühlte es sich an. Gleichzeitig unwirklich und so wahnsinnig schön. Und ich war so stolz auf ihn, dass er seine Mauern um sich herum für mich eingerissen hatte. Für mich! Und dann hatte er es auch noch geschafft, seinen Vater zu überreden. Dieser Junge war ein Superheld.

Eng umschlungen wiegte ich mich mit Parker zum Takt der Musik auf der Bühne hin und her. Unten jubelten uns unsere Freunde zu. Direkt neben Ira hatte sich Natalia mit verschränkten Armen aufgebaut. In ihrem weißen Kleid wirkte sie ein bisschen wie eine Leiche und komischerweise tat sie mir in diesem Moment leid. Wahrscheinlich war es schwer für sie, dass ich in letzter Zeit immer die Rosinen vom Kuchen abbekommen hatte, auch wenn ich gar keine Rosinen mochte.

Remi stieß einen Pfiff aus, der in meinem Trommelfell schmerzte, sodass ich kurz das Gesicht verzog. Also war es kein Traum. Parker küsste mich tatsächlich. Seufzend drückte ich mich enger an ihn. Parker, mein Parker. Wie konnte man nur so perfekt sein wie er? Ein Traummann wie aus den Büchern.

»Ich würde sagen, es wird mal wieder Zeit für eine aufrüttelnde Rede«, sagte Parker wie aus dem Nichts.

»Ganz mein Gedanke!« Bayle knuffte ihn in die Seite.

Eine Rede? Von mir? Spielten sie damit auf meine Ansage vom Herbstball an? Vermutlich. Die Lichterkette an meinem Kleid flackerte.

Oh, diese Schule konnte ihre aufrüttelnde Rede haben. Ich zupfte an meinem Tüllrock. Ein neues Zeitalter hatte begonnen und ich wusste genau, wie ich ihnen das beibringen würde. »Rück schon das Mikro raus, Bayle.«

Epilog

Eine Woche später

Bayle hatte das Sicherheitssystem des Präsidenten gehackt und so konnten wir live verfolgen, wie er in sein Badezimmer eilte. Dringende Geschäfte. Die musste selbst der mächtigste Mann im Land erledigen.

Ich drehte an meinem Armband, um meine Finger zu beschäftigen. Gestern hatte ich einen neuen Stein erhalten. Nachdem ich Mrs Sukarno zu fünfzehn Jahren Gefängnis verurteilt hatte. Ja, das war nun ebenfalls mein Job in dieser neuen Welt.

Parker hatte einen Arm um mich gelegt und ich lehnte mich dankbar an ihn. »Machst du dir noch Gedanken wegen Sabrina?«

»Nein, eigentlich nicht. Sie kann auf sich selbst aufpassen.« Mit der Zungenspitze befeuchtete ich mir die Lippen. »Und vielleicht rottet sie sich gerade irgendwo mit den Sukarno-Drillingen zusammen und plant ihre Rache an mir. Da haben die vier immerhin eine Beschäftigung, nicht wahr?«

Jetzt flitzte Remi durchs Bild, hielt kurz inne, um in Richtung Kamera zu zwinkern, und folgte dann dem Präsidenten durch die geschlossene Badezimmertür. Dort hatten sie in seiner Amtszeit wohl kein Siliziumspray in Anwendung.

Als ob sie die Spannung nicht aushalten könnte, legte Olivia Hattie eine Hand auf meine Schulter und griff mit der anderen nach dem Arm von Mr Chase. Seit sie die Schule allein führte, trug sie fast ausschließlich Wollpullover mit Bommeln, die nun an meinem Nacken kitzelten.

»Andere Kamera. Komm schon.« Bayle sprach offensichtlich mit sich selbst. Eine Sekunde später erschien das Schwarz-Weiß-Bild eines Badezimmers. Der Präsident saß mit heruntergelassener Hose auf der Klobrille und stieß einen stummen Schrei aus, sobald er Remi erblickte. Ja, Remi – mein Remi – war in Höchstform. Kurz setzte meine Atmung aus. Es funktionierte! Ich krallte meine Finger in Parkers Oberarm. Meine Idee, unser Plan. Remi war sichtbar für den Präsidenten. In letzter Zeit hatte Remi so viel Anerkennung erhalten und gelernt, diese Gefühle zu nutzen, um sich sichtbar zu machen. Locker gestikulierend schwebte er auf den Präsidenten zu, der hoffentlich nicht gleich ohnmächtig werden würde. Und schon plapperte mein bester Freund los, drückte dem Staatschef eine Kassette sondergleichen ans Ohr. Für uns allerdings tonlos, denn die Aufnahme war ja stumm. Aber ich stellte mir das folgende Gespräch ungefähr so vor:

»Mr President, Sie zerreißen sofort den Vertrag zum Bau dieser Mauer, ansonsten werde ich Sie jede Nacht heimsuchen.«

Ich grinste. Nun, etwas netter hatten wir uns das von der Formulierung her schon überlegt, und ich konnte nur hoffen, dass Remi nicht zu weit vom Skript abwich.

»Gleichgewicht.« Trent hob eine Hand und Bayle schlug ein. Gut, genau genommen hatten wir das Gleichgewicht zwischen den Welten schon wiederhergestellt, seit Mrs Sukarno keine großen Mengen an Plasma mehr missbrauchte. Ich konnte nach wie vor nicht fassen, wie sie so viele Schüler getötet und aus ihren Geistern Plasma abgezapft hatte. Wie hatte sie das bloß über sich bringen können? Nur gut, dass Sylva ihr zumindest als Geist gleich zweimal knapp entkommen war. Nun fehlte nur noch das politische Gleichgewicht in der Welt. Zwar traute ich dem Poltergeist-Anführer Dan immer noch nicht, nicht zuletzt, nachdem mir klar geworden war, wie viele Menschen er manipuliert hatte. Nicht nur mich und Mrs Sukarno, sondern auch Jared, Houston und Sabrina, und wer wusste, wen noch … aber wir lebten seither in einer Art stillen, friedlichen Übereinkunft. Was nicht hieß, dass ich ihm verziehen hatte. Auch nicht, dass er mich gequält hatte, um seine mentale Kontrolle über mich zu erlangen. Zwar konnte ich mich daran nicht erinnern, aber es dennoch nicht einfach so vergeben.

Parker drückte meine Hand. »Das ist alles dein Werk. Es kommt, wie Mrs Mondi sagte. Die neue Geistlenkerin eint die Geistbegabten, löst das Poltergeistproblem und bringt uns Frieden. Du bist genau das, was diese Welt gebraucht hat.«

Ich drückte ihm einen Kuss auf die Wange. »Eine neue Geistlenkerin ist in der Stadt. In einem neuen Jahrtausend. Und jetzt möchte sie dich an einem geheimen Ort sprechen.« Lächelnd zog ich ihn aus dem Büro der Hatties, die Treppe hinunter.

Unten im Foyer bemerkte ich Varla, die eng umschlungen mit Ayo nach draußen ging, gefolgt von Sylva. Seit dem Winterball klebten diese drei praktisch aufeinander. Es war zu süß. Dank Mrs Sukarnos Aussage hatten wir auch Sylvas Leichnam finden und beerdigen können. Genau wie die anderen ehemaligen Schüler, die Sukirah Sukarno auf dem Gewissen hatte. Und das alles dank Varlas Visionen und ihrem Scharfsinn. Scharfsinn … Das brachte mich auf eine Idee. »Varla? Sylva?«

Die beiden wandten sich zu mir um, Varla hob eine Hand. »Hey, was gibt's?«

»Ich hätte da eine Idee. Können wir uns draußen bei den Hollywoodschaukeln unterhalten?«

Niemand hatte etwas dagegen. So kurz vor den Weihnachtsferien hatte uns alle eine unnatürliche Leichtigkeit ergriffen. Zudem sparten sich die Lehrer momentan die Hausaufgaben.

Nur mit einigem Widerwillen ließ Ayo wenig später Varlas Hand los. Sein Nachname war Kwame, erinnerte ich mich. Ich liebte den Klang dieses Namens.

Da mich alle erwartungsvoll ansahen, massierte ich mir die Nasenwurzel. »Octa, könntest du kurz kommen?«

»Was wird das?« Ayo stieß mit einem Fuß die Hollywoodschaukel an, in der nur er Platz genommen hatte.

»Wirst du gleich sehen.« Das Lächeln auf meinem Gesicht wurde breiter und breiter. Ich konnte einfach nicht anders. Das würde funktionieren. Varla würde Augen machen.

»Mir kam gerade eine Idee. Remi hat sich vor ein paar Minuten um die Situation in Israel gekümmert. Der Friedensvertrag ist so gut wie unterzeichnet. Und dann hat er sich gleich noch in die USA gebeamt. Ihr hättet ihn sehen sollen.«

»Nichts anderes habe ich von euch beiden erwartet.« Varlas Strahlen machte meinem Konkurrenz. Heute trug sie ausnahmsweise kein Glöckchen an einem schwarzen Band um den Hals, sondern eine feingliedrige goldene Kette. Ein Geschenk von Ayo. Heute waren sie eine Woche zusammen.

»Jedenfalls …« Ich wandte meinen Kopf nach rechts, sobald ich Octa wie aus dem Nichts auftauchen sah. Das Beamen hatte sie schneller erlernt, als ich erwartet hatte.

»Was kann ich für dich tun, Seven?« Ihre Augen glänzten.

Bevor ich antwortete, atmete ich einmal tief durch. *Etwas Lebensveränderndes,* hätte ich gern gesagt, verkniff es mir aber. »Halte einfach meine Hand.« Eine Sekunde später wechselte ich auf die Geisterebene.

Hand in Hand sahen wir uns Varla und Sylva gegenüber.

»Varla, denk jetzt bitte ganz fest an deinen größten Wunsch«, forderte ich meine beste Freundin auf.

Zuerst wirkte sie verwirrt, neigte ihren Kopf in Richtung Schulter, doch dann sah ich praktisch die Erkenntnis in ihren Augen aufblitzen. Spätestens als ich meine Geisterhand ausstreckte und ihre Schulter berührte.

Einfach war es nicht, aber mit genug Vertrauen und Mut schaffte ich es tatsächlich, nicht einfach durch sie hindurchzufassen. Nein, ich legte meine Geisterhand auf Varlas Schulter und drückte sie. Liebe. Dadurch konnten wir die Gesetze dieser Welt neu schreiben.

»Jetzt du«, flüsterte ich.

Varlas Körper zitterte. Mehrmals kniff sie ihre Augen zusammen, presste zuletzt auch ihre Lippen aufeinander.

»Du schaffst es«, feuerte ich sie an.

»Wir glauben an dich«, sagte Octa.

Daraufhin bebte Varlas Körper noch mehr. Bis sich eine hellblaue Gestalt aus ihr löste.

Neben mir japste Sylva ziemlich undamenhaft.

Ja, wirklich unglaublich. Mit großen Augen verfolgte ich, wie Varla zunächst auf ihre Geisterhände starrte und dann zu mir.

Ich strahlte sie an, nickte dann in Richtung ihrer Schwester. »Mach schon.«

Das musste ich Varla nicht zweimal sagen. Mit einem jauchzenden Laut sauste sie auf Sylva zu und warf sich ihrer Schwester in die Arme.

Ich tauschte einen Blick mit Parker, der in einer bewundernden Geste den Kopf senkte. Das allererste Mal in unserer Geschichte hatte ein Geisterseher, der kein Jäger war, diesen Trick geschafft. Varlas Herzenswunsch, ihre Schwester zu umarmen, war erfüllt. Jetzt war ich es, die auf meine Hand starrte, die noch immer auf Varlas starrem, menschlichem Körper lag.

Wohingegen die Geister-Varla eng an ihre Schwester geschmiegt mit Sylva lachte.

Langsam zog ich mich zurück, flüsterte Octa ein *Danke* zu. Doch die betrachtete schniefend die Wiedervereinigung von Varla und Sylva.

Auch Ayo wischte sich gerade eine Träne von der Wange. Wie ich es Hunderte Male bei Nova getan hatte, legte ich einen Arm um Octa und zog sie an mich.

»Du bekommst jederzeit so eine Umarmung von mir, wenn du das willst, das weißt du?«

»Ja«, schluchzte Octa. »Das sind Freudentränen.« Tatsächlich schimmerten ihre Augen auf einmal verschwommen. Als ob sich gleich Geistertränen ihren Weg über Octas Wange bahnen würden.

»Wäre niemand von uns drauf gekommen«, bemerkte Parker.

Ich drehte meinen Kopf in seine Richtung. Wie gern ich ihn einfach ansah! Parker mit seinen dunklen Haaren, den eisblauen Augen, die einem so intelligent entgegenblickten, der immer die richtigen Entscheidungen traf und der stets perfekt sitzende Schulkleidung trug. Manchmal konnte ich mein Glück kaum fassen.

»Ich muss los«, erklärte Octa in diesem Moment. »Sehen wir uns später bei den neuen Forschungsstudien?«

Ich wusste, wie viel Spaß Octa daran hatte und wie sehr sie sich freute, wenn ich zusah, also nickte ich. »Gleich nachdem ich mit Emerson über ihre Wahlkampfkampagne gesprochen habe.«

Octa kicherte. »Ja, Emerson übertreibt echt damit, aber andererseits bin ich froh, dass so viele Erwachsene die Schule verlassen haben. Diese Miesepeter! Und dass ihr jetzt sagt, wo es langgeht.«

Das konnte ich mir denken. Vor allem, seit Coral abgehauen war, wirkte Octa auffällig entspannt. Meistens zumindest.

Und schon war Octa verschwunden, weshalb auch ich zurück in meinen Körper glitt. Eine Schneeflocke landete im selben Moment auf meiner Nase. Lächelnd hob ich meine Hände. War das ein Zeichen? Das Fest der Liebe rückte näher. Die schönste Zeit des Jahres und nun schneite es auch noch Puderzuckerkristalle.

»Kommst du?« Parker schob seine Hand in meine, weswegen ich meine Aufmerksamkeit auf ihn richtete. Mein Parker. Und natürlich wollte ich nichts lieber, als jetzt mit ihm in den Geheimraum unter der Treppe abzutauchen. Neben ihm in den Kissen zu liegen mit der Entenlichterkette über uns.

Allerdings vibrierte in exakt diesem Moment das Handy in seiner freien Hand. Ein Videoanruf von Crowe. Wir starrten beide auf das Display. »Lass mich drangehen.« Behutsam nahm ich das Smartphone an mich, was Parker ohne zu murren zuließ.

»Hey, Crowe.«

Am anderen Ende erstarrten Crowes Gesichtszüge.

Ich hob die freie Hand, um ihm zuzuwinken, und erkannte im gleichen Augenblick in dem kleinen Videoausschnitt, der mich zeigte, was für ein surreales Bild ich abgab. Um mich herum fiel der Schnee und Geister wirbelten umeinander.

Seltsamerweise grinste Crowe auf einmal, als hätte ich ihm ein Kompliment gemacht. »Sind das da Parkers Schuppen um dich herum oder seid ihr inzwischen zum Nordpol ausgewandert?«

Nachdem ich mein Lachen gerade so unterdrücken konnte und mich ein wenig von den anderen entfernt hatte, um ungestört mit ihm reden zu können, hob ich das Kinn. »Dir scheint es schon deutlich besser zu gehen. Erzähl mal, behandeln sie dich gut in der Klinik?«

»Natürlich behandeln sie mich hier wie den Prinz von Persien, was glaubst du denn? Manchmal muss ich den Schwestern sogar Autogramme geben.«

»Nichts anderes habe ich erwartet.« Mein linker Mundwinkel hob sich.

»Oh, da wir gerade davon sprechen, sie wollen mich mal wieder zu einem Nachmittagskaffee verführen und Selfies mit mir machen, ich rufe euch später zurück, ja?«

Ehe ich antworten konnte, hatte Crowe schon aufgelegt.

»Es geht ihm wirklich gut.« Parker nahm mir das Telefon ab. »Sagen Mom und Dad auch. Er kann endlich zu sich selbst finden und ein eigenes Selbstbewusstsein aufbauen. Ein ehrlicheres als vorher.«

Seufzend zog ich mir die Kapuze über den Kopf. »Wenn er zurückkommt, backen wir ihm erst mal einen anständigen Kuchen. In Schweden bekommt er sicher nur Knäckebrot und Heringspastete.«

Kurz stockte Parker, doch als er mein Zwinkern bemerkte, entspannte er sich wieder. »Knäckebrotkuchen mit gesalzenem Karamell?«

»Klingt gut.« Ich legte den Kopf schief, wodurch mir die Kapuze über das rechte Auge rutschte. »Wolltest du mich jetzt noch an meinen Lieblingsort entführen, oder was? Ich bin eine viel beschäftigte Frau neuerdings. In zwei Stunden treffe ich Emerson, dann möchte ich Octa zusehen, wie sie übt, und später wollte ich mit Karen telefonieren, ehe uns Nova und Dan besuchen.«

»Na, dann lass uns keine Zeit verlieren.« Parker bückte sich. »Im Geheimraum müssten noch Brownies stehen.«

Ohne zu zögern, sprang ich auf seinen Rücken. »Mit dir gehe ich überallhin.«

ENDE

DANKSAGUNG

Und wieder ist eine Buchreihe beendet. Ich kann es immer noch nicht glauben. Danke, danke, danke, dass ihr Sevens Abenteuer mit mir erlebt habt! Das bedeutet mir sehr viel. Und allen von euch, die mir geschrieben haben, dass sie sich einen Remi wünschen, möchte ich sagen: ich auch!

Wenn ihr wissen wollt, wie es mit meinen Büchern weitergeht, schaut am besten auf meiner Instagramseite @nina.mackay vorbei – dort poste ich alle Updates zu neuen Buchreihen.

Ohne gewisse Menschen hätte diese Buchreihe nie das Licht der Welt erblicken können, daher möchte ich zuerst dem Piper Verlag danken, der an diese Idee geglaubt hat und mir zudem absolut freie Hand gelassen hat, was die Handlung betraf. Tausend Dank!

Außerdem möchte ich meiner Literaturagentur danken, der Thomas Schlück GmbH, und dort vor allem Bastian, Tanja und Kathrin.

Tatsächlich ging mir dieses Buch superleicht und viel schneller als gedacht von der Hand, was einigen lieben Menschen zu verdanken ist. Allen voran Sabine und Amelie, die mich ständig motiviert haben und genauso begeistert sind wie ich, wenn ich von meinen Büchern erzähle. Das ist nicht selbstverständlich, das weiß ich.

Zudem habe ich große Teile dieses Buchs in Gesellschaft anderer Autoren geschrieben. Entweder offline in Cafés oder bei virtuellen Schreibtreffen. Mit euch ist es mir immer ein Fest zu schreiben: Nina Schiffer, Mirka Mai, Isabell Schmitt-Egner, Julia K. Stein und Jessica Wismar.

Außerdem habe ich den Austausch in meiner Schlücki-Autorengruppe absolut genossen in der Zeit des Lockdowns und natürlich auch danach. Habt ihr die Stelle mit der Tomate gefunden? Meine Challenge-Aufgabe sehe ich damit als erledigt an!

Danke an die Nanowriyeah- und die Write-that-Book-Autorengruppen für die ganzen motivierenden Schreibchallenges, für die ich ab und zu auch um 6:30 Uhr morgens schon am Laptop gesessen habe. Eine ganz neue Erfahrung!

Und in den letzten zwei Monaten, die ich mit diesem Buch verbringen durfte, habe ich außerdem tolle Schreibstreams auf Twitch kennengelernt. Danke an all die Hosts, mit denen gemeinsames Schreiben und Überarbeiten so viel mehr Spaß gemacht hat! Zum Beispiel: Laura Labas, Liza Grimm, Erellgorh, Tinkabeere, Sabrina Schuh, Jana Tomy, Meisterdieb, Juliana Fabula, Kuddelzwerg, die gesamte Schreibstaffel und Steeeeeeeeeeeeeef!

Wieder einmal ein fettes Dankeschön auch an meine Testleser, die wie so oft mit einem sehr kurz gefassten Ende im ersten Entwurf vorliebnehmen mussten. Danke für eure Anregungen, die das Buch so viel besser gemacht haben! Ja, ich meine euch: Jaschka, Saskia, Elisa, Maren, Ania, Katharina, Stephi, Ingrid, Denise und Phillip.

Isa hat mal wieder einen Bombenjob gemacht im Lektorat, daaaanke, aber du weißt ja, dass du mein Brain bist und ich dein Pinky! Bis ans Ende aller Tage!